Every Note Played

Every Note Played

當最後一個音符輕柔落下

莉莎・潔諾娃（Lisa Genova）著
林錦慧 譯

追憶——

Richard Glatzer

Kevin Gosnell

Chris Connors

Chris Engstrom

大門已敞開，為何你還不走出牢籠？

——魯米（Rumi，詩人）

推薦文

幻想曲終：為Every Note Played作序

白明奇

當我接到出版社要我為一本有關漸凍症（Amyotrophic lateral sclerosis, ALS）的新書《當最後一個音符輕柔落下》寫序時，說實話有點遲疑，身為神經科醫師，面對太多束手無策的退化性疾病，內心有時不免沮喪。

提到漸凍人，讀者也許聽過美國職棒洋基隊名人賈利格（Lou Gehrig, 1927-1941）、或是英國物理學家霍金（Stephen Hawking, 1942-2018）的故事。這是一個主要影響運動神經元及其中樞纖維束的神經系統退化症，病人的身體中受到意志控制的肌肉在一、兩年之內逐漸萎縮、無力；相對地，感覺神經系統與自主神經系統則是正常無損，意識與判斷能力也很清楚合宜，在沒有發明先進的溝通系統之前，漸凍症病人只能靠眨眼表示意思。通常在一次肺部感染之後，漸凍症病人會失去自主呼吸的能力，因此，必須面臨十分重要且殘酷的抉擇。霍金是一個極不典型的例子，他得病後，繼續活了好幾十年。

一個晚春的早晨，在靠窗的高鐵座位上，我開始滑著連書名都還沒有決定的中譯暫訂本電子書。這本書的作者莉莎．潔諾娃（Lisa Genova）很有名氣，是奧斯卡得獎作品《我想念我自己》（*Still Alice*）電影的原著作者；起初，連續讀了二十或者更多頁之後，我並沒有太大感覺。莉莎運用了多個音樂名詞、性愛字眼，同時為了傳達主角情緒，寫實地呈現情緒謾罵的言詞，充滿有關漸凍症的醫學常識、藥物和先進的醫療設備等，讀來不怎麼感動。接著，作者亦過於如實使用負面文字描述男主角理查（Richard）和家人的關係，順便羞辱爵士樂和中文，這讓人乍讀之下不大舒服。

然而繼續讀著，來到女主角卡麗娜（Karina）的內心世界，描述早年她隻身離開波蘭來到美國，和年輕有為的鋼琴家理查之間一段不真實的婚姻的回憶、反省及懊惱，將其後悔、不情願、不甘心的犧牲與怨恨表現得淋漓盡致，而這種負面的過去，正反映在後來面臨即將拔除理查的呼吸器關鍵時刻之掙扎。其實，家人之間、照服員與病家之間、醫療人員、安寧緩和照護人員、人與人之間的綿密多樣化的互動，才是本書的重點。

一個完整的治療計畫以及讓病人與家屬充分了解的過程，對所有神經性退化性疾病的診療過程來說是十分重要的，照顧者與病人的內心互動，是本書的菁華，面臨重要決策的描寫，更是令人動容。基於這些特點，這本書很值得推薦。

對這本書及理查來說，舒曼（Schumann）的《C大調幻想曲》作品十七（Fantasie in C Major, Op. 17）是序曲、也是終曲，這多像一齣歌劇或電影的鋪陳，劇尾一封寄自喬治醫師的電子郵件，簡直就像松本清張小說的本格結構，來自刑警、凶手或是關鍵人物的一封長信說明了案情；本書女主角卡麗娜讀了郵件，終於解開人生的桎梏，或許，如今正享受著新的人生旅程呢！

白明奇

成大醫學院神經學教授、成大老年學研究所所長、熱蘭遮失智症協會理事長、二〇一七年全國好人好事代表「八德獎」得主，多年來陸續於《健康世界》、《中國時報》、《遠見雜誌》、《康健雜誌》、《健康 2.0》等，以專欄形式介紹失智症。著有《忘川流域：失智症船歌》、《彩虹氣球：失智症天空》及《松鼠之家：失智症大地》。

推薦文

漸凍人生需要的是勇氣

如果漸凍症寫成一本小說，
《當最後一個音符輕柔落下》肯定是代表作。

林詠沂

二〇一四年冰桶挑戰，「漸凍症」三個字開始廣為人知，卻產生一個現象：大眾只有粗淺的認識症狀——癱軟的身體、機械的電腦語音，腦袋閃過的是霍金的畫面。上網Google，冷冰冰的文字寫著：運動神經元漸進性退化而造成全身肌肉萎縮及無力的疾病。漸凍症只有這樣嗎？

高中生能背誦出生物課本的神經運作路徑，輸入端為感覺神經元，訊號傳至大腦，輸出端為運動神經元。運動神經元遍布身體肌肉，吞嚥、呼吸、說話，都需要依賴它，漸凍症便是運動神經元短路，如同秀逗的機器人，病友困在無法動彈的軀殼，最殘忍的地方是，他們意識清楚，會思考、感覺得到痛楚，卻只能眼睜睜感受無法活動的手指，因為攣縮而產生的疼痛。普通人認為很簡單的動作，最後都只能依賴科技與他人。越是習以為常的事物，漸凍症越是理所當然奪走。

《當最後一個音符輕柔落下》將患病過程刻畫得鉅細靡遺，許多其他影像和文字都無法比擬，作者莉莎．潔諾娃（Lisa Genova）就像病友家屬，完整描述了漸凍症，充分掌握說故事的節奏，我們彷彿站在主角理查的旁邊，看著他意氣風發地彈奏舒曼《C大調幻想曲》，劇情急轉直下，理查被確診為漸凍症，造成生活上巨大的影響，剝奪鋼琴家的第二生命，先是右手癱瘓、接著是左手，再也無法彈琴。鏡頭轉到理查躺在床上，BiPAP（呼吸器）的面罩蓋住理查口鼻，臉上有幾處長瘡，面罩有一條長長的管子連結到一臺機器。作者如一名紀錄片導演，運鏡得宜，使用不枯燥乏味的文字，幾乎沒有出戲的機會。

在臺灣，漸凍人協會創立二十一年以來，中小型規模提供一點也不小的服務：提升病友醫療照護、生活品質與生命尊嚴；舉辦醫護講座，宣廣照護知識；推出漸凍人真實故事改編之繪本，推廣至國小、社區；關懷病友子女，支持病友家庭；國際交流不落人後，加入國際ＡＬＳ聯盟大會等等。其中，《當最後一個音符輕柔落下》提及病友「聲音的儲存」，正是協會近期投入的服務項目。退化過程中，失去聲音是必然卻最容易被忽視，當眼控電腦上陣，輸出卻是電腦合成語音，這時已找不回自我。現實世界中，眾多病友一如主角理查，前三個月拒絕承認患病，極易錯失儲存聲音的良機。協會投入北科大與科技部前瞻計畫，希望研發出一套演算法：儲存病友聲音，蒐集大眾健康的聲音，進行聲音修補，輸出重現病友聲音！

感謝《當最後一個音符輕柔落下》絲毫不偏離事實，詳實形容漸凍人普遍的處境與心情，不用咬文嚼字，不用虛情地認為，病人就應該樂觀美好，漸凍人也是人，會傷心、會難過。相信這是一本病友們讀了會得到勇氣，一般人會更能同理病友感受的一本書，這就是——漸凍人生。

林詠沂

從小即左腳小兒麻痺，二〇〇四年冬天發現右腳亦失支撐力，於二〇〇六年初診斷出下運動神經元退化，與病魔開始纏鬥至今。

二〇一八年　擔任漸凍人協會第十一屆理事長　二〇一七年　榮獲全國好人好事代表

二〇一六年　擔任漸凍人協會第十屆副理事長　二〇一四年　第十八屆身心障礙楷模金鷹獎

推薦文
安寧緩和醫療，協助病人尋找生命意義與價值

蔡兆勳

「漸凍人」疾病的正確名稱是「運動神經元疾病」（motor neuron disease），也叫「肌萎縮側索硬化症」（amyotrophic lateral sclerosis, ALS）。目前發病原因不明，且無治癒性方法，病人肌肉會逐漸無力與萎縮，導致他們無法行動，甚至無法進食、無法言語、呼吸困難等相關症狀，存活期約數月至數年。不僅肉體受苦，在面對疾病惡化的過程，內心充滿著焦慮、恐懼、無助、失落、憤怒與敵視，靈性上產生自我尊嚴感喪失、自我放棄、心願未了、不捨（不甘願、捨不得、不放心）、恐懼死亡等困擾。家屬親眼目睹病人受卻又無能為力，全家陷入了愁雲慘霧，聞之令人鼻酸。

在臺灣末期漸凍人早已列為安寧緩和醫療照顧的對象。身為一位安寧緩和醫療專科醫師，有機會接觸一些末期漸凍人。在與他們相處過程，深深感受他們身體、心理、社會、靈性上所受的煎熬，經常讓他們痛不欲生。

末期階段的照顧目標當然是協助病人身心靈獲得平安與善終。運用傾聽、觸摸、溝通、同理心、社會支持等措施與病人建立信任的關係是照顧的第一步，再從最基本的緩解症狀，繼而協助心理調適與情緒支持、社會人際關係的改善、靈性的關懷，協助病人和自己、他人、其信仰及環境間維繫和諧的關係，並協助病人尋找生命意義與價值，培養信心、希望、愛、歸屬感、接納、寬恕、慈悲等人性的光明面，使其內心感到安祥平和，並擁有面對生死問題的智慧與勇氣。過程中常用的方法包括透過生命回顧肯定自己、協助病人與人化解衝突、協助心願完成、協助病人與家人親友道謝、道歉、道愛、道別等死亡準備是協助病人善終的不二法門。

《*Eevry Note Played*》是名作家莉莎．潔諾娃（Lisa Genova）嘔心瀝血之作，已在十幾個國家暢銷，遠流出版公司精心翻譯為《當最後一個音符輕柔落下》一書，書中對漸凍人的症狀及原因的描述鉅細靡遺，尤其對病人面對疾病惡化過程，內心的轉折與調適可說是刻畫入微，更值得一提的是對人與人之間關係的精闢探索，從寬恕中尋求身心靈的平安與臨床照護不謀而合。

我們每天的生活要有意義和目的，才能使人可以超越，使個人有完整的力量，使生活能夠充實。尋求生命的意義、自我實現、希望與創造、信念與信任、平靜與舒適、祈禱、獲得支持、愛與寬恕等，這些都是我們平常學習面對人生無常的法寶。這真是一本值得我們收藏並詳細閱讀的好書。好東西要與好朋友分享，誠摯地把這本書推薦給您。

蔡兆勳醫師

現職為臺灣安寧緩和醫學學會理事長、臺大醫學院家庭醫學科主任。

臨床專科為家庭醫學、安寧緩和醫學、老年醫學、肥胖醫學、青少年醫學、旅遊醫學、中西醫整合醫學。

二〇一六年　擔任漸凍人協會第十屆副理事長

二〇一四年　第十八屆身心障礙楷模金鷹獎

各方讚譽——

「Genova這次的作品更嚴肅，可讀性也更高，詳細刻畫出ALS的臨床病症，同時也賺人熱淚，而且不是被ALS嚇出的淚水。」

——《華爾街日報》（*The Wall Street Journal*）

「只有Lisa Genova能給對抗ALS的戰爭添上誠實和優雅。情感濃烈的作品，必讀。」

——Helen Simonson，《紐約時報》暢銷書《裴少校的最後一戰》（*Major Pettigrew's Last Stand*）作者

「Genova下了蠱。撕心裂肺卻又讓人不忍釋手的閱讀經驗……有關於ALS真實病況的描寫，也有令人揪心的心理描繪。」

——《出版人週刊》（*Publishers Weekly*）

「瑞絲・薇絲朋（Reese Witherspoon）應該開始在練習假裝會彈鋼琴了吧，因為我覺得這本動人心弦小說的電影版主角非她莫屬。」

——亞馬遜網站書評

「Lisa Genova 的筆觸幽默、有人味，同時也從科學家的角度審視疾病每日的破壞、日益嚴重的失能、遲遲不願接受的心境、憤怒、愛情、勇氣，很奇怪的是，還有歡樂。這是一首心靈的夜曲。請閱讀這本書，徹夜閱讀，然後起床慶幸自己還活著。」

——Bill Roorbach，作家，著有《*Life Among Giants*》、《*The Remedy for Love*》、《*The Girl of the Lake*》

「Lisa Genova 這本精采小說把我釘在沙發上。生動如實描繪ＡＬＳ病患和家屬的真實處境，這本小說的意義絕不僅止於戲劇或教育寓意，書中濃烈的憐憫已經使這本書成為我永遠不會忘記的書籍之一。」

——Randy Susan Meyers，作家，著有《*The Widow of Wall Street*》

序曲

理查（Richard）彈奏著舒曼《C大調幻想曲》作品十七，他在邁阿密阿虛特表演藝術中心（Adrienne Arsht Center）的鋼琴獨奏會最後一首曲子。音樂廳座無虛席，但是情緒並未達到頂點。這個場地的聲名不如紐約林肯中心（Lincoln Center）或英國皇家亞伯特廳（Royal Albert Hall），演奏壓力也不那麼迫人，也許這就是原因所在，這場獨奏會沒什麼大不了。

他的身後沒有指揮和樂團，觀眾的目光都集中在他身上，他喜歡這樣。他喜歡獨占觀眾全部的注意，喜歡身為主角那種腎上腺飆升的感覺，對他來說，獨奏的快感等同跳傘。

但是今天一整個晚上，他注意到，他的演奏飄浮在音符之上，沒有進入音符之中，他的思緒飄移到其他地方，飄到回飯店打算要吃的牛排，飄到自己對不完美姿勢的審查，批評自己的彈奏平板乏味，沒有渾然忘我，反倒一直清楚意識到自我。

他的技巧完美無瑕。這是一首極要求速度的複雜曲子，當今世上沒有幾個鋼琴家能游移自如，毫無失誤，他通常很愛演奏這首，尤其是和弦磅礡的第二樂章，然而，現在他指尖下的音符卻不帶情感。

他相信，現場觀眾極少有人細膩到足以聽得出來，大部分人大概連舒曼《C大調幻想曲》作品十七都沒聽過。這世上有數百萬人成天聽的是小賈斯汀（Justin Bieber），一輩子從沒聽過舒曼、李斯特或蕭邦，然後就此死去，每思及此，總令他傷心。

「結婚絕不只是戴上婚戒而已」，這句話浮上他腦海，這是卡麗娜（Karina）幾年前對他說的話，而今晚他只是戴著婚戒，他只是機械性彈著，他也不知道為什麼。最後一首曲子彈完，明晚在這裡還有一次演出機會，然後要飛往洛杉磯，還有五個禮拜的巡迴演奏行程，等他回到家已經是夏天，很好，他喜歡夏天的波士頓。

他彈著第三樂章慢板最後的段落，音符是輕柔的、莊嚴的、充滿希望的，每次彈到這裡，他往往感動得熱淚滿盈，對這種細膩的溫柔脆弱毫無招架能力，但是今晚他卻無動於衷，沒有感受到希望。

最後一個音符落下，琴音迴盪於舞臺，慢慢消散，全場陷入片刻寂靜，接著掌聲劃破，理查起身面對觀眾，挺腰而立，手指掠過燕尾服尾端，彎腰鞠躬。觀眾起立喝采，這時燈光稍微調亮，他能看到他們的臉龐，微笑著、充滿熱情、讚賞他、嘆服他。他再次鞠躬。

每個人都愛他。

但也沒人愛他。

一年後～

第一章

卡麗娜如果不是在札布熱（Zabrze）長大，而是這條路往北十五公里的格利維采（Gliwice）或是往南十五公里的畢托姆（Bytom），她的人生肯定完全不同。早在孩提時，她就對此深信不疑。地點對房地產至關重要，對命運也是。

在格利維采，學芭蕾是每個女孩與生俱來的權利。那裡的芭蕾老師是葛夏（Gosia）小姐，波蘭戒嚴之前鼎鼎大名的「國家芭蕾舞團」首席舞伶，也因為如此，在叫人沮喪的格利維采，生養女兒是天上掉下來的禮物，每個小女孩都能親炙如此大師，不啻為得天獨厚的特權。這些女孩穿著緊身衣，頭髮挽成小圓髻，薄紗舞裙隨著身軀轉啊轉，盼著有朝一日轉出一條離開格利維采的路。雖然不是很清楚這些成長於格利維采的女孩後來怎麼了，但是卡麗娜很確定，就算不是全部，大多數仍定錨於當初的起點，現在成了學校老師或礦工妻子，對芭蕾的一片單相思則繼續傳給女兒，成為葛夏老師的新一代學生。

要是卡麗娜成長於格利維采，百分之百當不成芭蕾舞伶。她有一雙可怕的雙腳，寬扁、不靈活，是幾乎沒有足弓的鴨腳板，骨架粗壯、身長腿短，如此身形比較適合長在乳牛身上，不適合跳細碎芭蕾舞步。她也不可能成為葛夏老師的得意門生。她父母會停止拿寶貴的煤塊和雞蛋去換取芭蕾課，尖足舞鞋更別想了。要是人生從格利維采開始，她現在必定仍在格利維采。

往南走的畢托姆沒有芭蕾課可上，那裡的孩子有的是天主教會。男孩接受聖職的洗禮培育，女孩則為進入修道院做準備。要是在畢托姆長大，卡麗娜現在可能是修女，父母以她為榮。也許選擇上帝的人生會更知足，受人崇敬。

不過她的人生其實沒得選。她在札布熱長大，那裡住著波洛維茲（Borowitz）先生，這座小鎮的鋼琴老師。波洛維茲先生不像葛夏老師系出名門，也沒有專業工作室，上課地點在自家客廳，滿室的貓尿氣味、泛黃書本和香菸，但他是個好老師，專注投入、嚴格但善於激勵人，重點是：他教每個學生彈蕭邦。在波蘭，蕭邦的地位跟教宗若望保祿二世（Pope John Paul II）、上帝一樣崇高，是波蘭的三位一體（Holy Trinity）。

卡麗娜天生沒有芭蕾舞伶的柔軟身軀，但擁有鋼琴家的強壯手臂和修長手指。她至今仍記得第一次上波洛維茲老師的課。當時她五歲，平滑光澤的琴鍵、悅耳琴聲近在耳邊、音符故事從她的手指娓娓流瀉出來，她立刻就愛上了。不同於大部分小孩，她從不需要人命令練琴，反倒需要有人喊停。**別彈了，去做功課；別彈了，去把餐桌擺好；別彈了，該上床睡覺了**。她克制不了想彈琴的欲望，至今仍是。

最後，鋼琴成為她離開桎梏波蘭的車票，帶她通往柯蒂斯音樂學院（Curtis）、美國以及之後的種種。之後的**種種**。就這麼一個決定——學鋼琴——推倒了她人生第一張骨牌，啟動後續連鎖反應。要是沒有學鋼琴，她此時此刻不會在這裡，不會在前往漢娜·朱（Hannah Chu）的畢業派對路上。

她把本田（Honda）汽車停在一輛賓士後面，路邊停了一整排汽車，一輛緊挨著一輛，這是最後一個位子，距離漢娜家最少三個街區，不過她想這是她能找到最近的車位了。她看了看儀表板上的時鐘，遲到半小時。很好。她會短暫露個臉，道個賀，然後便走人。

她的鞋跟叩叩叩踩在街上，好似人體節拍器，思緒也同步繼續蔓延。要不是鋼琴，她絕不會遇到理查；要是沒遇到他，她的人生會如何呢？她花了多少時間沉溺在這樣的空想裡？加起來有好幾天或好幾個禮拜吧，或許還更多，這下浪費更多時間了，淨想著過去可能發生、未來永遠不會發生的事。

也許，沒離開家鄉、沒去追尋鋼琴的她，會過得很知足。她現在會繼續跟父母同住，睡在小時候的房間；又或者她會嫁給札布熱一個無趣的男人，一個過著困頓但可敬生活的礦工，她則在家養育他們的五個孩子。這兩種悲慘情況在她現在看來都很不錯，因為都有個她不願承認的共同點：不是孤家寡人。

又或者，她捨棄柯蒂斯而選擇伊士曼音樂學院（Eastman）呢？她差一點就這麼做。要是做了那個任性的選擇，她就不會遇到理查，她就不會退一步用二十五歲的自負和永遠的樂觀以為自己還有機會，以為命運輪盤會再次將全知全能的箭頭直接指向她。她等輪盤再次轉動已經等好幾年了，然而人生往往只給你一次機會。

但是話又說回來，要是沒遇到理查，他們的女兒葛瑞絲（Grace）就不會來到世上。卡麗娜想像著唯一愛女從未降生的可能，猛地發現自己竟然很愛這樣的可能，愛到近乎夢寐以求的地步。她責備自己，慚愧自己竟然會有如此可怕的想法。她愛葛瑞絲勝過一切，可是事實是，生養葛瑞絲是另一個關鍵的、站在交叉路口的、格利維采或畢托姆或札布熱的抉擇時刻。往左會有葛瑞絲，會把自己跟理查綁在一起，接下來十七年，緊緊環繞她脖子上的繩索會是束縛或羈絆（視每個不同的日子而定）；往右是她沒有挑選的路，誰知道會通往哪裡？

懊悔亦步亦趨尾隨她每個步伐，有如跟在她腳邊的狗狗，隨她踏上蜿蜒石頭小徑，走進朱家後院。漢娜獲得聖母大學（Notre Dame）的入學許可，她的第一志願。又一個鋼琴學生要離家上大學。漢娜不會繼續學鋼琴，和卡麗娜大部分學生一樣，漢娜學鋼琴是為了在大學申請書加進「會彈鋼琴」。家長的動機也是如此，程度只有更嚴重，絲毫不會以此為不妥。所以漢娜只是敷衍了事，每週半小時的鋼琴課是死氣沉沉的例行差事，對學生和老師都是。

卡麗娜的學生很少有人真心喜歡彈琴，有天分和潛力的人更是寥寥可數，即使有天分也沒有喜歡到願意繼續追尋，你得全心熱愛才有可能。她不能怪這些孩子，他們的活動排太滿了，壓力過大，一心一意只想進入「最好」大學，無從培養熱情。欠缺太陽和水持續澆灌的種子，是無法開出花朵的。

不過漢娜不只是卡麗娜的學生，她還是葛瑞絲從六歲到中學最好的朋友，一起玩耍、一起過夜、一起參加女童軍、一起踢足球、一起逛街看電影，在葛瑞絲童年大多數時光，漢娜就像親妹妹一樣。葛瑞絲上高中後，漢娜還在唸國中，兩個女孩自然而然往不同年紀的圈子遷移，一個較年長，一個較年幼，但兩人從不吵架，而是順著平靜的水流漂流到不同但相鄰的島嶼，偶爾探訪對方。

漢娜畢業，對卡麗娜來說不該是什麼了不起的大事，但她卻莫名覺得很重要，彷彿她不只是又失去一個離家上大學的學生。漢娜的畢業，開啟了去年此時的回憶開關，葛瑞絲的童年也再一次宣告結束。卡麗娜把送給漢娜的卡片放在禮物桌上，嘆了一口氣。

漢娜人在寬闊後院最遠那一端，不過卡麗娜一眼就看到她，她站在跳水板的邊緣，開心笑著，身後有一排全身溼漉漉的女孩和男孩，泳池裡大多是男孩，歡呼著她的名字，不斷慫恿她往下跳。卡麗娜在一旁等著看接下來會怎麼樣。漢娜奮力一躍，像發射砲彈一般跳入水中，濺起的水花潑灑到池畔的家長身上，他們一面把手臂和臉上的水珠抹去，嘴裡一面抱怨，但臉上掛著微笑。今天是個大熱天，短暫的水花應該很沁涼。卡麗娜在人群中看到漢娜的媽媽，潘姆（Pam）。

漢娜就快要搬到印第安那州（Indiana），卡麗娜心想以後不會再看到潘姆了。葛瑞絲上高中後不久，卡麗娜和潘姆就中斷了每週四晚上的葡萄酒之約，過去這幾年，兩人的友誼僅止於少數意猶未盡的碰面，都是在漢娜每週鋼琴課的前後片刻。潘姆三個小孩的課外活動排得目不暇給，她每天在鎮上到處奔波接送，往往匆忙到踏進卡麗娜家的時間都沒有，就直接在外頭沒熄火的車上等漢娜。每週二下午五點半，卡麗娜會站在前門向潘姆揮手，目送她開車離去。

卡麗娜今天差一點就不來了，獨自一人現身令她渾身不自在。天生內向的她，非常不願談自己的婚姻，對離婚更是絕口不提，她覺得理查也不會到處嚷嚷兩人的醜事，這點她可以確定，所以不會有人知道細節。也因為如此，八卦中心自動無中生有、編寫劇本，裡頭勢必有一方是對的、有一方是錯的，而從眾人竊竊私語的眼神，一看到她就收起閒談、端出不自然的微笑，卡麗娜很清楚自己在劇本裡被設定的角色。

女性尤其同情他。她們當然同情，她們把他描繪成神聖的名人，應該要配個更高雅的人，一個能賞識他不凡之處的人，一個跟他更匹配的人。她們認為她妒忌他的成就、眼紅他受歡迎、怨恨他的名聲，認為她不過是個無足輕重的郊區鋼琴老師，教一群沒興趣的十六歲孩子彈蕭邦，她的自尊顯然不足以成為這麼了不起男人的太太。

她們不知道。她們什麼都不知道。

葛瑞絲剛在芝加哥大學唸完大一，卡麗娜原本預期這時她已經回家過暑假，會一起來參加漢娜的派對，可是葛瑞絲決定暑假留在學校實習，和數學教授一起做專案計畫，跟統計學有關。女兒能獲得實習機會，卡麗娜很引以為豪，也認為這是大好機會，然而她內心還是一陣酸楚，一股熟悉的失望。葛瑞絲大可選擇回家跟媽媽過暑假，但卻沒有，卡麗娜知道，因此覺得自己受到輕忽、被拋棄是很可笑的，但情緒主宰了她的理智，這就是她，就像城堡的基石一樣，要改變談何容易。

離婚在葛瑞絲高中最後一年的九月成為定局，整整一年後，葛瑞絲搬到一千英里之外。先是理查離開，接著是葛瑞絲。卡麗娜不知道自己何時才會習慣家裡的寂靜、空蕩，迴盪在每個房間的回憶就像懸掛在牆上的美術作品一樣真實。她想念女兒講電話聊天的聲音，想念她那些笑得花枝亂顫的姐妹淘，想念每個房間都有她的鞋子，想念她扔在地上的束髮橡皮圈、毛巾、衣服，想念她總是不隨手關燈。她好想念女兒。

她不怎麼想念理查。他搬出去後，他的缺席比較像是一種新的存在，而不是失落。他離開後，恬靜開始入住，充滿屋子各個角落，更勝於他的身形和巨大自我留下的印記。她以前不想念他，現在也不。

但是，獨自一人來參加這種家庭聚會，沒有丈夫陪同，讓她傾斜失衡，彷彿少了一隻腳的椅子，就這點而言，她想念他，為了安穩而思念。她四十五歲，離婚，單身，這在波蘭很丟臉，但她在美國已經度過大半人生，她的情況在這個世俗文化很司空見慣，也不至於令她蒙羞，可是她仍然很羞愧。這個女孩是離開波蘭了，但波蘭離不開她。

她不認識其他家長，深吸一口氣，往潘姆走去，一個人踏上這段漫長、尷尬的路程。為這場派對，她花了很長時間準備。很愚蠢。哪一件洋裝？哪一雙鞋子？哪一對耳環？她吹了頭髮，昨天甚至去修指甲。為了什麼？不是為了令漢娜或潘姆或任何家長驚豔，也不是因為這裡會有單身男子，她壓根沒有找男人的打算。

她很清楚為什麼。她可不願意有人看到她心想：**可憐的卡麗娜，她的人生一團糟，她整個人看起來也是**。另一個原因是理查。潘姆和先生史考特（Scott）也是理查的朋友，理查很可能會受邀。她大可直接問潘姆，理查是不是也在受邀之列——不是說這有什麼大不了，而是她想有個心理準備——可是她還是因為膽怯而不敢開口問。

所以這就是原因，一想到他很可能在場，她的內心就不斷翻攪，她甚至有更不堪的念頭：也許他會帶著最新交上的二十幾歲纖瘦小辣妹，挽著他的手臂，一臉崇拜地聆聽他自命不凡的話語。卡麗娜抿了抿嘴唇，確保口紅均勻。

她的雙眼到處搜巡後院，他沒有跟潘姆和家長們一起站在泳池邊。卡麗娜接著掃視游泳池、燒烤陽臺、草坪，沒有看到他。

她走到泳池小屋，加入潘姆、史考特和其他家長圍成的圈子，眾人立刻壓低嗓音，眼神似乎在密謀什麼，時間頓時凝結。

「嗨，怎麼了嗎？」卡麗娜問。

整圈子的人望向潘姆。

「呃……」潘姆吞吞吐吐，「我們剛剛正好談到理查。」

「哦？」卡麗娜等著，已經準備好會聽到難堪的回答，結果眾人不發一語，「談他什麼？」

「他取消了巡迴演出。」

「哦。」這不是什麼驚天動地的大消息，他以前就取消過演奏會和巡迴表演。有一次，他無法忍受指揮，拒絕跟他站在同一個舞臺上；還有一次，到最後一刻才臨時找人代打，因為他在機場酒吧喝醉，錯過班機。不知道這次的理由又是什麼。不過潘姆、史考特和其他人一臉嚴肅地盯著她，彷彿她應該要說些更有憐憫心的話才對。

情緒在她的心頭翻攪，內在世界的街上迅速擠滿站上肥皂箱的激烈抗議者，對她得面對這些而義憤填膺，尤其對應該能體諒她卻沒有的潘姆。理查取消巡迴演出不關她的事，她跟他離婚了，他的人生不再是她的問題。

「你真的不知道？」潘姆問道。

所有人都等著她回答，雙脣緊閉，身子動也不動，活脫脫是一群聚精會神看戲的觀眾。

「知道什麼？他快死了之類的嗎？」

她發出一聲緊張、尷尬的輕笑，在場沒有人附和。她在眾家長當中尋找呼應，就算她的話有欠妥當，應該還是有人會理解她的黑色幽默吧，然而，每個人不是一臉驚恐，就是把頭轉過去，每一個人都如此，除了潘姆，她的雙眼流露出百般不願意的贊同。

「卡麗娜，他得了漸凍症（ALS）。」

第二章

理查躺在床上，已經醒來，滿足於一夜好眠。他的雙眼大大睜著，眨也不眨，茫然地盯著正上方圓頂天花板一片捲曲、斑剝的油漆，他可以感覺它就快掉下來，某種看不到的威脅正在蔓延滋長，就像暴風雨欲來之前，充斥於空氣中的離子異常忙碌活躍，而他什麼都不能做，只能動也不動躺著，等著它落到身上。

他人在自己的臥房裡，可是，這時他應該在紐約文華東方飯店醒來才對，他昨晚應該在林肯中心大衛葛芬廳（David Geffen Hall）發表獨奏會才對。他超愛林肯中心，將近三千個座位早在幾個月前就銷售一空，要是現在在文華東方，他應該準備要點早餐了，很可能會點兩份。

但他並不在紐約文華東方，身邊也沒有美女相伴，而是獨自一人躺在床上，在他波士頓聯邦大道（Commonwealth Avenue）的公寓裡，而且儘管飢腸轆轆，他只能靜靜等著。

他的經紀人崔佛（Trevor）發新聞稿取消了他的巡迴演出，宣稱是肌腱炎。理查不明白公布誤導訊息有何意義，早也一刀，晚也一刀，不論早晚，架在理查脖子上這一刀總要挨的。沒錯，他最初以為是肌腱炎，一種麻煩到叫人洩氣但很常見的傷害，透過休息和物理治療就可痊癒。他是那種只要幾個禮拜不彈琴就會沮喪的人，擔心琴藝會受到影響，然而那是七個月前、上輩子的事了，那時的他即使是肌腱炎也無法忍受。

也許經紀人還處於拒絕接受階段。按照表定行程，理查秋天要和芝加哥交響樂團合作演出，崔佛還沒取消這場演奏會，以免到時理查真的好轉。理查了解他在想什麼。即使到現在，確診半年了，他仍然無法搞懂自己的病，不知道接下來會怎麼樣。每天總有好幾次，他看書、喝咖啡，沒有任何症狀，感覺完全正常，這時他會忘記過去七個月發生的種種，不然就是內心的反抗軍會揭竿而起。

神經內科醫師搞錯了，是病毒，是神經受到壓迫，是萊姆病（Lyme disease），是肌腱炎，是一時的毛病，現在消除了，都好了。

然後接著，彈拉赫曼尼諾夫《升G小調前奏曲》時，他的右手趕不上，只能苦苦追趕節奏；又或者，他把半杯滿的咖啡掉到地上，因為太重，握不住；又或者，他沒有力氣操作指甲剪。他往下看看左手醜怪的長指甲，再看看右手修剪整齊的指甲。

這不是一時的毛病。

他秋天沒辦法在芝加哥表演了。

他全身赤條條，他一向有裸睡習慣，與卡麗娜同床共枕的那些年向來如此，而卡麗娜總是穿著高領法蘭絨睡衣，腳上還套著及膝長襪。他嘗試著想像她赤身裸體的模樣，但腦海卻總浮現出其他女人。這麼做通常能讓他勃起，他現在很樂見可以來場愉悅的自慰消遣，可是對未來的可怕預期令他焦慮，他的老二癱軟，跟身體其他部位一樣，一動也不動。

他的體熱在被褥下形成一個舒適的繭，包覆著他，跟臥室裡不請自來的低溫形成強烈對比。他掀開被子，坦然迎接皮膚接觸冷冽空氣的尖銳刺骨。他想親眼看著「它」來。

他的眼睛細細觀察手臂長度以及每根手指的每個關節，尤其右手的食指和中指；他仔細檢查呼吸起伏之間的胸胃是否異常；接著把目光落到雙腿、腳趾，他的感官變強、變敏銳，彷彿獵人全神貫注搜尋一躍而過的白毛獵物。

他等待著，身體彷彿爐灶上一鍋水，溫度調得很高，鍋裡的水終究會煮沸，只是時間早晚的問題。當然，他希望它永遠不要來，但是他也倔強地躺在那裡，歡迎它的到來，歡迎它在他體內放肆起舞。

第一顆泡泡浮上水面破掉，他的左小腿肚突然肌肉跳了一下，抖動了幾秒鐘，這是序幕，接著跳到右四頭肌，就在膝蓋上方，然後右手拇指下方肌肉開始顫動，一次又一次又一次。

他尤其無法直視這個，右手拇指的抽搐，可是無法別過頭去。他默默懇求體內這個極微小的敵人。純粹是湊巧（因為他知道他無權力左右它的意向），它就這麼離開他的手，遁入皮膚和筋膜之間的空間，就像老鼠鑽入屋子牆壁裡，接下來入侵他的右二頭肌，然後是他的下唇。這些快速顫動像漣漪一般起伏，從身體某一處跳到另一處，快速又連續，是不斷翻騰滾動的滾水。

有時候，抽搐會逗留於某一處。昨天，它卡在右三頭肌一處25美分硬幣大小的地方，斷斷續續地收縮，不斷跳動好幾個小時。它在那裡落戶，糾纏那裡，愛上那裡，走不開，他很恐慌它會就此跳個不停。

不過他知道，毫無疑問，它一定會停下來。每一個肌群的抽搐——手臂、腿、嘴巴、橫膈膜——有一天勢必會永久停止，所以他現在應該歡迎這些抽搐才對，應該感謝才對，抽搐意味著他的肌肉還在，還能夠做出反應。

至少目前還可以。

他的運動神經元正遭到多種毒素的毒害，而毒素的組成究竟為何，他的醫生和地球上任何科學家都不知道，他整個運動神經元系統一步步邁向死亡。神經元快死了，仰賴神經元餵養的肌肉，也真的快餓死了，肌肉每一次抽搐都是結結巴巴、喘著氣在求救。

沒救的。

但是又還沒死。跟他車子的油量警示燈一樣，這些「肌束顫動」是早期預警系統，赤裸冰冷躺在床上的他，開始算起數學。假設油量警示燈亮起，油箱還剩下兩加侖左右的油，保守估算，他的 BMW 汽車一加侖可在這個城市跑二十二英里，所以油量耗盡之前他還能走四十四英里。他想像那個情景，最後一滴汽油耗盡，引擎齒輪嘎嘎作響漸漸停下來，卡住，車子完全不動，死掉。

他的右下唇在抽搐。他不懂生物學，不知道身體的肌肉燃料還剩多少，希望自己還有機會一一細數身體的抽搐。

他還剩下多少英里？

第三章

卡麗娜走了五個街區多一點，要前往聯邦大道，她對四周人事物幾乎渾然不覺——公園長椅下有麻雀細細啄著掉在地上的馬芬屑；有個人溜著滑板，裸露的胸膛有張牙舞爪的猛龍刺青，從她身旁呼嘯而過，滑板輪子嗡嗡大作；一對年輕的亞裔伴侶並肩散步，手牽著手；徐徐微風瀰漫著菸味；推車裡的嬰兒嚎啕大哭；狗狂吠著；汽車和行人在每個路口交替起舞。然而，她的注意力只往內心裡去。

她的心跳速度超過走路速度所需，使她不安起來。也有可能不安才是因，心跳是果。她加快速度，試圖讓外在行為跟內在生理同步，卻反倒只顯得她在趕時間、遲到。她看了看手錶，完全不必要的舉動，他連她要過去都不知道，更遑論早到或晚到。

她流了一身汗。走到下一個街角，她停下來等綠燈，從手提包抽出一張面紙，伸到襯衫底下擦乾腋窩，接著想再掏出一張面紙，卻沒有了，只好用手擦擦額頭和鼻子。

到達理查的地址，她站在臺階下，抬頭望向四樓窗戶。在她身後，聯邦大道另一側，三一教堂的尖塔和約翰漢考克大樓（John Hancock）筆直的玻璃帷幕高聳於紅樓屋瓦之間。他家有漂亮的景觀。

這條位於後灣（Back Bay）的街道特別高級，住著波士頓的貴族，都是隔壁燈塔山（Beacon Hill）鄰居的皇親國戚。理查跟波士頓許多上流菁英住在同一個街區，有 BioGO 公司總裁、麻州總醫院外科醫師，還有紐柏麗街（Newbury Street）兩百年歷史的畫廊第四代傳人。雖然他的收入不錯，以鋼琴家來說更是可觀，但這個地址遠非他能力能及，很可能是他個人版本的中年危機，是他閃閃發亮的紅色保時捷。他的房貸想必貸到滿額了。

她自從葛瑞絲高中畢業後就沒見過他，已經一年多了。她也沒來過這裡，是啦，她曾經開到這裡兩次，兩次都是晚上，表面上都是為了避開塞車，其實是刻意改變平常慣走的回家路線，放慢速度緩緩巡行，不至於慢到後面的車子按喇叭，但又足以快速捕捉到那是一個天花板挑高、泛著金色光亮的住家。

她很怨恨，為什麼搬出去重新開始、到一個新地方舒爽的人是理查，而不是她？他的身影回憶徘徊在他們曾經共有的屋裡每個房間，少見的好回憶和常見的壞回憶同樣不時侵擾著她。她換掉了他們的床墊和餐具，取下了他們在客廳牆上裱了框的結婚照，改掛上一面漂亮鏡子。沒關係。她仍然留在他離開她的地方，仍然住在他們的屋子裡，他所遺留那些活力充滿的印痕，就像滴在白色上衣的紅酒漬，縱使洗了上千次，褐色汙漬卻永遠洗不掉。

她其實可以搬家，尤其現在葛瑞絲離家唸大學了。但是搬去哪裡呢？去做什麼呢？她的倔強，她那頑固不通的個性本質，只會把這些問題斥為無稽，不願真正認真考慮，所以她留在原地，凍結在她破碎婚姻所遺留的三房殖民地博物館。

葛瑞絲在爸媽分居時已經考上駕照，所以能夠自己開車來爸爸「家」，一處單身男子公寓。卡麗娜朝著他紅色房屋大門拾級而上，嘴裡突然一陣酸味湧上，踏上臺階頂端時，胃也跟嘴巴一樣酸，「噁心想吐」立刻搶走她內心獨白的麥克風。她覺得不舒服，但是她沒有生病，她提醒自己，生病的人是理查。

胃裡的酸開始發酵。她為什麼到這裡來？要來說什麼、做什麼？給予憐憫、同情、協助？親眼看看他有多悲慘？就好像那些行經車禍現場伸長了脖子湊熱鬧的駕駛，非得好好看看受損殘骸才肯繼續前進。

他會變成什麼樣子？除了史蒂芬．霍金（Stephen Hawking），她沒有參考對象。一個由人擺布的掌中布偶，沒有雙手，癱瘓、骨瘦如柴，沒有機器就無法呼吸，四肢、軀幹和頭安放在輪椅上，如同小女孩把玩的軟趴趴、四肢縫上棉布的破舊布偶，聲音則是用電腦合成。理查以後會像這個樣子嗎？

搞不好他根本不在家，也許人在醫院。她應該先打電話的。不知為什麼，比起鼓起勇氣貿然出現在他家門口，打電話似乎還更可怕。有一部分的她認為他的病是她造成的，儘管她知道這種想法是往自己臉上貼金的荒謬可笑。她有多少次暗地裡希望他去死？現在他真的快死了，這下她成了卑劣、糟糕透頂、可怕的女人，竟然心存如此惡念，甚至從中獲得病態的快感。

她站在門鈴前，按下門鈴還是掉頭走人？兩股力量拉扯著，就像激昂的對位音樂，在她內心來回拉扯，遲疑難決。她要是好賭之徒，肯定會把錢押注於「離開」。結果，她打破自己的慣性，按下門鈴，出乎自己意料。

「喂？」理查的聲音從對講機傳來。

卡麗娜的心臟快從緊繃、發酸的喉嚨跳出來。「我是卡麗娜。」

她把頭髮塞到耳後，拉了拉胸罩肩帶，肩帶黏在滿身汗的身體上，很不舒服。她等著他遙控開門，但是毫無動靜，門裡的窗戶覆蓋著不透明的白色門簾，看不到是否有人出來。接著，她聽到腳步聲，門開了。

理查不發一語。她以為他看到她會一臉錯愕，但是並沒有，反倒是一臉動也不動，除了眼睛，似乎透出一絲笑意，不是開心看到她，而是猜中了什麼的滿意微笑，而她那顆快跳出喉嚨的心已經很清楚此行是個災難。他繼續不發一語，她也默不作聲，這場誰先開口誰就輸的比賽大概持續了兩秒鐘，但卻以折磨人的慢動作延長，超越時間與空間。

「我應該先打電話來的。」

「進來。」

隨他一步步走上三段樓梯的過程中，她細細研究他的腳步，踏實、平穩、正常。他的左手順著樓梯扶手一路上滑，雖然全程扶著，但顯然不是靠扶手才能走，那不是殘障扶手。從背後看，他完全是個健康人。

那是謠言。

她是笨蛋。

進入他的公寓，他領著她走到廚房，深色木頭配上黑色檯面和不鏽鋼，現代又陽剛。他讓她坐在中島旁的凳子上，居高俯瞰客廳，客廳裡有他的史坦威平臺鋼琴、棕色皮沙發、從他們書房搬來的東方地毯、窗戶旁的書桌放著一臺筆電，還有一個書架，簡約整齊、單一聚焦。十足理查風格。

廚房工作檯上至少有兩打葡萄酒排排站，他面前擺著一瓶已經打開，還有一個酒杯裝了半杯紅酒。他很愛葡萄酒，喜歡以鑑賞家自居，但通常只喝幾款特別挑選的，演奏結束或慶祝成就達成或假日或晚餐才喝。而現在才星期三，中午都還不到。

「這些是從酒窖拿來的，這支木桐酒莊（Château Mouton Rothschild）很飽滿。」他從櫥櫃取出一個玻璃杯，「一起喝一杯？」

「不了，謝謝。」

「這個」——他的手在兩人之間的空間來回揮動——「意想不到的造訪，或者隨便怎麼稱呼都好，需要配上酒精，不是嗎？」

「你可以喝這麼多嗎？」

他笑出來，「又不是今天就要把這些全喝掉，還有明天、明天、明天。」

他抓了一瓶漂亮黑色瓶身的酒，上面有金色綿羊的浮雕圖案，已經打開，給她倒了一大杯，無視於她的拒絕。她淺嘗一口，出於義務露出微笑，覺得這紅酒普普而已。

他再次笑了，「你還是跟農場飼養的動物一樣，沒有鑑賞能力。」

確實。她分辨不出一瓶高價的木桐紅酒和一大罐便宜的嘉露（Gallo）紅酒有何不同，她也不在乎，這兩個特質總是令理查抓狂，而理查也忠於他自視高人一等的本色，直接就說她是笨豬。卡麗娜緊咬牙根，把一張嘴就會出口的話嚥了回去，也忍住想把價值一百美元的珍貴紅酒往他臉上潑的衝動。

他旋轉杯子、聞了聞、啜飲一口、閉上眼睛、等待、吞下、舔舔嘴唇，然後張開雙眼和嘴巴，看著她，彷彿他剛剛達到了性高潮或看到了上帝。

「你怎麼能不懂得品味這酒？現在喝的時機正好。再嘗一口，聞聞櫻桃香？」

她又淺嘗一口。還可以，沒聞到櫻桃味。「我記不得我們上次共飲一瓶酒是什麼時候的事了。」

「四年前，十一月，我剛從日本回到家，長途飛行累壞了，你煮了golabki（波蘭菜肉捲），我們喝了一瓶瑪歌（Château Margaux）。」

她盯著他，既訝異又好奇。那一晚她完全不復記憶，理查卻信手就能一派溫柔娓娓道出，不知道是不是因為對她來說意義不大才忘記，還是這段記憶被太多其他不好的經驗給排擠掉。很好笑，同一段生活過往，從兩人的嘴巴說出來，竟好像是截然不同的故事。

他們四目交接。他的外表比她記憶中老了一點，或者不是老，而是帶著悲傷，臉龐輪廓也更分明。雖然他一向很瘦，但體重絕對變輕了，還留了鬍子。

「你現在不刮鬍子了。」

「試試新造型，喜歡嗎？」

「不喜歡。」

他咧嘴笑笑，又啜飲一口紅酒，然後用手指輕扣酒杯邊緣，一聲不吭，她看不出他是在決定要按她的哪個開關，還是在克制。如果是克制，那可是新聞。

「你取消了巡迴演奏？」

「你從哪裡聽來的？」

「《環球報》說是肌腱炎。」

「所以這就是你來的原因？來檢查我的肌腱炎？」

他故意激她，要她說清楚，要她親口承認，她惴惴不安的心再度怦怦狂跳。她把酒杯往唇邊送，迴避他的提問，也迴避回答，自顧自嚥下一大口紅酒，也把來此的真正原因一併吞下。

「我以前以為，你有時候取消演出是為了博取注意。」

「卡麗娜，我已經放棄了接下來三個禮拜幾千個觀眾，他們原本打算把一整個晚上的注意力放在我身上。取消演出正好是吸引注意的相反。」

再一次，兩人四目交接，流動在兩人之間的情緒，介於親密和攤牌之間。

「當然啦，確實引起了你的注意。」他微笑。

他將鼻子湊進酒杯裡，吸氣，把剩下的一口喝光。他看了看工作檯上的酒，從後排抽出一瓶，把開瓶器架在瓶頸頂端，開始扭轉，但他的手老是握不住，轉不進去。接著，他把開瓶器拿開，檢視酒瓶頂端，用手指摩擦，再把手往褲子抹，彷彿弄溼了一樣。

「這種硬臘密封軟木塞真是他×的難開。」

他重新把開瓶器架好，試了又試，但是手指一再滑掉，無法駕馭這個旋轉裝置。她沒有多想，正打算開口幫忙時，他停下手，用力把開瓶器扔到屋子另一頭。卡麗娜反射性閃開，儘管她根本不在拋射軌道上面。

「就是這個，」他控訴她，「你就是來看這個，對吧？」

「我不知道，我真的不知道。」

「現在你高興了吧？」

「沒有。」

「這就是你來的原因，來看我丟臉。」

「不是。」

「我不能再彈琴了，不夠好，再也彈不好了，所以巡迴取消了，卡麗娜。這就是你想聽到的答案嗎？」

「不是。」

她凝視他的雙眼裡面，他暴怒的靈魂之窗裡，筆直站立的，只有驚恐。

「那你為什麼來這裡？」

「我以為這是對的事。」

「看看你，突然變成模範天主教徒了，開始關心起對錯了。親愛的，恕我講句不好聽的，你只有自己的屁眼被捅了才會分辨對錯。」

她搖搖頭，憤怒難受，痛恨自己的一廂情願。她挺身站好，「我不是來讓你辱罵的。」

「哦，又來了，又搬出那個字眼了，沒有人辱罵你，不要再用那個字。你給葛瑞絲洗腦，害她不跟我講話。」

「不要怪到我頭上。她不跟你講話，是因為你是討人厭的混蛋。」

「也可能是因為她媽媽是一心只想報復的賤女人。」

卡麗娜一把抓住他打不開的那瓶酒的瓶頸，猛力往工作檯邊緣砸個粉碎。她丟掉手中砸破的瓶頸，退一步避開灑了一地的紅酒。

「這瓶有櫻桃味道了。」她說，聲音顫抖著。

「走開，馬上！」

「很抱歉，我根本不該來的。」

砰的一聲，她重重甩門而出，迅速跑下樓梯，好像後面有人在追一樣。原本的一片善意，為什麼變調至此？

為什麼會搞到這步田地？

憤怒與悲痛從四面八方湧來，她突然雙腿放鬆一軟，無力繼續，跌坐門口臺階頂層，面向漂亮的景觀——聯邦大道上慢跑的人、公園裡的鴿子、三一教堂的尖塔、漢考克大樓的藍色玻璃——不在乎是不是有人看到或聽到，她掩面啜泣。

第四章

理查坐在他的鋼琴前，這是三個禮拜以來第一次。上一次是八月十七日，右手僅存的食指在那天也宣告投降，從此，五根手指全對他的使喚充耳不聞。他原本每天都做測試。八月十六日那天還能用右手食指輕敲，很輕很輕，他緊抱著這個成就，可悲地慶祝這個需要耗費大量心力和體力、看起來更像是虛弱顫抖而不是輕敲的動作。他把一輩子的希望都寄託在這根手指，才八個月前，這根手指還能在琴鍵上飛舞，彈奏最繁複、最競技的曲子，一拍不漏，用該有的力道敲出每一個音符。

極強！

漸弱。

他的食指，右手每根手指，是精細校準的工具。排練時只要彈錯一個音，只要一根手指缺乏自信、力量或記憶而出錯，他就會立刻停下來，從頭開始。不容許有任何犯錯空間，不容許手指有任何藉口。

八個月前，他的右手有全世界最好的五根手指，如今，整隻右手臂和手已經癱瘓、死掉，彷彿是屍體的一部分。

他用左手拿起沒有生命的右手，放在琴鍵上，右手拇指放在中央Do，小指放在So。他可以感覺到琴鍵冰冷平滑，觸覺性感誘人，指尖下的琴鍵渴望被愛撫，親密關係已就緒，只待他行動，然而他卻無法做出回應，這頓時成為他生命中最殘忍的一刻。

他驚恐盯著美麗琴鍵上這隻死掉的手。這手不只一動也不動，好似死掉一般，手指也無法彎曲，整隻手太直、太平、沒有音調、沒有個性、沒有可能性，萎縮、軟弱、無力，看起來像假的，像萬聖節扮裝戲服、像好萊塢電影道具、像蠟製的義肢。這不可能是他的手呀！

屋子裡的空氣凝重起來，重到不能呼吸，他似乎也忘了怎麼吸氣。一波恐慌悄悄漫入全身。他把左手手指放在琴鍵上，手臂伸開，手腕抬高，手指彎起，好愛指尖觸碰的琴鍵，然後他深深吸氣，吸入的空氣把肺部鼓起，彷彿準備奔跑逃命，同時，絕望的雙眼仔細端詳琴鍵，尋思雙手該做什麼才好。他到底他×的能做什麼？

他開始彈布拉姆斯《第一號鋼琴協奏曲》，只彈左手的音符，右手音符則在心裡默想。去年夏天，他跟波士頓交響樂團合奏過這首五十分鐘的協奏曲，長達八十七頁的曲子全部背譜演出，幾近完美，精湛演奏獲得滿堂采，有幾個晚上的表演甚至到達超凡入聖境界。他就是為了這些不凡的夜晚而活。

在草地演出那一晚，整個管弦樂團不只是演奏布拉姆斯，更是一個開啟的導管，將生命注入音樂中，他的靈魂、其他音樂家的靈魂、草地觀眾的靈魂、音符的靈魂共同交織出狂喜、充滿活力的連結，這種神奇力量的化學式或感受，他從來無法言喻。用言語來傳達布拉姆斯的魔法，無異於用課堂上的木頭直尺去量測光速。

左手單手彈奏的同時，他閉上眼睛，忘掉無法動彈的死屍右手，如此東拼西湊、身心搭配的演奏已聊以慰藉。可是，他接著搖晃起身軀，前後晃動——這是他改不了的習慣，遭到很多老師批評，說他不是分心就是放縱——一不小心，把右手撞離原來的琴鍵位置，這隻死掉的手就這樣空懸在肩膀下，有如拋下海的船錨，又重又痛，很可能又脫臼了。

他利用這股疼痛，布拉姆斯《第一號協奏曲》的痛楚，狂暴的第一樂章的莊嚴、渴望、失去、戰鬥，有如走上戰場。左手流瀉的縈繞心頭獨奏，心裡默默彈奏的孤單旋律，肩膀的痛楚，右手的失去。

他大膽開始猜想接下來會失去哪個部位。直覺和腦袋一致同意：

你的另一隻手。

他放聲大哭，左手更用力敲打琴鍵，趁著還做得到的時候。腦海中的旋律沒了，現在只聽得到琴槌、毛氈、琴弦、聲帶所產生的真實顫動。少了右手，音符感覺如同死亡，如同失去真愛，有如一段苦澀戀情告終，或一場離婚。

感覺就像他的離婚。他把左手高高舉離琴鍵，躊躇著，嘎然停止於第一樂章正要進入漸強之前，一顆心怦怦在肩膀跳動，在突然的寂靜、未完成的曲子、被打斷的人生中跳動。他把左手彎曲成拳，重重敲擊琴鍵，用盡全身可得的力氣，彷彿在街頭鬥毆，一面哭泣著，心碎、被背叛的感覺再次淹沒他。

第五章

芝加哥大學的家庭週末日。葛瑞絲堅持卡麗娜不必來，理由是媽媽早就知道校園長什麼樣子。去年他們一起在校園商店買了運動衫、T恤、汽車保險桿貼紙、馬克杯，卡麗娜見過了葛瑞絲的宿舍房間和室友，而且葛瑞絲每個禮拜天也跟媽媽視訊聊天。卡麗娜覺得女兒對她這次來訪的反對有點太過，好像在保護隱私或獨立或什麼大祕密似的，不過她不聽勸阻，反正飛機票價不貴，而且她想念女兒。

他們正在「共同基礎」（Common Grounds），一家饒富居家風格與文青味道的校園咖啡店，而「大祕密」就坐在葛瑞絲身旁，一隻手握著三倍濃度拿鐵，另一隻手放在葛瑞絲的大腿上。麥特（Matt）頂著一頭造型誇張的棕色頭髮，一臉鬍渣，還有一雙講起話就開心的藍色眼睛。他顯然很迷戀葛瑞絲，而葛瑞絲雖然在母親面前故作淡定，但也為麥特瘋狂。

「葛瑞絲說你是位很厲害的鋼琴家。」麥特說。

卡麗娜握著南瓜拿鐵的手正好在半空中，突然不知道該繼續往嘴巴送，還是放回桌上，她很驚訝，也很感動女兒用這種方式形容她，甚至有點誇大了，理查才是厲害的鋼琴家，不是她。或許麥特只是把她跟理查搞混了，也有可能他是在拍女友媽媽的馬屁。

她把咖啡放回桌上，「不是，她爸爸才是，我只是個鋼琴老師。」

「她很厲害的，」葛瑞絲開口說，斬釘截鐵地糾正媽媽，「她只是放棄事業在家帶我，所以我絕對不要懷孕，我才不要白白浪費我所受的教育，只在家帶小孩。」

「帶討人厭的小孩。」麥特一臉微笑著說。

葛瑞絲嬉鬧地推推他的手臂、捏捏他的二頭肌才放手，卡麗娜啜飲拿鐵，把嘴脣的泡沫舔去，一面看著他們。這兩個鐵定上床了。

卡麗娜和葛瑞絲很親，但是沒討論過這種事，這一點似乎傳承自卡麗娜的媽媽，一如她的綠色眼睛以及再怎麼累仍會在天亮前醒轉的習性。卡麗娜和媽媽聊過性，就那麼一次。那年她十二歲，問了什麼已經忘了，但是她還記得媽媽一面在水槽洗碗一面回答她：「性是製造嬰兒的方式，是丈夫與妻子之間神聖的行為。去把毛巾拿進來。」對話就此結束，此後未曾提起。

卡麗娜從修女和朋友那裡多知道了一點點。她還記得自己聽到索菲亞（Zofia）說娜塔莉雅（Natalia）在體育館看臺下面替男生口交時有多麼驚恐，主要是因為她不太確定口交是什麼，也沒有勇氣開口問，不管那是什麼，她很確定娜塔莉雅必定會因此下地獄。

卡麗娜十六歲時，活潑好動又漂亮的朋友瑪堤娜（Martyna）被送去阿姨家，九個月後回來，性情丕變，總是迴避他人的目光，低頭盯著鞋子。鎮上每個人都在傳她的八卦。瑪堤娜成了瑕疵品，這下沒有人會娶她了，真丟臉。

卡麗娜想像過瑪堤娜拋下的小孩（究竟是男孩還是女孩永遠不得而知），想像過瑪堤娜小姑獨處終老的人生，那時她就立誓絕對不要落得像瑪堤娜的下場，也不要像媽媽一樣，一輩子綁在廚房，數十年如一日煮飯打掃、撫養五個小孩。她不要失去對自己人生的掌控。

葛瑞絲高一時，母女倆談過「那個」。卡麗娜決定多點教育功能，而不只是媽媽傳授「智慧」，而且刻意拋開天主教那些羞恥或厭女的迷思：**不可以有婚前性行為，不可以避孕——這些並不是上帝的規定，而是人制定的規則**。當時母女倆在車裡，正前往葛瑞絲的足球賽路上，兩人肩並肩，不是面對面，不過已經遠遠好過卡麗娜的媽媽背對著。卡麗娜提到保險套和避孕藥、性病和懷孕、親密關係和愛。

性不是罪惡，但是你必須保護自己，避孕是女生的責任。這番話如今在她腦海重播，她皺起眉頭，就像當年在車裡說給葛瑞絲聽的時候一樣，可以稍微減輕罪惡感。使用避孕藥並不是罪惡。她把該說的都說了。

汝不可說謊。

說謊是罪惡。

要是女兒對於那次談話只記得一個告誡，卡麗娜希望是「不管做什麼，千萬不要懷孕」，她很確定這句話重複了好幾次，一面開車的她雖然只能從旁瞄到女兒的側臉，還是能感受到葛瑞絲的難為情和白眼。

如今正面看著女兒，一臉自信，容光煥發，人生在自己掌控之中，卡麗娜很高興她的話被聽進去了，但她的意思並不是「永遠不要」，難不成她真的傳達了這個意思？

「誰說的，我是很棒的小孩，養我是值得的，對不對，媽咪？」

「是啊，親愛的。」

「你在學校教琴嗎？」麥特問。

「沒有，在家裡教，在客廳。」

「哦。」

「真的，她至少跟我爸一樣好，只是光環都在我爸身上。」

「你有跟你爸談話嗎？」卡麗娜問。

「最近沒有，怎麼了？」

七月那次去看理查以不愉快收場後，她就沒聽到任何他的消息。雖然理查打不開酒瓶，她還是不相信他真的得了ALS，他八成是得了腕隧道症候群或肌腱炎之類，那是鋼琴家常見的傷害，很麻煩但終究是良性。如果理查真的得了ALS，應該會告訴唯一的女兒，不是嗎？

「他下個月不是要來芝加哥這裡演奏嗎？」

「我不知道，」葛瑞絲聳聳右肩，「你為什麼還在追蹤他去了哪裡？好好過自己的生活好不好，媽。」

卡麗娜感覺雙頰漲紅。葛瑞絲這番快語太過犀利，狠狠打了她一個耳光，十分殘忍無情，尤其在不了解卡麗娜複雜人生歷史的麥特面前。不過她相信葛瑞絲的少根筋並非故意，於是把辯解的衝動吞了回去。過去一年來，她和葛瑞絲對此有過多次促膝長談。現在葛瑞絲上大學去了，卡麗娜可以向前走了，可以搬到紐約或紐奧爾良或巴黎；可以放棄教琴工作，重拾演奏事業；可以重新改造自己的生活，或至少追尋以前放棄的生活。做什麼都好，至少做一個。

「那你的音樂天分到哪去了？」麥特問葛瑞絲。

「我啊，我是史上第一的卡拉ＯＫ歌手。」

「第一爛吧，你確定你不是領養的？」

「我跟我媽長得這麼像。」

「不然就是你跌倒撞到頭？」

「所以影響到我對男人的品味。」

這次換麥特推推葛瑞絲的手臂，葛瑞絲咯咯笑個不停。男人，不是男生。她的小女孩什麼時候變成小女人了？

她突然想到，葛瑞絲現在正是當年她與理查相遇的年紀。那時他們一起修薛曼·李柏（Sherman Leiper）的鋼琴技巧課，她完全不認識他，只知道他似乎很彆扭、極為執著，她能感覺到上課時他會盯著她看，太害羞不敢跟她說話，幾乎整個學期都是如此，然後有一天，他終於開口了。

宿舍一場啤酒派對上，在啤酒的壯膽之下，他上前自我介紹。接著，一杯啤酒變成好幾杯，催化了兩人的吸引力，不過，她一直到聽他彈琴才為他傾倒。兩人單獨在一間練琴室，他彈奏舒曼《C大調幻想曲》作品十七，完完全全沉醉於曲子之中，似乎渾然不覺她的存在，他的彈奏有力但溫柔、自信、大師風範，這首樂曲又是徹頭徹尾的浪漫（至今仍是她的最愛之一），到了最後一個音符落下，她已經墜入愛河。

他們早上做愛、晚上做愛，比她刷牙的次數還頻繁。白天，她背記巴哈和莫札特；夜晚，她背記他的身形，指尖每天彈奏的第一個音符和最後一個音符都在對方身上。他們對鋼琴、對彼此熱情滿溢、永不滿足，其他一切都不存在。她不曾如此快樂過。

這明明是她的歷史，是她人生傳記的初期篇章，但她卻感覺很抽離。她明明記得跟理查在一起的第一年，但那些記憶、那些身體交纏著床單的畫面，卻好像屬於別人，屬於很久以前讀過的書中角色。

現在，就連想到理查的親吻也令她作嘔。她對他曾有過的瘋狂渴望、兩人的共結連理，竟然都變得超現實，但卻是真真實實曾經發生過。

看著葛瑞絲面帶微笑聆聽麥特講話、打情罵俏、癡迷，她一面猜想，不知道他們的故事會怎麼寫。她希望女兒在愛情和婚姻的境遇會比她好。**不要重蹈我的覆轍**。

二十歲陷於欲望濃霧中的卡麗娜，有可能看到示警紅旗嗎？有可能預見往後的發展嗎？有。理查的孤芳自賞、自以為是又脆弱、自私又愚蠢一直都在，但她天真的以為有天分、有雄心壯志的男人都是如此。這是她的入場費。她尊重他對鋼琴的投入、佩服他的信心，現在回頭看才明白，他的投入是出於絕望的破釜沉舟，他的信心是傲慢自負，他是紙糊的。

儘管如此，在一開始，兩人的感情是醉人的、有望譜成美麗愛情故事的，到最後卻成了狗屎。「海枯石爛，至死方休」也是人編造的規則，完全沒道理。凡事有開始就有結束，每個日夜、每首協奏曲、每段感情、每個生命，萬事終有結束的一天。要是她和理查結束得好一點就好了。

咖啡店的音樂原本流瀉著流行歌曲——紅髮艾德（Ed Sheeran）、蕾哈娜（Rihanna）、泰勒絲（Taylor Swift）——突然切換成賽隆尼斯・孟克（Thelonious Monk，美國爵士樂鋼琴家）。

「媽，你聽。我小的時候，你常彈這類曲子，還記得嗎？」

卡麗娜盯著葛瑞絲，嘴巴張得老大，驚愕不已。那時葛瑞絲大概三、四歲。

「記得，沒想到你竟然還記得。」

「你現在都彈哪一種音樂？」麥特問。

「古典。主要是蕭邦、莫札特、巴哈。」

「為什麼不彈這種了？」葛瑞絲問。

有千百種理由。

「我不知道。」

葛瑞絲抬頭，別過視線，沒特別望向何方，聆聽著。這首歌是〈午夜時分〉（Round Midnight），深夜的沙發音樂，卡麗娜感覺這時雙手應該握著琴通寧雞尾酒，不該是南瓜拿鐵。她心裡跟著默彈起來，想像指尖下的琴鍵，這種「動作計畫」（motor plan）能力就像家傳食譜一樣展開，經過這麼多年仍然清晰。她感覺音符在內心振動，被一股強烈的渴望吞沒，近乎悲傷。是懊悔。聽著賽隆尼斯．孟克彈奏爵士樂，她的內心滿是懊悔。

一抹微笑在葛瑞絲臉龐漾開，眼神也發亮起來。「我很喜歡這首，你呢？」

卡麗娜雙頰再次泛紅，點點頭。「我很喜歡。」

第六章

張開雙眼之前那個呆滯、意識模糊的時刻，最近剛熟悉的黑色音符在理查眼瞼後的白色紙張上舞動。他在腦海看著音符，樂音隨之在耳邊響起，上行琶音如同歌聲動人的女海妖，召喚著他。他睜開雙眼，一縷明亮的白色光線劃破拉上了的厚重窗簾中線。又是新的一天。

他給左手手指下指令，在服貼的白色床單上彈音階，這是他早晨的儀式，他每日的測試。他細細研究這個簡單動作的協調性，每根手指連續、快速的起落，彷彿縫紉機針頭；他研究肌腱、指關節、靜脈、肌肉的構造運作，其不可思議與不可或缺的程度，不亞於他的心跳。

帶著滿足的心，他起床、尿尿，走進廚房準備早餐，抗拒著史坦威鋼琴急切的誘惑。他全身赤裸坐在廚房工作檯，用吸管小口喝著熱咖啡，一面茫然地研究自己的腳。他命令腳趾扭動，它們乖乖照做了。他彎曲脖子，上半身向下捲曲，伸出嘴脣觸碰手中沾滿糖霜的甜甜圈。他的左肩已經開始無法動彈，限制了手臂的垂直動作，他盡量不去想這個新症狀可能預示癱瘓一步步進逼，也許這個病就會停在這裡吧，停在左肩，如果是這樣，他可以忍受。

一口甜甜圈、一口咖啡交替著，他任由思緒探入兔子洞，窺探不得不面對的未來，想像如果這病不就此停手的衝擊。他像攝影機一樣緩緩環顧四周，他的視窗縮小如同恐怖電影的特寫鏡頭，櫥櫃的圓形門把（大多數已經搆不著）、咖啡機、流理檯水槽、冰箱門把、電燈開關、他的電話、他的電腦、他的鋼琴。他將會有兩隻癱瘓的手臂，沒有手。他將無法自己進食、無法搔頭、無法擦屁股。他盯著鋼琴，把最後一點咖啡喝掉。也許這病會在肩膀就此停住吧。

用完咖啡和甜甜圈，他想把指尖上的白糖粉舔乾淨，卻反倒往裸露的大腿上抹拭。他會繼續煮咖啡煮一整天，為的是讓家裡瀰漫令人振奮的咖啡香氣。喝超過一杯咖啡，他會打顫。

吃完早餐，他淋浴，彎著身子洗頭，在罩上一層霧氣的浴室鏡子前進進出出。他站在盥洗盆前，端詳自己毛茸茸的臉龐，上次刮鬍子是將近兩個禮拜前的事了，左手還足以勝任這項工作，但他一直覺得不必費事。也許今天來刮一刮。

雖然是右撇子，但是彈了一輩子鋼琴的他，基本上已經能左右開弓。他覺得自己好幸運，微笑起來，但是鏡子裡的微笑伴著他不想要的鬍子，他想起世界上沒罹患ALS的人都是雙手健全，鬍子刮得乾乾淨淨，腦子不禁嘲笑起自己的自我感覺幸運。他的微笑是對他醜惡現實的背叛，是樂天派愚人的天職。**有什麼好笑的呢？**羞愧的他，收起笑容。他雙唇緊閉的面容是憂鬱、嚴肅，覆蓋於黑髮之下，帶點威脅，罹患致命神經肌肉疾病的四十五歲男人就該這副模樣。他決定留著鬍子。

站在衣櫃前，滿櫃子的長袖、鈕扣令他沮喪，考慮乾脆一絲不掛，但是馬上又想起準備要彈的曲子，精神為之一振，往反方向的訂製服望去。他拿出最高級的晚禮服。

襪子和褲子很有挑戰性，但還辦得到。綁鞋帶的鞋子已經成為過去，他把腳滑進不必綁鞋帶的漆皮樂福鞋。接著是上半身。他絕望地看著打褶襯衫、背心、袖扣、領結，困窘苦思，雙眼滿是憂懼頹喪。這些都去死吧！他將已死的右手臂穿過晚禮服外套的袖子，還算輕鬆地扣上赤裸胸膛上的一顆鈕扣。好了。準備就緒，可以表演了。

有顆數學腦袋的他，以為單手彈琴獲得的滿足頂多只有雙手的一半，但是他大錯特錯。這三天來，他全神投入拉威爾的《左手鋼琴協奏曲》，為之神往著迷。這首曲子的鋼琴部分有十五分鐘長，搭配管弦樂團有十八分鐘，只有一個樂章，是專為奧地利鋼琴家保羅．維根斯坦（Paul Wittgenstein）所創作，他在一次世界大戰失去右手臂。

理查在椅子上坐直，將右手置於大腿上，把樂譜背面翻過來，隱藏音符，這次他要背譜彈。他把左手放在琴鍵上，等待，想像客廳有幾百個觀眾，廚房有指揮和管弦樂團。

曲子一開頭便深陷於黑暗中，由低音和次中音樂器帶出風暴欲來的不祥，倍低音管肅穆，鼓聲轟隆大作。理查的獨奏在一分半左右加入，他的手爬升音階，將眾人帶離不祥的風暴，喚起微微閃爍的陽光。他的左手手指游移於全部八十八個琴鍵上，穿過地獄來到天堂，完全以一隻手展現這首曲子。

他的注意力完全投注於每個音符，沒有思考。他每天練習拉威爾九個鐘頭，現在音樂像脈搏一樣在他體內跳動，每個升記號、休止符、斷音不僅銘記在腦中，更銘刻在手上肌肉。他已經分不清眼睛是在引導還是跟隨手指，就是看著。他已經達到出神入化，不是他在彈奏音樂，而是音樂在彈奏他。

在指尖彈奏的音符和腦海演奏的弦樂、管樂之間，他聽到古怪的貓捉老鼠遊戲，聽到一問一答的對話。現在曲子爬升到一個充滿希望的可能，指尖每個音符和腦海中步步前進的鼓點一起邁向勝利的狂喜，越來越緊密，越來越快速，但不倉促，一個漸強音在他體內振盪、逐漸升起，彷彿期待某種性高潮，他隨著腦中想像的大型管弦樂團彈奏，越來越大聲、越來越緊密、越來越高亢，最後同時在一瞬間結束，就像史詩電影最戲劇性的高潮，英雄式的勝利。

最後一個音符落下、迴盪，勝利是他的。他望向已經變暗的客廳，窗簾仍舊拉上，觀眾起立鼓掌，他接受喝采，腎上腺素在心上跳動。他轉身面對廚房，向樂團致意、感謝指揮。他站直身子，對著沙發鞠躬。

在屋內一片寂靜中，拉威爾協奏曲的體驗振奮他的靈魂，他想像把這個表演帶到真正的場地，和真正的管弦樂團合作。他可以這麼做。他可以以客席鋼琴家身分，和交響樂團一起巡迴世界演奏這首曲子。他當然可以，他的演奏生涯並沒有結束，經紀人一定會愛死這個。

他坐回椅子，準備再彈一次。他把左手放在琴鍵上就定位，腦中卻聽不到樂團開始演奏，只聽到空蕩蕩公寓迫人的寂靜以及腦中浮現的一個聲音，一個狂妄自大的唱衰者在偷取他的信心，在說服他放棄這個可悲的計畫。

理查往前伸直左手臂，慢慢舉起，舉不到肩膀高度就開始顫抖。他試著用意志力再舉高一點，每個能召喚的肌肉纖維都使上，手臂卻文風不動。精疲力竭了，他把手放下，放回琴鍵上。

他沒有開始獨奏，面對盛氣凌人的寂靜和腦中的聲音，他只用小指彈一個音，Re。他按著琴鍵，踏板踩下，聆聽這個音，起初很清晰、立體，接著飄移、擴散、細弱、褪去。他吸氣，咖啡香氣仍在；他聆聽，琴音已逝。

指尖奏出的每個音符，都是一段生與死的故事。

也許這病會在他肩頭駐足。他腦中的聲音最知道，堅持再一次往兔子洞窺探未來。沒有手。

理查離開鋼琴，退回房間，脫下衣服，緩緩爬回床上。他沒有打電話給經紀人。他仰躺著，盯著天花板，希望能停下時間，毋須面對未來，但又毫無疑問也不抱希望地知道，很快的，有一天，他將不只是窺探兔子洞。

他將住在那裡，死在那裡。

第七章

一個人在陰鬱的檢查室，理查在等候凱西．戴薇洛（Kathy DeVillo）。時序剛進入十月，這是他第四次在這種沒有人味的房間等她，第一次是將近一年前。凱西是這家漸凍症診所的專科護理師，負責他的醫療照顧。「照顧」是他們這裡的用語，理查雖然沒有公開反對，但是他每三個月來一次並沒有獲得「照顧」。這裡每個人都立意良善，他毫不懷疑。凱西人很好，顯然也很關心他和他的工作，但是身為漸凍症照顧協調員的她，口袋卻只有壓舌板，別無其他。

這類回診主要是收集資料，記錄疾病日益惡化所出現的症狀。每隔三個月，他的「失去」清楚又顯著，凱西等人會將這些「失去」記錄於各種不同表格。每一次回診都是一連串問答，目的是檢查病情又惡化了多少。凱西會提供一些實用的因應策略、一些同情的點頭、接下來的病情預告：你以為這樣就很糟了？接下來你就**知道！**神經內科醫師可能會替他調整 **Rilutek** 的用藥劑量，也可能不會。

全部檢查完畢至少要花三個小時，等到一一做完，理查的士氣已經被打擊到體無完膚。他發誓不再回診。有什麼意義呢？既然以活蹦亂跳之姿存在於地表的時間所剩有限，那麼浪費時間和凱西坐在這裡，或是像這次一樣等待凱西，都極為不該，至少也是極不負責任。然而，他還是來了。他乖乖地來了，這令他意外，服從權威向來不符合他的個性。

如果非得用他即將癱瘓的左手指指出原因何在，那他承認，每次乖乖回診是因為仍然懷抱希望。也許突然有個重大突破，有新的臨床試驗藥物出現，有方法可以減緩病情惡化，有新的治療方法。這是有可能的。一個成長於「不自由，毋寧死」的新罕布夏州農村，生活盡是美式足球、曳引機、百威啤酒的男孩，長大變成世界知名鋼琴演奏家的機率有多少？大概跟科學家發現漸凍症療法的機率差不多。是有可能的。所以，他耐心等候凱西。

她終於走了進來，臉龐泛紅，上氣不接下氣，似乎剛從醫院另一頭跑過來。她戴著玳瑁框眼鏡，白色上衣沒塞進去，外面套一件黑色針織衫，鈕扣沒扣，褲子稍嫌過短，腳上蹬著平底鞋，適合在醫院走廊奔跑，這一身打扮比較不像護士，反倒像圖書館員。她一面打招呼一面洗手，接著坐進他對面的椅子，開始閱讀他三個月前至今的退化紀錄，他的新底線，他現在腳下所站的險峻懸崖邊緣。

「梅可馨（Maxine）呢？」她抬起頭看著他，揚起眉毛。

「沒在一起了。」

「喔，抱歉。」

「沒關係。」

除了梅可馨，理查和女人的關係，跟一瓶牛奶的保存期限差不多。她們多半是演奏會結束後認識他，在貴賓雞尾酒晚宴或慈善募款場合，抱著崇拜明星的迷戀心態，很快就陷入熱戀，在他仍有婚約在身的時候，對他手上的婚戒視而不見。一開始，她們也很願意容忍他的陰晴不定，容忍他把時間都投入鋼琴而不是她們。看到他對布拉姆斯、蕭邦、李斯特的熱情，看到他對音樂的熱愛和投入，她們以為這些是可以轉移的，結果一個個都大失所望，他從來無法愛一個女人像他愛鋼琴一樣，即使是卡麗娜也一樣。

所以，無一例外，那些女人開始沮喪、寂寞，不滿自己的次要地位。其實是第三，要是她們知道她們排在他太太後面的話。一開始她們甚至會更努力，但是沒有用。他也不知道為什麼，也許人類的熱情就只有這麼多，這塊派就只能切成這麼多片，對理查來說，就連最小的那一片都獻給鋼琴了。他愛女人，跟其他男人一樣欣賞女人，但是到頭來，她們會發現自己在痛苦地渴求他，而他拒絕滿足她們。她們被他精湛的鋼琴技藝吸引而來，最後因他欠缺男人的技藝而離去。

確診兩個月後，仍拒絕承認罹病的他，開始跟梅可馨交往。她沒發現他的右手臂無法高舉過手肘，也沒注意到他老是在她右手邊，以便用左手牽她的手。到了晚上氣力衰退，他講話會口齒不清，但他們剛好一起喝了兩瓶紅酒。直到有一天早上，她看到他在哭泣，坐在鋼琴前，雙手放在大腿上，他坦承了一切。

她沒有逃之夭夭，反而捲起袖子打算幫忙。身為針灸師，她相信自己能救他。然而，再多的針灸、拔罐、艾灸，也阻止不了他的右手臂逐漸如灌漿般變硬。她繼續做，但兩人都知道這些努力越來越虛情假意。

人情義理和內疚使她走不了，這對兩人都不健康。性事變得草草了事、無趣，她害怕他的身體，他對她的身體無感。他開始只看到她的毛病：眼妝太濃、有口臭、不夠漂亮、不夠有趣、不夠有挑戰性。不滿清單族繁不及備載。

有四個月之久，他們爭吵、生悶氣、避談這段關係應該結束的真正原因。他花了那麼久的時間才終於鼓起勇氣提議分手，她沒有異議。兩人相擁許久，然後她走出大門。這是他這輩子最不自私的一次。

「有人照顧你嗎？」

「沒有，我自己可以的。」

「你以後會需要協助的，父母、家屬或朋友，也可以聘請私人護士、居家護理人員，但是很貴。有人可以隨傳隨到來幫你嗎？」

「嗯。」

母親四十五歲時死於子宮頸癌，他現在也是四十五歲，顯然這個年紀有血統淵源。父親已經好多年沒跟他說話，兩個哥哥則是住在新罕布夏，有全職工作，兩個嫂子在家照顧年幼小孩。他們不可能。葛瑞絲在學校念書，也該如此，他還沒告訴她，不知道怎麼開口。接著出現卡麗娜的名字，但是他立刻打回票，不可能。

「住的呢？有找到新的住所嗎？」

「沒有，現在住的地方還好。」

「理查，你住在要爬四樓的公寓耶，真的，你必須趕快找個新地方，在你需要輪椅之前。你以後會需要電梯、無障礙坡道，知道嗎？」

他不動聲色，不願流露任何一絲應允的訊息。他還能走，怎麼可能很快就需要輪椅？他知道這病必然會走到坐輪椅那一步，但他沒有勇氣去想像。他往凱西大大的棕色眼睛看進去，她想像得到，輕而易舉。

「告訴我現在的情況。」

「從左手臂開始，手無法高舉過肩膀，手指也變無力了一點，無法提重物，東西會往下掉。走路大致還可以。」

「大致。」

「對。」

「好。吃、喝、講話呢？」

「大致沒問題。」

「好，我們來檢查你的『大致』，看看情況如何。先從左手開始，把手指用力張開，別讓我把它們閉合起來。」

他張開手指，像海星一樣。她用最小的力道，一秒鐘就把他的手指收合。

「把手往前伸直，別讓我壓下去，抗拒我的力道。」

她稍微使了一點力，他的手臂就垮掉，垂到身側。上次回診時，他兩隻手臂還能用，雙手也能高舉，但是，凱西稍用點力，他的右手臂就崩潰了。他還記得當時驚駭像一道冷鋒直竄全身，他內心為之一冷，恍然明白右手臂的力量幾乎已喪失殆盡，即將完全無用，永遠無用。他還記得當時的想法：至少我還有左手臂。現在他看了一眼左手，被打敗、羞愧地癱軟在身側，心裡很清楚，三個月後再做這個簡單卻刻骨銘心的測試會有什麼結果。

「比出OK手勢，大拇指和食指圍成一個圈，不要讓我把它們拉開。」

她拉開了。

他很想舉起虛弱的手，給這位好心女士臉上重重一拳。

「給我一個大微笑，大到好像假的，像希拉蕊一樣。」

他給了。

「現在嘟起嘴巴，像川普一樣。」

他嘟了。

「張開嘴巴，不要讓我闔上。」

他張開嘴巴，她的手掌緣放在他下巴下方，逐漸往上將他的下顎闔上。

「伸出舌頭，不要讓我移動它。」

她用一根冰棒棍壓他的舌頭，往下、往右、往左，舌頭頂不住，不管哪個方向都移動了。

「把嘴脣舔一圈。」

她的眼睛跟著他的舌頭繞了一圈。

「鼓起雙頰，不要讓我把它鬆掉。」

她鬆掉了。

「擤鼻涕有任何困難嗎？」

「沒有。」

「唾液呢？」

「譬如口水會不會流出來嗎？」

「對。」

「沒有。」

「咳嗽呢？清喉嚨有沒有困難？」

「還好。」

「我看看。深咳一次，用力清喉嚨。」

他試著深吸一口氣，卻比預期還快就到了極限，所以咳得很淺，只發出幾聲軟弱的咳嗽聲。他很尷尬，本來要咳得像獅子，結果卻是咳出一團毛球的小貓。

「大大吸一口氣，然後發出一個音符，盡可能把音拉長。準備好了嗎？開始。」

他選擇中央C（Do），持續十五秒左右就沒氣了。這樣算正常嗎？凱西不置一詞。

她走到水槽，用塑膠杯裝了一杯水。

「拿著，先小喝幾口，剩下的用灌的。」

他照著做，在這同時，她似乎在研究他的喉結。

「吃藥有任何困難嗎？」

「沒有。」

「很好。吞藥丸是最高程度的吞嚥，所以很好。水是流動最快的液體，以後對你最麻煩。你喝咖啡嗎？」

「喝啊。」

「你都怎麼喝？」

「黑咖啡。」

「好，現在要改成加奶類。把液體全部變濃稠再喝，這樣會流動慢一點，稀稀的液體會嗆到。你的體重呢？」她快速翻閱他各個表格那幾頁。

「少了幾磅。」

吃已經變成無趣、必要的例行工作。此時需要動用刀叉的食物都沒辦法吃，「燒烤23」牛排館的三分熟菲力牛排沒了。打開罐子、拆開他最愛的起司的包裝、扭開一條麵包外包裝的扭線環，左手、膝蓋、牙齒都得派上用場，還得具備他向來欠缺的耐心堅持。一天下來，手連舉到肩膀高度都做不到，他只得放低嘴巴，以口就叉子或湯匙，耗費好大功夫卻只能草草了事，而且模樣可笑，他無法不擔心自己在外人面前的模樣，因此不願在公共場所用餐。上館子曾經是社交、充滿品味情趣的體驗，如今他大多叫外賣，獨自一人用餐。

而且他開始噎到。幫助食物順利從嘴巴後方落入食道的肌肉，必定開始變弱無力了，因為食物有時會中途卡住，甚至被吸進氣管，而他們剛剛也親眼看到了，他現在只有小貓咪的咳嗽能力，所以一小口餅乾已經不只一次變成生死交關的關鍵，他還差點命喪餅乾。他並沒有把這件事告訴凱西。

「好，對，你在這三個月少了七磅，我們必須讓你的體重保持穩定，你得多吃點，多吃高脂肪、高密度脂蛋白膽固醇的食物和飲料。」

「好。」

「把咖啡乳化，麵包塗奶油，派加冰淇淋。」

「心臟科醫師說不要吃的東西都吃就是了。」

「我們不必擔心心臟病。」

沒錯，得心臟病反而要謝天謝地。

「可以把右腿抬起來嗎？不要讓我壓下去。」

他抵抗她逐漸增強的力道，持續了好幾秒鐘才不支。同樣的測試換左腿來一遍。

「很好。有出現垂足嗎？有跌倒嗎？」

「沒有。」

他說謊，心跳加快，等著看她會不會拆穿。上個禮拜，他沿著門前臺階往上走的時候，右腳趾撞到臺階，重重摔了一跤，右下巴撞地，癱瘓的前臂壓在身體下面。這次他穿了長袖襯衫來，蓋住右手臂的大片瘀青，鬍子顯然夠濃密、夠黑，掩蓋了下巴的結痂傷口。

她輕敲他的膝蓋，檢查反射動作。接著對他的腳做了幾種力量測試，勉強及格。

「會抽筋嗎？」

「不會。」

「雙腿現在看起來還好，不過你的手臂沒力了，一旦雙腿變虛弱就無法使用拐杖或助行器，而電動輪椅要三到六個月才能拿到，所以現在就要請物理治療師替你下訂單。」

他再次以漠然的眼神盯著她。她可以逕行訂購輪椅，不過他不打算以眨眼或點頭替她的決定背書。

「我很擔心你吞嚥困難和體重減輕，你有想過要不要裝餵食管嗎？」

只有這個，他連想都不要。「不要。」

「那好，如果你決定要裝，普林斯醫師（Dr. Prince）會跟你講整個過程需要用到什麼，並且替你安排時間表。」

時間表？按照時間表，他現在應該在芝加哥、巴爾的摩、奧斯陸、哥本哈根演奏才對；按照時間表，他應該要演奏鋼琴協奏曲才對，而不是進行餵食管手術。他一陣暈眩。

「你的呼吸看來還很強勁，接下來金醫師（Dr. Kim）會來看你，更澈底檢查一下。」

金醫師是胸腔科醫師。

「你把聲音存起來了嗎？」

「沒有。」

「你想存嗎？」

「還不確定。」

「現在就開始研究可能比較好。到時候雖然能用電腦合成的聲音，不過，有自己的聲音可選還是比較好。負責存聲音的人在兒童醫院，你今天離開之前，我會把聯絡方式給你。如果你想做，我不會拖太久。」

凱西快速翻閱他的表格，用鉛筆加了一些他看不懂的註記，然後抬起頭看著他，微笑，一臉滿意。

「我的部分都做完了，有任何問題嗎？有任何需要我幫忙的地方嗎？」

我們來整理一下。他需要什麼？他需要把他的聲音存起來，因為很快就無法說話，不然就得接受史蒂芬‧霍金那樣的聲音，或是乾脆當個啞巴；他可能需要一條餵食管；他需要盡快取得輪椅；他需要一個有電梯和無障礙坡道的新公寓；他需要有人照顧他。

需要的東西太多了，有太多「失去」和「需要」同時出現。他試著聚焦於眼前最迫切的。失去左手，他即將沒有雙手，再也不能自己吃東西、穿衣服、洗澡；他即將耗盡銀行存款，僱人協助；他即將無法在電腦上打字，必須使用大腳趾。

他就要失去拉威爾的《左手鋼琴協奏曲》，再也無法彈鋼琴。

這個失去，是他從發病初期的徵兆就想像得到。這個失去令他澈底崩潰，令他夜不成眠，令他現在就想吞下一整瓶藥丸來終結生命。沒了鋼琴，他該怎麼活下去呢？

然而，這個失去並不是那個令他錯愕又驚慌失措、滴下的口水都吞不下去的失去。他再次想起梅可馨，再次重溫他們的告別擁抱。他現在仍然感覺得到她當時的身體，她的胸部壓在他胸上，她淚溼的臉頰倚在他肩上，她的氣息呼在他頸上；他現在仍然感受得到她當時的抱歉，感受得到那段悲痛的愛情故事。他先鬆手，梅可馨很快跟著鬆開，溜出他的臂彎，離開他的生活。現在，他好希望當時抱久一點。

他就要失去左手臂了。三個月前他最後一次擁抱梅可馨，那會是他這輩子最後一次擁抱嗎？

他用力吞口水，但是噎到，咳嗽很快轉為哭泣，凱西遞一張面紙給他，他接過去，但是接下來，他決定不管了，她在這個房間還有什麼沒見過？他開始唾沫淚水狂噴，咳嗽、哭泣、口水，又用掉三張面紙，然後好不容易擠出聲音：「我需要擁抱。」

凱西把面紙盒放一邊，沒有遲疑，立刻起身站在他面前，理查站起來跟她面對面，她牢牢地把他攬入懷中，他的淚水和鼻涕沾溼她的毛衣，凱西沒有退縮。他用左手臂抱著她，把她壓向自己，她也予以回應，緊緊回擁，兩人的接觸創造出一種人類之間的連結，對他來說就像他還能呼吸的空氣一樣不可或缺。

一開始他無法明確指出那是什麼。這個連結無關希望，不涉同情，不是由愛而生。

是照顧。

理查吐氣，不願放手。凱西繼續抱著他。

這才是照顧。

第八章

街坊鄰居還在睡夢中，卡麗娜已經站在家門前的人行道，等候苡莉絲（Elise）。冷空氣擠壓她，穿透身上衣物，希望苡莉絲會如約出現，她才能讓血液流動。她反手環抱自己，看著自己呼出的白煙裊裊上升，消散於空中，彷彿回到雲端。發覺自己站在街道上高聳的橡樹下，她挪移幾英尺，站到路中間。她抬起下巴，引頸望向天空，尋找陽光的溫暖，可惜太陽尚未升起。大門終於開啟，苡莉絲走了出來。

「抱歉，我找不到手套。」

他們開始並肩走路，不發一語，一路穿過整潔有序的鄰里，花木扶疏的院子、可停放兩輛車的車庫、妝點著學校做的鬼和巫婆的黑漆漆窗戶、擺著精雕細琢南瓜燈的門廊、一盆盆有綠有紫的羽衣甘藍和金黃色菊花。卡麗娜拾起街上一個糖果紙，收進口袋，腳步沒有停歇。走到水庫之前，兩人不會交談。卡麗娜急著走到那裡，步伐快了一些，苡莉絲沒有發出疑問，只是緊緊跟上。

她們每週一次的晨走已經維持三年。雖然這幾年才當鄰居，但兩人早在二十年前就相識，在新英格蘭音樂學院（New England Conservatory of Music）教職員晚宴上。當時理查剛接下鋼琴系一個眾人垂涎的教職，為了這份頗負聲望的職位，他們從紐約市搬到波士頓，離開 Smalls 和 55 Bar 爵士酒吧，離開卡麗娜喜愛、一起玩爵士的新秀音樂家網絡，離開她週末固定的爵士演出，也離開了她大有可為、以爵士為業的夢想。

同意搬家的當下，她並未察覺這個決定有多麼不公平。她常常納悶，在他們打包離開之前，理查到底了解多少。又不是離開美國，她單純以為波士頓也有深遠的爵士文化，那裡肯定也找得到時髦酒吧，找得到才華洋溢藝術家，找得到讓她一展才華的機會。然而，波士頓喜愛的是波士頓交響樂團的古典音樂會，喜歡在交響廳和河濱公園欣賞流行樂，波士頓人瘋狂忠於家鄉樂團的搖滾樂和流行樂，像是「史密斯飛船」（Aerosmith）、「落踢墨菲」（Dropkick Murphys）、「街頭頑童」（New Kids on the Block）。

在紐約、紐奧爾良、柏林、巴黎，甚至芝加哥，爵士被視為一種變節、備受崇敬的藝術，然而波士頓並沒有爵士圈，市中心的爵士酒吧寥寥可數，表演的樂手都是受邀客串，只待一晚，來來去去，不在這個城市生活、呼吸。搬家打包好的餐盤還沒開箱，她就發現了這個殘酷真相，開始痛恨自己竟如此天真，如此輕易受騙，有如到墨西哥餐廳以為可以吃到壽司，連菜單都沒要來看一看。

在那場教職員晚宴上，苡莉絲是卡麗娜的希望之燈。苡莉絲是低音提琴手，也是現代即興演奏的教授，開口閉口談的是散拍音樂（ragtime）、溫頓．馬沙利斯（Wynton Marsalis，小號演奏家、爵士大師）和非洲爵士，前一年才跟學生共同錄製了一張專輯，屬於校園製作，算不上唱片大廠錄音，但仍然很令人振奮。卡麗娜等不及要再跟她聯絡，等不及要問她哪裡可以表演，哪裡都行，也可能去旁聽她的課，甚至去教幾堂課，但是苡莉絲沒出席下一次的教職員晚宴，她被診斷出罹患猛爆型乳癌，請假接受治療。

接著，卡麗娜意外懷了葛瑞絲，理查也離開新英格蘭音樂學院，開始年復一年的巡迴演出，不再有教職員晚宴。日月更迭，卡麗娜逐漸忘了苡莉絲，退隱於認真、負責、寂寞的全職媽媽生活，安於活在理查巨大的陰影之下，比十一月清晨將黎明前的愁苦天空更黑暗、更孤獨、更無所遁逃。

當母親雖然不在規畫中，但是等到葛瑞絲一呱呱墜地，卡麗娜便瘋狂愛著她，絲毫無意選擇理查的生活——出一次門就是幾個禮拜，把自己的每一天、每一週、每一年都投入事業，就算回到家，一天有八到十個小時都在練琴，人在，但也不在。

她無法忍受跟葛瑞絲分隔兩地或錯過她任何重要時刻，她想親眼目睹女兒探索世界的每個神奇時刻——看到人生第一道彩虹、摸到狗狗的毛和舌頭、嘗到香草冰淇淋甜滋滋的軟綿滋味。她希望女兒小睡醒來看到的人是她，希望女兒哭泣時擁抱的人是她，希望一天親吻女兒上百次的人是她。她無法拋下這份巨大、珍貴的愛，無法拋下這份禮物，她愛葛瑞絲勝於鋼琴。

「如果她是因為比較愛女兒才捨棄鋼琴選擇葛瑞絲，那麼理查想必完全不愛女兒」，這是她一手編寫的劇本，多年來不斷如此洗腦自己。理查必定是某種自私怪物，連自己的親生女兒都不愛，她因而痛恨他，以此作為控訴他的理由，黑白二分，不容辯解。但是現在回頭看，她承認自己的結論太過偏激，未必是事實，愛不是以投入時間的長短來衡量。她首度開始疑惑：是他先搞外遇才導致她恨他，還是她先恨他才導致他搞外遇？

有一度（她不知道究竟何時），她放棄任何以爵士鋼琴為業的可能，那個目標太遙遠、太幼稚、太愚蠢。如今，她邊走邊想起那個從未追逐的模糊夢想，彷彿很久以前看過的彗星，閃耀劃過夜空，令人屏息的美麗只有短暫一瞬，隨即又隱沒了百年。

卡麗娜忙著養育葛瑞絲、不滿理查的同時，苡莉絲戰勝乳癌、執教於伯克利音樂學院（Berklee College of Music）、離婚、開始跟她的放射科醫師交往。他們兩人後來結婚，四年前從波士頓市區搬到郊區，就住在卡麗娜對街。兩顆相似靈魂再次聚首。卡麗娜對這樣的緣分嘖嘖稱奇，她的天主教腦袋忍不住猜想：上帝把苡莉絲帶到這裡，必然有其用意。

兩人走過橡樹丘公墓（Oak Hill Cemetery），卡麗娜突然意識到，今天是十一月一日，萬聖節（All Saints' Day），在波蘭是國定假日。小時候每逢這天，她和家人會在公墓待上一整天，大家都這麼做。對於成年生活都在美國度過的她，這項傳統現在看來有點病態、毛骨悚然，比鬼怪靈異的萬聖夜（Halloween）更陰森可怕，但她很愛。她還記得那些放在凸起墓碑上的白色蠟燭，四周舉目所及盡是一點一點的光亮，有如宇宙點點繁星。

她還記得，家人齊聚，父母、嬸母、叔伯、表親訴說著已逝親人的故事。她細細品味當下感受到的安穩，聆聽那些故事，連結那段歷史，那是一串延續不絕、美麗唯一的項鍊上一顆小珠子。她喜歡聽祖父母如何相遇、戀愛、結婚、生子，她還記得研究著他們刻在墓碑上的名字，想像著她幾乎一無所知的生活，那種既重要又無足輕重的感覺，那些命運和隨機，那些那四個人如果沒那麼做就不會有她的每一時刻。

兩人走到沿著水庫的沙子小路，到這裡，他們會開始聊天，彷彿終於擺脫鄰居的耳目，這裡只有樹林、悠遊水中的加拿大雁、偶爾經過的慢跑者和狗兒和遛狗人，在這裡說話很安全。

「這個禮拜學校怎麼樣？」卡麗娜總是以這個問題起頭，帶出既激勵她又折磨她的對話，就像哀求淺嘗一小口酒的戒酒人。

「很好。我越來越喜歡我跟你提過的新學生，克蕾兒。她耳朵很敏銳，無所不聽，也不怕失敗。你一定要來聽她的演奏，兩個禮拜後有一場教學成果發表會。」

「好。」

「我們正在規畫這次到紐奧爾良的學習之旅，今年你應該一起來。」

「也許可以。」

卡麗娜這次也不會去。不管是表演、課程或客座授課，艾莉絲都邀請過她，每年的紐奧爾良之旅也沒漏掉，但卡麗娜一律回絕，藉口永遠是葛瑞絲：理查不在家，她必須在家，不能去。現在她離婚了，藉口也去芝加哥上大學了，她得想想別的藉口才行：教學成果發表會那天晚上她可能會很累；苡莉絲和學生到紐奧爾良那個禮拜，她可能會去芝加哥看葛瑞絲。一想到浸淫於紐奧爾良的爵士現場，三角洲藍調（Delta-blues）的吉他即興樂段、刺耳的散拍節奏小號，再加上風情萬種的法國吉普賽音樂交織而成的奇妙大雜燴，卡麗娜就痛苦到難以承受。如果不是畢生摯愛已逝，有哪個女孩不愛婚禮呢？

「最近找一天過來跟我們一起表演，好不好？」

「會有那麼一天的。」

苡莉絲在一個現代即興樂團拉低音提琴，團名是「鍋碗」（Dish Pans），成員是伯克利、新英格蘭、隆基（Longy）學院的教職員，大多在有現場音樂輪班演出的波希米亞餐廳和文青酒吧。「會有那麼一天的」是卡麗娜一向的回答，她也希望真有那麼一天。雖然幾乎天天彈琴、教琴，但她只容許自己彈古典音樂，蕭邦、貝多芬、舒曼、莫札特，樂譜已經畫在紙上，她帶著順從尊敬的心彈奏，一如天主教神父朗讀聖經、演員引述莎士比亞。

爵士的即興表演是沒有劇本的即興演出，十二音任由她變化，沒有規則、沒有界限；動詞不一定要跟在名詞後面；沒有地心引力，上下可以顛倒。

而且爵士仰賴合作。葛瑞絲出生後，她就不曾跟人合奏爵士，每每意識到那已經是多久以前的往事，就令她心碎。接受苡莉絲的邀約也許可以修補她的心。如果今天就是「那麼一天」呢？她的呼吸變淺，風從水庫吹來，額頭上的汗水隨之一冷。她太疏於練習，太久了。阿基里斯腱受傷而臥床多年的跑者，不可能直接上場參加奧運選拔賽。一想到跟那位老練、造詣不凡的樂手合奏，自己的不足必定表露無遺，畏懼之心立刻將她畢生最大願望鎖進盒子。

「我必須招認，」苡莉絲說，「我去看了理查。」

卡麗娜停下了腳步，每一塊肌肉都暫停運作，好友的背叛令她目瞪口呆、無從反應。

苡莉絲在她前方幾步之處停下來，轉身向後。「新英格蘭音樂學院的蘿茲（Roz）打電話給我。她人很好，還記得我。她邀了一群他在那裡教書時認識的同事，我們一起過去了。我覺得這麼做是應該的。」

卡麗娜勉強接受這番解釋，再加上好奇心驅使，她重啟步伐。兩人並肩走著。

「那他情況如何？」卡麗娜問，一隻腳尖不小心踩進泥水。

「他的手臂完全癱瘓，親眼看到很叫人難過。」

幾個月前在卡麗娜心裡埋下的果核原本已經沒有動靜，這時突然開始發芽生根。是真的。上次在七月看到他的時候，除了打不開酒瓶，他的外表和舉止完全正常，她一直不排除他罹病只是傳聞或搞錯。她仍然恨他，但是恨意顯然已經不比去年，而且早在離婚之前就不再詛咒他死。她不可能希望有人罹患ＡＬＳ，即使是理查也是。她一直等著看報紙刊出更正消息：「他的巡迴演奏回來了」、「他不久於人世的報導是誇大不實」。

「我本來打算替你給他一張臭臉，但是看到他的手臂像枯死樹枝垂在身體兩側，看到他的鋼琴明明就在屋子裡，我們全部的人卻得努力假裝不存在，不敢提。太悲哀了。」

沒了鋼琴的理查，沒了水的魚兒，沒了太陽的行星。

「他對此有什麼反應？」

「他的精神不錯，看到我們很開心，不過看得出他很用力要表現出積極正面，就像在表演。」

兩人繼續在靜默中走著，沒多久，靜默開始充斥各種聲音——兩人的運動鞋踩在泥土小路的隱約腳步聲；踩到一大片棕色松葉時更細微的聲音；然後是踩到有如棕色紙袋的乾枯橡樹葉所發出的嘎吱嘎吱聲；苡莉絲吸鼻子的聲音；兩人吐氣的呼呼聲。

「葛瑞絲知道嗎？」苡莉絲問。

「不知道，除非有別人告訴她。如果她知道，我會知道。老實說，要不是你現在告訴我，不然我也不是百分之百肯定他真的生病。」

葛瑞絲，她快要考期中考了，現在把這件事講開很殘忍，可能會造成她分心，考試不及格。理查為什麼一直不告訴她呢？他當然沒告訴她。

「也許我應該再去看他一次。」卡麗娜說。

「那是你身為天主教徒的罪惡感在作祟。」

「不是。」

「不要忘了上次的情況。」

「我知道。」

「見他對你沒有好處。」

理查對卡麗娜老是一副無敵的模樣，好像他什麼都能征服，也真的是如此。他是一股不可阻擋的力量，令她敬畏恐懼，甚至在她最脆弱時刻蹂躪她。而現在，脆弱的人是他，她忍不住想知道，輪到她高高在上會是什麼感覺。

「是沒錯，不過……」

「你希望有什麼結果？來一場『最後十二堂星期二的課』（Tuesdays with Morrie）？」

「我不知道。」

「親愛的，他仍然還是理查。」

「相信我，我知道他是什麼樣。」

「不要受傷就好。」

「不會的。」卡麗娜說，聲音完全不具說服力。

第九章

一手拿著一盤覆蓋鋁箔紙的pierogi（波蘭餃子），一手握著一瓶紅酒，懷著幾個月仍不見消退的內疚，卡麗娜走在聯邦大道。十一月藍灰色的早上，雨下得很大，她沒有手可以撐傘，還有四個街區要走。她加快腳步，幾乎用跑的，風一下就把頭上的連身帽吹開，可惡，她騰不出手把帽子戴回去。

天氣像發動一場攻擊似的轟炸她，而她是舉目所見唯一的行人，感覺攻擊是衝著她而來。雨滴連續打在鋁箔紙上，彷彿機關槍掃射般。刺骨寒風刺痛她雙頰，雨水浸溼襪子、褲子、頭髮，像是懲罰一般冰凍她的肌膚。她把這一切都怪到理查頭上，要不是他激怒她，她也不必這麼悲慘狼狽。當然，她做了回應，一如以往，她好像內建了回應他的程式，只要他一掐，她想也不想就立刻喊疼。

離開家門時已經在下雨，她也知道可能四個街區外才找得到停車位，她是可以再等一天，明天的天氣預報雖然冷但是晴朗，但是她昨晚做了 pierogi，至少她跟理查之間的這件事必須修補一下，她先釋出善意，傳達悔意，做個了斷。人要把握當下，去他的天氣！

她只顧著查看門牌號碼和遮雨處，奔跑穿過門前一塊正方形小草坪時，幾乎沒注意到上面插著一個「出售」牌子。上氣不接下氣，肩膀、耳朵冷到快貼在一起，終於走到臺階最上層，她按下門鈴，等待。她溼淋淋又凍僵的雙手隱隱作痛，渴望趕緊放下謝罪禮，躲進外套口袋的舒適裡。沒有打招呼，也沒有「是誰」之類的詢問，大門就直接打開了。

走到理查的家門前，門微開著，她敲門，一面徐徐把門再推開一點，好讓裡面聽到。「有人在嗎？」

「進來！」屋內傳來一個男子的喊叫聲，不是理查的聲音，「再一分鐘就好！」

卡麗娜走進去，把鞋子脫在門口，再次來到廚房這個犯罪現場。燈開著，滿屋子咖啡味，廚房中島和工作檯擦得乾乾淨淨，只放了三杯盛滿的、很像香草奶昔的東西，每一杯筆直插了一根長長吸管。沒有一丁點聲音，沒有半個人影。她把紅酒和 pierogi 放在工作檯，把雨衣脫掉，披在一張高腳椅上。她等著，不知道該坐下還是該站著，越來越不自在，也許她應該找張紙和筆，留個便條，然後走人。

她的注意力遊蕩到客廳，接著突然嘎然停止，目瞪口呆。一張輪椅。一張跟她所見過不一樣的輪椅，傾斜的頭靠和座椅類似牙醫診所的椅子，兩個裝有帶子的腳踏板讓她想起婦產科診療椅的腳蹬，有六個輪子和吸震裝置，還有一根操縱桿裝在一個手臂上。這不是給斷腿人坐的輪椅，看起來既未來也野蠻。冰冷的雨水沿著她的髮線滑下，滴到脖子，她打了個冷顫。

輪椅放在理查的鋼琴旁邊，她定睛再看，鋼琴變得跟輪椅一樣陌生、令人生畏。內心一股寒意滑下她的背脊，穿透力比肌膚上的雨水更強。琴蓋闔上，譜架空空蕩蕩，琴椅推進去。她走近理查的史坦威鋼琴，彷彿擅闖神聖禁區，眼前這番不協調景象仍然令她不敢置信。她猶豫著，努力鼓起勇氣，然後用食指沿著琴蓋滑過，厚厚一層細灰塵隨之清掉，現出一條蜿蜒痕跡，露出鋼琴原有的黑色光澤表面。

「嗨！」

她快速轉身，心怦怦跳，好像當場被逮到的現行犯。理查站在一個戴黑框眼鏡的禿頭男身後。

「我是比爾，」禿頭男端出一個充滿活力的大微笑，向她伸出手，「理查的居家護理人員。」

「卡麗娜。」她跟他握手。

「那好，我的工作結束了，要閃人了。」比爾說，「梅蘭妮（Melanie）會過來弄午餐，羅伯（Rob）或凱文（Kevin）會來幫忙晚餐和就寢，廚房有三杯奶昔。你可以嗎？」

理查點點頭。比爾檢查理查的 iPhone——用一條套在脖子上的掛繩掛在理查胸前，就像參加會議的名牌。

「好，我的朋友，有需要的話打電話給我們。明天早上見。」

比爾離去的時候，理查盯著卡麗娜，不發一語。他的頭髮溼溼的，梳過，整齊旁分，看起來像是學校拍照日的小男孩。他的鬍子刮得很乾淨，臉龐枯槁憔悴，黑色毛衣和牛仔褲長長垮垮掛在身上，彷彿衣服是哪個大哥哥的，或是跟比爾借來的。輪椅、被遺忘的鋼琴、理查消瘦的面容、久久不語的沉默，還沒從這一切回神過來的卡麗娜，忘了為何而來，甚至開始懷疑他該不會連話都不能說。

他注意到她放在工作檯的道歉。

「pierogi，」她說，「我知道這紅酒肯定達不到你的標準，不過重點是心意。」

「謝謝。」

他走進廚房，這時她才注意到，他的手臂不擺動，從肩膀垂下，靜止不動，沒有了生命。兩隻手看起來也不對勁，不像人的手。右手的手指僵直、平平，另一隻手僵化成古怪的彎曲爪子。他在其中一杯奶昔前面停下，頭低下含住吸管，小口小口地喝。

他的手臂完全癱瘓了。他看著正在消化眼前這一切的她。她微笑起來，試圖掩飾真正的反應，給赤裸裸的震驚裹上風衣。

「想坐一坐嗎？」他走回客廳，「不建議坐那張椅子。」他朝著輪椅點頭示意。他的聲音沒了抑揚頓挫，每個音節的輕重都一樣，音量很小，很緩慢，每個字母好像都是從濃稠糖漿慢慢挖出來。

「你還能走啊。」她說，一臉疑惑。

「哦，那是我的未來。在用到之前就必須先把輪椅訂好，不然大概死了半年才會拿到。我跟比爾說，他們乾脆順便把棺材也送來吧。」

他笑了起來，只是，愉悅很快變了調，轉為失控的哽噎哮喘，聽來不舒服又邪惡，越來越緊地纏繞他的喉嚨，彷彿要置他於死。她在他面前幾英尺坐下，看著，沉默旁觀，不禁也屏住呼吸，而且也詭異地癱瘓，不知如何是好。他最後一口哮喘噴出一團唾沫，落到他的 iPhone，順著螢幕下滑，她假裝沒看到。

她別過頭，視線落回鋼琴和輪椅，理查的過去和未來。她想到他以前所有時間都在學琴、練琴、背譜、完美琴藝，一天九到十個小時，回頭再看看理查，看看他無用的雙手，現在他整天都在做什麼？

「等你需要那個的時候，你要怎麼出門？」他住在有一百五十年歷史的紅岩建築四樓，沒有電梯，沒有無障礙坡道。

「不出門。」

他將會困在這個公寓裡面，鎖在他的身體裡面，像俄羅斯娃娃。她突然想到大門前的「出售」牌子。

「所以你要搬家。」

「想搬。我得先把這裡賣掉才買得起新的地方，就算要租也是。光是讓我活著已經是很昂貴的計畫，很不划算的投資。你可別期待拿更多的贍養費。」

「當然沒有。」

她陷入沉默。銀行戶頭存款、教鋼琴的微薄收入、每個月的帳單，她開始計算，大多是減法，那些算式把她嚇到，也無法現在就在腦袋裡算清楚。

「葛瑞絲好嗎？」

「理查，她不知道，她完全不知道。我沒想到你的改變會這麼快、這麼大，你必須把情況告訴她。」

「我知道，我本來要說，有很多次都想說，只是又一再拖延。然後我的聲音就變了，聽起來跟機器人沒兩樣，我不想打電話嚇到她。」

「寫電子郵件。」話一出口，卡麗娜的胃一縮，眼睛大睜，一陣尷尬。他的手，他不能打字。

「我有語音辨識軟體和腳趾，還能寫電子郵件，不過我以前寄去的問候信她都不回，我怕我告訴她這些她也不回，我會承受不了。」

從葛瑞絲已知和未知的事情來看，她會選邊站並不意外。站在媽媽這邊的葛瑞絲，已經一年多沒跟爸爸講話。卡麗娜很享受女兒的效忠所帶來的勝利快感，也無意鼓勵女兒結束冷戰。卡麗娜低下頭，看著地板，看著腳下溼溼的襪子。

「我不想在她人在學校時丟這顆炸彈給她，我想說可以等……」

「等棺材送來？」卡麗娜問，把羞愧轉為責備，這招她一向很會。

「等她回家過感恩節再當面告訴她。我知道這很蠢，不過我心裡想，只要不跟別人講我得了ＡＬＳ，或許我就真的沒得。」

四個月前，她從外表看不出他是不是真的罹患ＡＬＳ，但是現在，錯不了。

他怎麼還陷於愚蠢的拒絕承認中呢？想到葛瑞絲努力消化這個消息、這個從沒看過的父親模樣、這個威脅所有人幸福的疾病，她的心緊緊揪起。

「她感恩節不回家，她交了男朋友，叫做麥特，父母住在芝加哥，她會過去跟他們一起過節，我們要等到聖誕節才能看到她。」

再一個多月就到了，距離現在只有幾個禮拜。理查的目光望向卡麗娜身後的輪椅，淚水盈眶，他不斷眨眼睛，努力不讓淚水流下。

「你可以幫我跟她說嗎？」

她考慮他的請求以及他，坐在對面的他是如此脆弱，一隻沒有翅膀、一捏就碎的鳥兒。他的雙臂已經失去，聲音正在失去，雙腿也在失去，他的生命也是。她應該憐憫他，憐憫這隻不能飛、垂死的鳥兒，然而她卻不，他不是鳥，他是理查。她感覺自己姿態強硬起來，一種熟悉的麻木。

「不。」

這個回答很無情，但她找不到其他回答，兩人之間越來越沉重的沉默不斷壓向她豎起高牆的心，懇求她重新考慮。她雙臂交叉胸前，鐵了心，起身的時候，感覺他的雙眼一直跟著她。

「我得走了。」

「好。在你走之前……」

她看著他，卻又試著不看他。

「可以幫我抓抓頭嗎?拜託!」

她深吸一口氣，跨越兩人之間不可跨越的距離，在他身旁的沙發坐下，替他抓頭搔癢。

「喔，天啊，謝謝!再用力一點，整個頭全部，拜託。」

她用上兩隻手，指甲沒有修，但是結實有力，她耙遍他的頭，弄亂他梳得整整齊齊的小男生髮型。搓揉了好一陣之後，她停下來查看他。他雙眼闔上，雙唇緊閉，一個超級滿足的微笑大大掛在他消瘦臉龐。她觸摸他、給他帶來歡樂是好久好久以前的事了。沒有她的允許，一絲甜蜜的回憶竟然悄悄爬上她內心未變硬的部分。

「我得走了。你還可以嗎?」她站起身。

理查張開雙眼，眼睛泛著光。他眨眨眼，幾滴淚水不聽使喚竄出，滑下臉龐，他沒辦法抹去。

「我很好。」

她躊躇著，最後還是一把抓起雨衣，雙腳滑進淋溼的鞋子，不發一語離去。順著臺階往下走時，她想起好幾次離開理查的場景——在數不清的爭吵中拂袖而去;晚餐吃到一半衝出去，丟下他一個人在餐廳，獨自搭計程車回家;上次她來這裡時，打破他的紅酒之後奪門而出；法官宣告他們的婚姻「無可挽回破裂」、「無過失終止婚約」、「完全離婚」那一天，她步出法院大門。

她走出大門，把連身帽拉起，雙手塞進舒適的外套口袋裡，一面回想起當時走下法院臺階的心情，她當時害怕「無可挽回破裂」的是她，心裡很清楚這個失敗婚姻是一連串過錯所造成，也必須承認她要負的責任跟他一樣多。

第十章

理查閉上雙眼迴避和煦晨光，希望能再睡著，心裡卻很清楚沒辦法。以前他總是一覺到天亮，不管躺在身旁的太太或誰怎麼翻來覆去都影響不了他，對汽車防盜警鈴、警車鳴笛聲、手機警報也充耳不聞。以前每天一睡就是六到七個小時，早晨從睡夢中悠悠醒轉時，除了前一晚關掉床頭燈，夢境、思緒一概不記得。他轉頭看時間。耗在床上十一個小時了，他累壞了，一覺好眠已經不可得。

兩隻手臂已死，基本上整晚只能仰躺。他是可以把身體晃到一側變成側躺，但是很危險，上一次這麼做是幾個禮拜前，右手臂被拗成某個角度壓在身體下方，很痛，血液無法循環，他費了九牛二虎之力才把右手臂解放出來。

冒險趴睡也不行，因為腹部肌肉越來越無力，身體如果躺平便無法吸進夠多空氣，不論仰躺或俯臥都是。他睡覺時用三個枕頭撐起，上半身直立，利用地心引力來幫助呼吸，等到以後三個枕頭和地心引力都不夠用了，四個枕頭也是枉然。

胸腔科醫師說，理查可能下個月就需要 BiPAP 呼吸器。機器已經幫他訂購了，他以後睡覺必須戴上包覆口鼻的面罩，加壓空氣會進出肺部，整夜不間斷。胸腔科醫師說這沒什麼大不了，BiPAP 不是侵入性，有睡眠呼吸中止症的打呼患者也使用這類機器，但是對理查來說，BiPAP 可事情大條了，每個他必須用到的東西都是侵入性。

每採用一種新的機器、輔助裝置、專科醫生、設備器材，都代表有某種功能和獨立能力喪失。抑制流口水和憂鬱症的新藥物、語音輸入的手機 App、為了避免右腳垂足而必須戴上的踝足輔具、很快就必須用到的餵食管、在客廳等著他的電動輪椅、已經訂購的 BiPAP 呼吸器……每一個都是應允進入 A L S 下個階段的同意書，上面的虛線有他的親筆簽名。他站在厚厚的流沙裡，每個輔助工具都是放在他頭上的一塊磚頭，使他越陷越深，不可逆。

理查談到這個雖然會受不了，但又很想知道最後一塊磚頭會是什麼。一旦橫膈膜和腹部肌肉完全棄守，他無法自己呼吸，跨專科醫療團隊最後只能透過氣切套管給予機械式通氣，二十四小時全天候維持生命。流沙已經淹到他的眼球高度，他會被詢問：如果想活下去就眨個眼。

時間是七點十分，比爾九點才會來，理查還有將近兩個鐘頭要打發。才不久前，他獨自一人一整天都耗在史坦威鋼琴上是家常便飯，把舒伯特或德布西或李斯特的奏鳴曲和前奏曲練到完美。他會從早上開始，陽光從凸窗流洩進來，彷彿一道聚光燈打在他的專屬舞臺上，然後他抬頭一看，竟然看到自己照映在昏暗窗戶玻璃上的倒影，不是才過了幾分鐘嗎？一天轉眼就過去。有鋼琴，即便獨自一人也從不孤單；沒有鋼琴，兩個小時立刻變成了七千兩百秒，分分秒秒都是看不到盡頭的焦慮。

兩股欲望拉扯著他，一是睡覺，一是起身，結果有好幾分鐘的時間他兩者都沒做。他把頭轉到一側，鼻子探入枕頭套，吸入剛洗好被單的氣味，停留在那裡呼吸，有如置身天堂，感官像是踏入麵包店一樣被包裹著，只是更具體、更私人。他不記得媽媽用的洗衣粉和柔軟精是什麼牌子，不過崔佛（他現在不管理理查的事業了，而是打理理查的帳單、勞務、雜貨和日用品採買運送）必定買了跟媽媽所買一樣的牌子。他盡其所能用力吸氣，就像爐子上炒洋蔥的香味總讓他恍如置身奶奶的廚房，他回到童年的房間。

他是小查，七歲，星期六早晨從他的小床醒來。他早餐會吃培根、淋上楓糖漿的鬆餅，然後上波絲瑪（Postma）老師的鋼琴課，他會彈蕭邦和巴哈。他的腳還搆不到鋼琴踏板。波絲瑪老師很喜歡教他，有時上完課會給他一包救生圈硬糖（Life Savers），當作給好學生的獎勵。他最喜歡一條裡面有五種口味那款，櫻桃是最愛。一種安全、純真的感覺湧了上來，如同奶油熱湯般可口，但是一閃即逝。他是理查，回到他的成人軀體，回到他的大人床，他想為那個小男孩哭泣，為他長大後將面臨的命運，為他將失去的一切。

臀部、脊椎一連十一個小時動也不動，疼痛加劇，摧毀睡覺的渴望，於是他扭動身軀下床。他走過昏暗的臥房，無法把窗簾拉開，無法把百葉窗打開。他用嘴巴按下浴室電燈開關。

全身赤裸，他張腿跨在馬桶兩側尿尿，用臀部瞄準方向，一開始很準，但接下來就偏掉，屢試不爽。還沒尿完，尿液已經噴到馬桶蓋後面，馬桶座也濺得到處都是，還滴到地上。他耳邊響起媽媽的聲音。家裡有一個丈夫、三個兒子，常常會有一個把廁所搞得髒兮兮而挨她罵。他評估自己製造的髒亂，無力收拾善後。**媽，對不起。**

他低頭看隆起的肚子。他不胖，雖然餐餐以奶昔果腹，體重卻過輕，令人憂慮，腹部肌肉已經開始無力、萎縮。他往旁邊跨一步，站到浴室鏡子前，仔細端詳自己的側面：他有幼童的圓肚、老男人的啤酒肚。

而且他已經便祕五天。神經科醫師最近給他開了 glycopyrrolate，一種抗膽鹼藥物，用於減少嘴巴與喉嚨的唾液分泌，所以較少流口水，痰也減少。服用這個藥物之前，他有過好幾次頑強的猛咳，咳個不停，咳到當時同處一室的比爾和其他護理人員或治療師都覺得理查會就這樣被自己一潭口沫淹死。幸好這個藥很有效，但是也有代價要付：口水雖然變少，但是一肚子大便。

整體活動力不足，再加上飲食多為液體、沒有纖維，也會導致便祕，但由於便祕是新冒出的問題，所以他怪到 glycopyrrolate 頭上。另外，他也在服用 Rilutek，據說可以延長一成壽命。理查做了簡單算術，這個病的平均餘命是二十七到五十三個月，所以服用 Rilutek 可以讓他多活三個月左右，一季。根據最樂觀的估算，他看不到五十歲生日。

「不一定，看看史蒂芬．霍金。」大家都這麼說。沒錯，除了腸子和跳動的心臟，這個病會癱瘓每一塊肌肉，但是機械式通氣可以讓他再活三十年！這是大家要他抱持的希望，是為了激起他生存、鍥而不捨的鬥志而說的鼓勵話語。理查雖然還沒走到必須決定要不要氣切的地步，但是如果今天就必須做決定，他寧願死去也不想仰賴侵入性的人工通氣。史蒂芬．霍金是理論物理學家，是天才，只要腦袋還能思考，他就能在腦中的世界好好活著，但是理查不行。他低頭看下垂的雙手，他的世界、他的迷戀、他的動機，是鋼琴。如果他是罹患ALS的聰明理論物理學家，他可能會希望再多活三十年，然而他是罹患ALS的鋼琴家，他打死不買新一年日曆。

肚子餓，他出於習慣走進廚房。他面對著冰箱，想用雙眼穿透到裡面，彷彿他的視線有如X光似的，他想像著冰箱裡那些必須等比爾或梅蘭妮或凱文打開門替他準備他才吃得到的食物。他的肚子咕嚕咕嚕叫，還要等兩個小時才有早餐可吃。不知為何，他想起冰箱門上那瓶油醋沙拉醬，想像瓶子上的有效期限，納悶著會不會連沙拉醬都活得比他久。他想像崔佛在他死後整理他的物品時，給自己準備沙拉，將這瓶沙拉醬倒在一大碗綜合綠色蔬菜上。

離開冰箱，理查現在站在書架前，看著一本本書背上的文字，一本都無法拿下來翻閱。書架下方堆著一疊他到處巡迴演奏的相簿，那些他看不到的照片留下了他在許多最愛場地表演的身影：雪梨歌劇院（Sydney Opera House）、多倫多的羅伊湯姆森音樂廳（Roy Thomson Hall）、奧斯陸歌劇院（Oslo Opera House）、梅爾金音樂廳（Merkin Hall）、卡內基音樂廳（Carnegie Hall）、譚格塢音樂廳（Tanglewood），當然還有波士頓交響廳（Boston Symphony Hall）。最上面一本相簿的封面已經蒙塵，他無法抹掉。數百場演奏會的節目表排列在書架最底層。再也不會有新的節目表加進去，再也不會有照片塞進蒙塵相簿的透明塑膠套，這番體悟並不是新出現的失落，但是他永遠不可能習慣。他永遠不能再彈琴了。

他胸口一緊，心肺突然變得遲緩無力，彷彿塞滿了泥沙。雖然已經在服用 glycopyrrolate，但淚水仍然盈眶。他咳了好幾下，轉身離開書架。

他繼續在他的公寓走動，一個參觀自己家的觀光客，彷彿參觀博物館的遊客，只能看不能摸。他走到自己的書桌，看到相框裡兩張葛瑞絲的相片，一張是沒有頭髮、下排只有一顆牙的嬰兒葛瑞絲；一張是穿著畢業衣帽的葛瑞絲，栗色長髮披肩，是他記憶中少數不綁馬尾的一次。不知道她現在的頭髮是綁起來還是放下來。

他想像兩張照片之間的空白。他好懷念她的童年。他滿是懊悔的心一陣刺痛，多麼希望時光倒回。他想到自己可能永遠看不到的拍照時刻：她的大學畢業典禮、她的婚禮、她的小孩。他在書桌前坐下，身子往前傾，想更靠近一點看，想從她歪一邊的頭看到些什麼，想看到照映在她眼底的光亮，想在他還做得到的時候吸收一些關於她的、新的、恆久的訊息。他隆起的肚子裡的飢餓越來越強烈，早餐已無法滿足他的渴求。

書桌上孤伶伶的相框令他心痛，本來應該有更多的。他和卡麗娜剛結婚時，他興沖沖夢想有個傳統家庭——三或四個孩子，郊區一棟房子，固定到新英格蘭音樂學院教書，卡麗娜則在某個地方教鋼琴或彈鋼琴。他尤其希望有兒子，一個彈奏鋼琴或小提琴或任何樂器的男孩，一個可以讓理查啟發、指導、讚美的少年。年輕的他對自己許諾，他一定會做個比父親更好的父親。

仔細端詳照片裡葛瑞絲的臉龐，他的心接連被懊悔、憤怒、指責、羞愧捶打。這樣的人生並不是他想要的，但是不可能重來。也許他根本不比父親好到哪裡去。他眨眼，努力把淚水擠回去，咬緊牙根，一再吞嚥，把那些新的、陳年的情緒吞下去，吸收到體內。

理查的父親華特．艾文斯（Walt Evans）唸高中時是美式足球隊的四分衛兼隊長，一九五八年拿下分區冠軍，娶了啦啦隊陣中最漂亮的隊員，也是他三個兒子其中兩個的美式足球教練。對於喜歡古典鋼琴的纖瘦、不靈活小兒子，華特毫無喜悅，也不引以為傲，至今仍是。真正的男人就是要喜歡湯姆．布雷迪（Tom Brady，美式足球明星），不是莫札特。雖然很多年沒回家了，但是理查敢打賭，哥哥們的足球獎杯仍然閃閃發亮地高高站在客廳壁爐臺上，得意洋洋地展示，爸爸八成還在誇耀米奇（Mikey）在那場感恩節球賽以一記單手接球達陣擊敗漢諾瓦高中（Hanover High），而理查的眾多鋼琴比賽獎牌則放在自己的臥房，藏起來，不可見人，就算沒被扔掉或捐給 YMCA，現在可能也是收在某個沒有做記號的紙箱裡，放在閣樓。

從小到大，理查感覺父親對他的漠不關心是出於不屑、厭惡、丟臉。他不知道葛瑞絲感受到的父親有沒有好一點。葛瑞絲有一對受過嚴格訓練的鋼琴家父母，不論理查和卡麗娜好說歹說，她對鋼琴就是沒興趣，她喜歡運動，足球和排球。多麼諷刺啊！生平頭一遭，理查竟然能理解當年父親對他的失望。不過，他發誓不會重施父親過去對待他的方式，不會排斥女兒，她想喜歡什麼就喜歡什麼，即使是網子和球而不是琴鍵和弦。

這個道理他懂，但是女兒非關音樂的興趣還是造成父女倆的距離。兩人沒有共同點，她在運動場或球場，他在琴房或舞臺上。彩排和表演占據他大部分時間，常常不在家，就算在家，也難以找到跟她有共鳴的事物。他一直都很愛她，但是兩人從來不親。

然後他和卡麗娜分開。卡麗娜極力遊說爭取葛瑞絲的擁戴，不惜揭發理查諸多罪過。他恨卡麗娜這麼做，指控她偷走獨生女的愛，並威脅要披露他這方的故事版本。不過事實上，卡麗娜不必採取抹黑戰術就能穩操葛瑞絲的愛與忠誠，卡麗娜早就握在手裡了，更何況，指責卡麗娜那邊的腐爛垃圾堆積如山，並不代表他這邊就很乾淨整齊。

葛瑞絲的畢業照後面藏了一張照片，是理查和卡麗娜結婚當天照的。他搬走的時候差點懶得帶走這張照片，後來需要找個相框放葛瑞絲畢業照的時候又差點把這張扔到垃圾桶。照片裡，他和卡麗娜牽手微笑著，年輕、沉浸在愛河裡，以為不管發生什麼事都有辦法解決，對未來渾然不覺。他想到兩人已經偏離照片裡的他所想要的人生多麼遙遠，想到她從他那裡偷走的東西，想到他永遠不可能擁有第二次幸福的機會，一股狂暴怒氣悄悄爬上他心頭，蜷縮在他幽暗的空腹中。如果他的手還能使喚，他會抽出相框裡那張結婚照，撕個粉碎。

他必須找事來做，能讓他脫離無盡的悲傷深淵和滿腔怒火的事，讓他擺脫腦中像禿鷹盤旋不去的痛苦思緒。他無法使用電腦，必須等到比爾幫他把「頭鼠」（Head Mouse，點狀反光貼紙）貼在鼻頭才可以。是啦，他還是可以用「老方法」，用牙齒或腳趾叼一支筆去啄鍵盤，就像他沒有「頭鼠」之前所用的方式，不過他不想。

他考慮看電視。遙控器用膠帶貼在硬木地板上，他可以用腳趾按下開關鍵，電視和有線電視頻道開啟後，他就能用腳趾按下語音控制鍵，然後開口說：「第五頻道」，要看CNN或公共電視（PBS）或電影都沒問題，只是看電視太被動了。

他想奔跑、尖叫、哭泣、揮拳猛擊某個東西、打破某個東西、殺掉某個東西，然而他只能坐在沙發上，無能為力，艱難地呼吸，茫然盯著自己的影子反射在黑色光滑的電視螢幕上。他試著想像如果沒遇到卡麗娜的人生、如果還有四十年可活的人生、如果不必一個人沒有手呆坐在這裡的人生、如果沒有罹患ＡＬＳ的人生。在凝視與等待中，他的呼吸逐漸規律勻稱，他的思緒沒有連貫，維持好長一段時間。

電視螢幕上的他正在彈德布西的《前奏曲》，他沉沉睡去。

第十一章

鑰匙開門聲把理查吵醒，他望向左手腕看時間，一個固執又枉然的習慣。他已經半年不戴手錶，自從右手手指氣力全失、無法扣上錶帶扣環之後。門打開的時候，他的眼睛在有線電視盒看到時間：九點整。永遠這麼準時。

「早！」

比爾闖進理查的公寓，一面吹口哨哼著理查不認識的歡快歌曲，一面像敲打鈴鼓一樣把玩手中一串金屬鑰匙，弄得叮噹作響。廚房和客廳的電燈啪的一聲打開，理查瞇起眼睛，抵禦光線對感官的攻擊。比爾把某個東西放進冰箱，將環保購物袋放在工作檯，脫掉頭上的帽子，把外套掛在一張高腳椅的椅背。他的身體不斷擺動，活力滿滿，跟他闖入的這片死寂形成截然對比。他從理查身旁走過，拉起窗戶的百葉窗。

「讓這裡有光！」他用戲劇化的舞臺嗓音說著，每天早上都要來這麼一遍，「你的早餐進行到哪裡了？」

「都還沒。」

比爾微笑起來，往廚房走去。就算比爾的幽默感常常很莫名，理查還是想不通這個回答有什麼好笑，想必比爾有所誤會吧，正要開口糾正時，比爾從工作檯上的購物袋拿出一個白色小瓶子。

「這個可以修理你。」

理查很清楚，以瀉藥當配菜的早餐並不是早上第一道菜，他站著，等待他的Rilutek。比爾把藥丸塞進理查嘴裡，緩緩將一杯水倒入理查雙唇，同時在理查吞嚥時端詳他的雙眼，仔細盯著是否有任何不適徵兆。理查不動聲色地吞下藥丸，然後跟隨比爾走進主浴室。

他並不畏懼在比爾面前赤身裸體，經過第一個禮拜的接觸後，所有顧忌羞怯都已化為粉塵。比爾什麼都看過，他從一九八九年開始照顧確定感染ＨＩＶ病毒的同志愛人，一路到後來發展為愛滋病、出現卡波西肉瘤（Kaposi's sarcoma），再到一九九一年同志愛人死於肺炎。那個經驗催化了他職業生涯的轉變，從專門安排旅遊團到異國私人島嶼的旅行社人員，變成專門在客廳安頓異常疾病病人的居家護理人員。

正式紀錄上，他是理查早上的居家護理人員，但是在理查眼中，他的地位等同於兄弟、醫生、治療師、朋友。理查每天都但願自己沒有罹患ＡＬＳ，也就沒有理由與比爾相遇，但是又因為他確實罹患了ＡＬＳ，所以他每天早上都感謝上帝賜給他這位奇特、美麗的男子。天佑比爾。

比爾打開淋浴水龍頭，捲起袖子，用手檢查水溫好幾次，直到滿意為止。

「可以了，進去。」

理查抬腳跨過浴缸，浴缸的高度不到兩英尺，這個高度是他實際測量過，他非常在意這個問題。現在跨過浴缸已經需要全神貫注、需要刻意用力才行，接下來幾個月的某個時刻，他的雙腿將沒有力氣抬起跨過浴缸，到那時候，也許他已經住在新的公寓，有無浴缸的淋浴間，在他還能走的時候只要拖著腳就能進去，寬度也足以容納一把淋浴椅子，一旦走路成為回憶也可以直接滾進淋浴間。如果不是，比爾就必須用海綿擦洗他的身體。有好多美好變化可期待。

理查背對蓮蓬頭站著，感謝水噴灑在皮膚上的溫熱、壓力、觸感，這是他每天少數仍感謝這身肉體的時刻之一。他尿尿，在浴缸裡不必擔心清理問題。沒拉上的浴簾外頭，戴著乳膠手套的比爾正在搓揉手掌心的少許洗髮精。

「我們來洗你美麗動人的頭髮吧！」

比爾頂上無毛，絲毫不掩飾他對理查一頭濃密黑色捲髮的嫉妒，理查則是不掩飾他對比爾健康的運動神經元和強壯肌肉的嫉妒。比比爾稍高的理查，彎腰低下頭來，彷彿加冠封爵。比爾把洗髮精抹到理查的頭髮上，理查閉上眼睛微笑，陶醉於這個新發現的肉欲享受。對理查來說，洗頭是一種近乎「涅槃」的極樂體驗，感官上獲得的快感幾乎有如口交，如果比爾是個漂亮動人的女子，理查必定會在強烈的頭皮按摩過程達到高潮。比爾指尖爬梳理查的頭蓋骨底部、爬梳頭頂、在太陽穴上畫圓按壓，理查昨天洗澡至今所累積的折磨人、未解決的發癢，都獲得極度滿足。

擦洗突然停下，理查張開眼睛瞇著，水噴到拉開的浴簾外，肥皂泡沫滴下比爾的前臂，比爾調整浴簾，繼續洗。他給理查頭皮的按摩，已經超過洗乾淨的程度。再一次，天佑比爾。

他洗完，理查沖乾淨。比爾把沐浴乳擠在海綿上，理查離開蓮蓬頭水柱的噴灑，讓比爾洗他的身體，先洗正面，再洗背面，用滿是肥皂泡沫的海綿刷洗理查身體每一吋，比爾一面哼著〈他們說那很美好〉（They Say It's Wonderful），出自歌舞劇《飛燕金槍》（*Annie Get Your Gun*）。

比爾的口哨聲和歌聲令理查抓狂。比爾是百老匯迷，也是卡拉OK控，每天早上都要引吭高歌百老匯每個年代的歌曲，從《波吉和貝絲》（*Porgy and Bess*）到《奧克拉荷馬！》（*Oklahoma!*）到《獅子王》（*The Lion King*）到《漢米爾頓》（*Hamilton*）中之曲目，無所不唱。理查很驕傲自己屬於音樂光譜另一端。他愛古典鋼琴，光是音符就能觸發強烈情感，每一首沒有文字的樂曲都是一趟私人詮釋的旅程。聆聽舒曼就像欣賞畢卡索，就像領受上帝的氣息，而聽著比爾對他高歌百老匯歌曲，就像一支沾了醋的叉子刺進他的眼睛。

不過，理查並沒有把他對百老匯的厭惡告訴比爾，他心裡想，冒犯洗他陰莖的人並不聰明，所以他靜靜忍受每次令人抓狂的歌唱。他有想過請比爾播放他的iTunes歌單，他們可以在巴哈的《郭德堡變奏曲》、舒曼的《幻想曲》、蕭邦的《前奏曲》之中開開心心地洗澡、穿衣，因為沒有歌詞，所以可以讓比爾閉嘴。

但是理查會承受不住。他承受不了聆聽那些偉大作曲家的經典作品，那些在他腦袋迴路早已滾瓜爛熟的音樂再也無法從他的指尖流瀉出來。聽著自己深愛但再也無法彈奏的音樂，那種痛苦煎熬遠遠超過比爾在耳邊哼唱〈萬事漸入佳境〉（Everything's Coming Up Roses），所以理查容忍比爾的歌唱。跟ALS共處，就是千千萬萬種禪修。

比爾把水關掉，用毛巾把理查擦乾。兩人移動到洗臉盆，比爾把刮鬍膏抹到理查臉上，用手指均勻塗抹臉頰、下巴、脖子、嘴脣上方。手握剃刀的時候，比爾會停止唱歌。理查看著比爾的棕色眼睛專注於理查臉龐每道輪廓，比爾在深呼吸，從他的鼻息可以聽到，彷彿有引力似的，理查也不知不覺同步吸氣、吐氣。等到比爾刮完，他用一條溼熱毛巾把理查的臉擦乾淨。

「你看起來很疲倦。」理查說。

「昨晚去同志卡拉OK酒吧，很晚才睡。」

「跟哪個特別的人嗎？」

「跟哪個不特別的人嗎？」

比爾遲疑了一下，「沒有。」

「等雷恩．葛斯林（Ryan Gosling，好萊塢明星）發現我是他的真命天子，我一定通知你。」比爾在理查的頭髮抹上造型髮膠，然後替他梳頭髮，「你這個幸運的混蛋，看看這頭髮。」

「對啦，我是這屋子裡最幸運的人。」

聽著自己只有一個音調的聲音，理查仍然覺得很陌生，每個字的最後一個音節被下個字的第一音節蓋過，每個字都是同一個音，一再重複，Re-Re-Re-Re-Re-Re，每個句子都是同一首歌，是ALS國歌、催眠曲、排行第一的熱門歌曲。

「休想從我這裡討拍，帥哥。張開。」

比爾用電動牙刷幫理查刷牙，刷完後，再用那條已經冷掉的溼毛巾把脣邊白沫擦掉。晨間浴室儀式的最後一個步驟是按摩手臂。比爾從理查的右手臂開始，他把保溼乳霜塗抹在理查的肩膀、二頭肌、手肘、前臂、手，比爾強壯的手指沿著理查的肌膚滑下，按壓被遺棄的肌肉。跟洗頭髮一樣，這樣的觸摸有如置身天堂。

他的右手臂鬆弛無力，被動地接受比爾的動作。他扭、拉理查的每一根手指，一手握住理查的手臂、手肘，一手握著手腕，以肩膀為支點，小心翼翼地旋轉手臂，向前畫圓圈，向後畫圓圈，活動僵化的關節。他把理查的手臂舉高過頭，手指一路往下按壓理查的肌膚，從手腕按到腋窩，試圖排出理查手裡的水腫。理查軟弱無力的手指看起來像灌太滿的香腸，因為從血管滲漏出的液體累積在他的雙手。

理查有點事不關己地看著，彷彿手指和手臂是別人的，不過，比爾的每個動作他都能鮮活細微地感受到，每個觸摸都在提醒理查，他的手臂並未完全與身體分離。雖然神經的傳出路徑（efferent pathway）永遠壞了，但是他的手臂仍然與神經系統相連，疼痛、壓力、溫度、觸摸的傳入訊號（afferent signal）依舊完好。不知怎麼，這令人感到安慰。

比爾換到理查的左手臂。雖然兩隻手臂都完全癱瘓，但是模樣卻截然不同。右手臂是肌肉張力低下型（hypotonic），肌膚和骨頭軟趴趴，左手臂則是僵化，手指固定成畸形的爪子。左手臂很僵硬，拒絕比爾的觸摸，彷彿不服從的反抗軍，比爾必須很用力，才能旋轉這隻手臂、將每根僵硬的手指扳直，理查試著用意志力要他不聽話的手指放鬆，但是他對它們沒有影響力。

結束浴室裡的例行公事，他們走進理查的臥室更衣間。東西放在哪裡比爾都知道，他挑了內褲、襪子、牛仔褲、灰色圓領套頭衫，每一樣都經過理查的同意。接著，比爾給理查穿衣，像爸媽給小小孩穿衣，像女孩給最愛的洋娃娃穿衣，像居家護理人員給罹患ALS的成年男子穿衣。

比爾從櫃子拿出一雙舊的樂福鞋，理查把腳鑽進鞋裡。最後，比爾把掛著iPhone的套繩套在理查脖子上，彷彿那是奧運獎牌，接著把藍牙連接器別在理查襯衫領子，再把「頭鼠」貼紙貼在他的鼻頭。好了。理查檢查鏡中的自己。一如往常，比爾很稱職，理查已經打扮好，可以出門了，好像他得去某個地方，好像除了醫院之外有人在等他。除了懸垂的醜惡手臂、凸起的肚子、極瘦的臉龐、鼻子上可笑的貼紙，他還認得出鏡中的自己。不知道是不是到某個時刻就會認不出。

他們走到廚房。比爾打開冰箱門，輕輕鬆鬆、不怎麼用力就打開那個看不穿的冰庫，開始取出今天早上的冰沙要加的食材。理查最喜歡的食譜是花生醬、香蕉、優格、全脂牛奶，再加進少許蛋白粉、亞麻籽、citalopram（抗憂鬱藥）、glycopyrrolate（抗膽鹼藥物），今天還會加瀉藥。真好吃！

理查望向客廳窗戶外，他從比爾的冬天外套、帽子和手套看得出來，外頭很冷，但是陽光似乎很溫暖，在向他招手。他看看書桌、書架、電視、鋼琴，位置絲毫沒動過，跟今天清晨、昨天、前天、上個月一模一樣。

「你離開的時候，我想去散步。」

比爾打開攪拌機的蓋子，給理查一個久久、嚴肅的眼神。自從左手死掉之後，理查就沒有獨自一人、沒人看顧之下出門過。

「等到梅蘭妮來再出門，我覺得比較好。」

梅蘭妮一點半來，比爾離開之後再等三小時。理查很討厭要離開自己家門也得獲得比爾的允許，但是沒辦法，比爾離開的時候要是把門關上，理查就只能困在公寓，他的活死人墓。

「我沒問題的，只要離開的時候把門打開就可以。」

「那樓下大門呢？」

「我有鄰居的電話，會有人幫我開門的。」

「有誰在家？」

「貝弗莉．哈夫曼（Beverly Haffmans）應該在。」

比爾走近理查，嘴巴前傾對著理查胸前的 iPhone，「啟動語音控制」，他緩慢清楚地說，「打給貝弗莉．哈夫曼。」

電話鈴聲透過喇叭傳了出來。

「喂？」

「你好，貝弗莉，我是比爾．斯溫（Bill Swain），理查．艾文斯的居家護理人員。」

「哦，你好。有什麼事嗎？」

「這裡沒事。他早上想出去散步，你會在家幫他開樓下的大門嗎？」

「哦，好。我會在家，沒問題。」

「那就太好了。貝弗莉，謝謝。那就這樣囉，掰！」

比爾回到攪拌機，把一根香蕉的皮剝掉。「我還是不喜歡這樣。要是接下來沒有客戶，我就跟你去。你確定不要等到梅蘭妮來？」

「我受不了一直待在這裡。我還能走，不會有事的。」

「你要戴上支撐輔具。」

「好。」

比爾做了四杯冰沙，沒有唱歌，這代表他對這個計畫感到不安。理查擔心開口聊天會讓比爾把憂慮說出口，自己反而被說服成功、改變心意，因此默不吭聲。比爾將吸管一一插進每杯飲料中，然後走出廚房。

理查走上工作檯，低頭含住第一杯的吸管，用規律的速度把冰沙吸完。他肚子好餓，雖然這些飲料濃稠又有飽足感，但是絲毫沒有滿足感，他好想大嚼牛排，甚至一片吐司也好。

比爾再出現的時候，手裡拿著足踝支撐輔具和冬天外套、帽子、連指手套，在理查面前蹲下。早就熟悉這套流程的理查，自動把右腳抬高，比爾握著理查的腿，以免他跌倒，同時脫掉他的鞋子，在襪子外面裝上腳踝支撐輔具，然後再把鞋子穿回去。接著，比爾給理查穿上外套，把 iPhone 拉到拉鍊外頭，把藍牙連接器別在外套領子，帽子戴上頭，沒有生命的雙手套進手套裡。

「我放了一把大門鑰匙在你的外套右口袋，萬一貝弗莉沒接電話，你可以請人幫你開門，可以嗎？」

理查點頭，心裡知道這真是多此一舉。

「好，我的朋友，」比爾穿上自己的外套，「你準備妥當了。我還是不贊成這個點子，你確定不要我幫你放一部 Netflix 電影？」

「不要，我想走出這裡。我知道你趕時間，再讓我喝一杯就好。」

他喝完第二杯冰沙，比爾則在一旁戴上帽子和手套。

「好，我們走吧。」

比爾打開門，兩人走出去，沒有把門關上。走下樓梯的時候，理查刻意小心翼翼踩穩每一步，想向比爾證明——比爾走在他前面，倒退著走，當然是在評估理查踏出的每一步——他絕對有能力自己一個人走路。他們穿過一樓門廳，比爾打開大門，兩人走到外頭。

空氣是那種會把雙頰凍紅的冰冷，但是很乾淨，微風徐徐，馬上就能感覺到充滿生氣，比理查在家裡蹲太久呼吸的禁閉空氣有生命力多了。他深深吸了一口氣，然後嘆了一口氣。眼前有路過的車輛、走在人行道和公園的人們、一輛嬰兒推車、一輛腳踏車、一隻狗、一隻松鼠，他微笑。他又重新回到活生生的世界。

比爾拍拍他的背，「你不會有事的，明天早上見，里卡多（Ricardo，譯註：跟 Richard 同源的西班牙人名）。」

「謝謝，威廉（William，譯註：William 是 Bill 的正式名，Bill 是小名）。」

開始自己的散步前，理查看著比爾匆忙沿著街道離開，像天使一般，正要前往下一個浴室、臥室、廚房，去照顧某個罹患MS（多發性硬化症）、癌症、阿茲海默症的人，清洗頭髮、牙齒、生殖器，按摩、穿衣、餵食，同時唱著歌舞劇歌曲，而且，還給他們其中一個人自由去做想做的事，趁他們還能做的時候。

天佑比爾。

第十二章

走了三個街區，理查穿過大眾花園（Public Garden）大門，已經筋疲力盡。如果只是站著不動或是從臥室走到客廳，雙腿感覺還很結實、還有能力、反應敏捷、正常。在家的時候，他可以說服自己ALS可能只影響腰部以上，或許那輛保險沒有給付、要價兩萬七千美元、醜斃的輪椅可以退回，但是，在他那一千四百平方英尺、一衛浴的公寓，他不需要動用太多四頭肌、大腿後肌、小腿後肌。

距離跟比爾道別的門前臺階已經走了三個街區，他已經元氣盡失。雙腿變成沙包，骨頭裡面滿是石子，不可思議地沉重，他已經沒力氣移動雙腿，就連站著不動也搖搖晃晃。他需要坐下來。喬治・華盛頓（George Washington）騎馬雕像再過去一點有個轉彎處，理查看到那兒有條長椅，他估算要走幾步才走得到，大概三十步吧，他嚴重懷疑自己能不能走到。

這不正常。走三個街區就讓一個四十五歲男子筋疲力盡，距離目的地區區三十步就可能將他擊垮，這不正常。不可否認，ALS已經逐步蔓延到餵養雙腿肌肉的運動神經元，走三個街區就像小小的鼴鼠窩一樣，證明災難已悄悄入侵。他想像身體在抵抗攻擊，這場對抗ALS的分子戰爭在每個神經肌肉接合處開打，一支人數不如人、武器不如人的隱形軍隊在奮力對抗險惡敵人。當理查在家的時候，這支軍隊在理查雙腿內堅守陣地，但是一旦必須分派半數士兵去支援「走路到大眾花園」的任務，抵禦能力便大打折扣，ALS因而得以長驅直入，眼看敵軍就快要攻陷，這時理查的軍隊趕緊將部隊召回，每個士兵都必須回到壕溝防禦，一個都不能少。不可以再走路了！

但是他仍然強迫自己繼續走，每一步都是艱苦的懲罰。他聽到比爾、凱西・戴薇洛、神經內科醫師的聲音在耳邊響起，在責備他。已經疲累至此的他，再繼續走下去很危險，他的協調性已經很薄弱。他尤其擔心，疲憊的雙腳勉強拖著走，腳趾要是踢到不平路面，他整個人會跌到地上，而沒有手臂也沒有手可用的他，無法在摔倒瞬間止跌，只要摔倒就可能造成頭部受創，必須進急診室。

距離目標只剩二十英尺（六公尺），他的油料和信心快速耗盡中。仍然很沉重的雙腿，現在感覺也很單薄，好像一棟用木頭撐起的高樓，搖搖欲墜，每走一步就快要倒下。他的血液在體內血管奔跑，在各個心室衝進衝出，哀求他快點在倒下之前到達長椅。他環顧四周，假如他大喊的話，有五個人的距離近到可以聽到，但是近在咫尺的他們有如遠在廷巴克圖（Timbuktu，譯註：西非馬利共和國的城市），因為他絕對不會向這些陌生人求助。

他也絕對不會向新罕布夏的父兄或芝加哥的女兒求助。他也沒辦法向紐約的崔佛、他在麻州總醫院的醫療團隊、甚至比爾求助，比爾正在某處照顧下一個病患。他一個人在大眾花園，他一個人在自己家裡，他一個人受困於ALS。他突然被恐懼所吞沒。

他幾乎無法呼吸，但是掐住他的，是恐懼，不是ALS。每吸一口氣就像給越來越強烈的驚恐添柴火，彷彿他的血液現在攜帶的是恐慌，而不是氧氣。恐懼像老虎鉗緊緊夾住他全身，肺部困在籠子裡，比ALS更令人癱瘓，他無法移動。他張嘴淺嘗一口冷冽空氣，如果想走到長椅，他就必須繼續走。他想到一句激勵短語、一句任務宣言：繼續前進。他邁出小步伐，淺淺呼吸。他的雙眼死盯著那條長椅，等到夠近的時候，身體往前傾，強迫雙腿「繼續前進」。不是長椅就是完蛋。繼・續・前・進！繼・續・前・進！

再搖搖晃晃走了兩步，他用臉部緊急迫降躺椅。右邊的臉頰、肩膀、臀部一陣陣抽痛，明天早上就會出現瘀青，比爾會要他給個說法。他把自己喬正，以勝利者之姿坐著，但絲毫沒有勝利的感覺。經過恐懼一番沖洗，只剩下慌亂、筋疲力盡、得到警告的他。他回頭看來時路，三個街區多一點，好漫長的回家路，算不清要走幾步，太多步了，就是太多了。

最糟糕的情況是，接下來兩個小時得在這條長椅度過，梅蘭妮一點半會打電話來，到時再帶他回去，但是他希望有比較好的情況發生。永遠這麼希望。他休息一會兒，希望腿部肌肉和勇氣可以獲得足夠充電，自己能夠完成這趟回家路程。

這個時節，大眾花園很寧靜。他看到池塘有鴨子三三兩兩，不過這個季節沒有天鵝，也沒有天鵝船。遊客也沒有，走過他身旁的人都是波士頓當地人：一個亞裔年輕男子，可能是學生，彎著腰，馱著一個比他還厚的背包；一個女子穿著運動鞋和全黑厚外套，手裡撐著一把黑色大雨傘，眼睛專注看著地上——理查抬頭看看晴朗蔚藍天空，困惑不解；一個高階主管模樣的女子，兩根手指拎著送洗衣物，冬日冷風把她手中衣服的透明塑膠套往她身後吹，吹成船帆狀，她的左腳每踏出一步，身上的包包便在臀部彈起，腳下高跟鞋則以慢一倍的節奏敲打著路面，來不及趕上；一個矮小的義大利人，他的肚子走在前面，用濃濃的波士頓腔對著手機聊個不停，走路姿勢大搖大擺，腳下踩著看起來很昂貴的皮鞋。

經過理查身旁的人，大多一個人走，面無表情，白色耳機線從耳朵垂吊而下，彷彿他們是機器人，由他們手上的裝置所控制。沒有人看他，並不是他們看到他就別過頭去，而是根本就沒注意到他。他是背景的一部分，跟他所坐的長椅一樣引不起興趣。

一隻麻雀跳上木頭坐椅，毫不畏懼地距離他只有幾英寸，頭從一側歪到另一側，跟他四目相交，接著跳到地面，啄食地上的東西，然後飛走。

每個活著的生物都在動，去某個地方、講話、走路、啄、飛、做。生命不是靜止的生物。每一天，他又停止一點，又閉上一點，又關掉一點，活動力又減少一點，生命力又減少一點。他慢慢會變成 2D 靜物畫，不知不覺陷入生病和垂死的交替中，無從遏阻。

一個女子經過他，她身上某個東西讓他想起二十年前的卡麗娜：長髮和紫色圍巾。他在薛曼．李柏的鋼琴技巧課遇到卡麗娜，雖然他第一天就注意到她，但是過了大半個學期才開口跟她說話。初出新罕布夏公立高中校門的他，沒有跟女生往來的經驗。青少年時，父親常常用明顯的奚落和嘀咕在嘴裡的貶損言語懷疑他的男子氣概。在運動掛帥的家和小鎮，一個喜歡彈鋼琴的男孩被視為不像男生，一點也不酷。已經被爸爸、哥哥、同年級男孩排斥冷落的他，無法冒險再被心儀的珍妮或史黛西或任何可愛女生拒絕。於是，他把渴望和暗戀的私密情感投注於鋼琴，把注意力放在鋼琴而不是女生，假裝不在乎別人對他的看法，以此保護自己年輕的心，避免因為別人說他古怪、有毛病、不夠好而受傷。

在柯蒂斯，音樂最大，不是運動。那裡每個女孩都被音樂吸引，能被音樂家吸引更好。就像一顆等待健康土壤和陽光的種子，理查對女生的自信在柯蒂斯朵朵盛開。

第一次上鋼琴技巧課時，卡麗娜披著一條淡紫色圍巾，裹住棕色的長髮。他現在還記得她的綠色大眼睛和蒼白肌膚，她豐滿的下嘴唇令他無法專心上課，滿腦子想的都是那嘴唇親吻起來會是如何柔軟。然後她開口講話，被薛曼．李柏老師叫起來回答問題。他記不得老師的問題，不過還記得她用波蘭口音回答的聲音，還記得她迷死人的破英文。他坐在那裡，深深著迷、神魂顛倒、「性致」勃勃，暗自嫉妒她講話的對象不是他。她的聲音是異國發音和音調的美妙旋律，是一首他想學的歌曲。

他愛死她聲音中的旋律，但是最後讓他墜入愛河的，是她的無懼。十八歲的她，離開自己的國家、家庭、母語、所有熟悉事物，雖然他的故事沒那麼戲劇化，但他備感親切。他們有共通的獨立性、不回頭的領悟，音樂是他們的救星，他們的未來都取決於柯蒂斯的教育。柯蒂斯是理查通往自由和成就的道路，他發現卡麗娜跟他走在同樣的道路上，跟他並肩大步向前，握著他的手，在他身旁微笑。他們對蕭邦和舒曼的共同熱愛，逐漸轉化成對彼此的熱情。他們在柯蒂斯的愛戀既目眩神迷又強烈，白天與夜晚揮霍於上課、功課、練琴、性愛。

那些苦澀回憶從內心幽暗角落升起，從隱約模糊漸漸鮮活清晰，理查嘆了口氣。他很驚訝，這些回憶已經好久不曾闖入他內心。憶起那些與卡麗娜共度的古老、快樂回憶，很難不同時直視每一個不堪回憶。「不論好壞都長伴左右」，結婚誓詞是這麼說的，然而，好和壞是互不溶解的元素，是質數，是油和水。他對卡麗娜的好回憶和壞回憶無法混合、無法均衡、無法中和、無法相互抵銷，而他兩者都死抱著，完整無缺。

記憶庫裡的影像開始播放——他們第一次在學生交誼廳喝咖啡約會；第一次做愛；最後一次做愛；看她彈鋼琴；他第一次獲得大好機會跟克利夫蘭管弦樂團（Cleveland Orchestra）合作，她那對綠色眼睛深情望著他；他們搬到波士頓後，在晚餐桌上，她那對綠色眼睛嫌惡看著他；葛瑞絲出生那天早上；卡麗娜動手術，那一天，他所相信的種種都真相大白——太多情緒湧上心頭，快樂、熱戀、被背叛、心碎、渴望、厭惡、暴怒、懊悔令他激動難抑，他需要釋放，需要大笑或大哭或喊叫或三者都要，要是現在是在家而不是在大眾公園的長椅就好了，路過的人會以為他瘋了。他確實覺得自己有點瘋了。

他需要把卡麗娜揮出腦海，他現在就要開始走回家，走路會消耗他所有心力和注意力。

他站在喬治．華盛頓雕像旁，瀉藥這時開始發揮藥效。大腸突然一陣強烈絞痛，緊接著是一股急迫壓力，遲了五天的貨車正在高速進站，就是現在。肚子疼痛加上擔心失控，讓他定在原地、無法移動，但是他必須移動，他還要走三個街區才到家。

走了幾步，額頭上的汗水迎著冷空氣，他感覺溼冷、不舒服，好像會昏倒一樣。他走不到。他必須走到。他再度搬出那句話：繼續前進。堆積了五天的排泄物現在要找出口，堅持要排出，既要努力繼續走又得努力憋住的他，不禁紅了眼眶。繼續前進！繼續前進！

完全靠著意志力，再加上某種奇蹟，他終於走到家門前的臺階。大便現在聲嘶力竭吶喊著要衝出來，蠕動的糞便和水在體內攪動，向下加壓。他沒辦法再忍太久。

他把下巴壓低到胸前，把所有力氣注入聲音。

「啟動語音控制。打給貝弗莉・哈夫曼。」

電話響了又響又響又響。

「嗨，這是貝弗莉・哈夫曼，請在嗶聲後留言。」

「貝弗莉，我是理查・艾文斯，你的鄰居。我現在在門口這裡，你在家嗎？如果聽到留言，請幫我打開大門。拜託，我必須趕快進去……掛斷。」

可惡。她去哪裡了？他用下巴按她家的門鈴，沒人回應。想不出還能做什麼，於是他又打了一次電話給她，電話響了一次就直接進入語音信箱。

「掛斷。」

他一面努力憋著，一面向自己的身體承諾，只要一到家就解放。他無法脫下褲子，但是他到自家浴室就可以拉在褲子上。既然走到門口了，他就沒有保留了。腸子已經快要失去耐心和冷靜，他可以感覺到眼球快凸出來。

他沒有其他地方可去。公共廁所不列入考慮，他沒有手。他可以打一一九，這是比較不丟臉的選擇。慢著，他想起另一個鄰居。

「啟動語音控制。打給彼得・狄克森（Peter Dickson）。」

電話響了兩聲。

「我是彼得。」

「嗨，彼得，我是理查．艾文斯，你的鄰居。你在家嗎？」

「沒有，我在紐約。有什麼要幫的嗎？」

「沒有，沒事。謝謝。」

「還好嗎？」

「還好，我得掛了。掛斷。」

他記得口袋有鑰匙，在他媽的口袋裡，他拿不到。他轉身面向街道，尋求協助。一個年輕女子在人行道慢跑，正往他這裡跑來。

「不好意思！」他站在最上一層臺階大喊，無法快速走下去叫住她，無法揮手。

她注意到他。謝謝上帝。她拿下耳機，放慢腳步。

「可以幫我拿我口袋裡的鑰匙，然後替我打開大門嗎？」

她的臉色立刻一驚。「抱歉。」她很快地說，頭也不回地跑走。

「不要走！拜託！」

她幾乎用跑百米的速度跑走，他只能想像自己的模樣和聲音——額頭出汗又撞到，手臂下垂著，彎著身子，聲音單調又怪異可怕——如果是他也會跑。

在他這側的街道沒有其他人，而他的聲音又太微弱，傳不到公園裡的遛狗人那裡，他低頭看手機，十二點二十分，梅蘭妮還要一個多小時才會來，他等不到那時候，也許他們可以派別人來，現在就派個人來！對，就這麼辦！

他啟動手機的語音控制，一陣疼痛和緊迫在體內滾動，把他弄彎了腰。他知道這是最後一個機會。他勉強開口擠出話：「打給看護中心。」

電話響了三聲。

「喂？」

「我是理查．艾文斯。可以馬上派人來嗎？我沒辦法等到梅蘭妮來，很緊急。」

「理查？我是卡麗娜。」

什麼？怎麼會？他的聲音，他含糊不清、草草帶過、幾乎聽不到的單一聲調聲音。看護中心（Caring Health）。卡麗娜（Karina）。（譯註：Caring Health 和 Karina 的發音都是以 k 開頭）

「抱歉，我……我——」

「我剛好在城裡，五分鐘就到。」

第十三章

「請把我留在這裡就好，梅蘭妮一點半會來。」

「閉嘴。」

接下來的沉默中，一個人踢腳、一個人叫嚷的共同懼怕都化為投降。他們在理查的浴室。她大可把他留在這裡，但是基於某個她不了解的原因，她不會這麼做，所以就不必討論是什麼原因了。

她摘下他外套領子上一個 BlueAnt 商標的裝置，把他套在脖子上的手機拿下，兩個都放在洗臉檯，接著拉下他的外套拉鍊，隔絕在防風外套下方的惡臭隨之撲鼻而來，她用手摀住鼻子和嘴巴，一個完全無用的動作，難以防堵快速瀰漫空氣中的惡臭。

某個夏日午後的記憶突然浮上她腦海，當時葛瑞絲兩歲，毫無防備、只想著從車上取下海灘椅的她，一打開後車廂就遭到一股強烈刺鼻的惡臭攻擊，原來是一包被遺忘、沾滿糞便的尿布，在攝氏二十七度下已經烤了好幾天。理查現在散發的味道很類似，但是惡臭程度更勝一籌。她把臉上毫無作用的手拿下，一陣作嘔。

一如往例，她正要深吸一口氣時——每當要嘗試可能引起痛苦或提心吊膽的事之前，她總會先用力吸一口氣，例如：幾百年前一場獨奏會要敲下巴哈《郭德堡變奏曲》第一個鍵時、隨著子宮收縮的節奏要用力把葛瑞絲推擠出來時、今天看到理查來電要接起電話時。她想到更好的方法——現在用力吸氣只會吸進更多糞味，於是她把上衣領子拉高，蓋到鼻子，形成一個口罩，然後短淺呼吸，從衣服纖維孔縫怯生生地呼吸。

她抬頭看，剛好跟理查四目相交。他消瘦、鬍子刮乾淨的臉頰已被未抹去的淚水浸溼，他以前叫人畏懼的雙眼現在屈服於她的凝視，滿是難堪、抱歉，臉上表情完全不像以前的他。她驚愕看著，他闔上雙眼，閉著，狀似無法忍受如此被看著，她很感激兩人之間隔著浴簾，感激他沒看到她雙眼湧出的淚水。

雖然音樂很容易讓她激動難抑，尤其現場音樂——諸如漸強的樂音、眼前令她肅然起敬的大師琴藝、歌曲當中的悲傷故事——但是她從未在會流淚的時刻哭泣。

成長於蘇聯的壓迫之下，還沒學會自己綁鞋帶，她所目睹過的悲哀情景就已多到足以令人哭泣一輩子。年紀很小的時候，她就學會假裝沒有什麼事能煩惱她，學會築起穿不透的高牆來壓抑憐憫或同情的淚水。她曾經不帶淚水地看著骨瘦如柴的幼童在買麵包隊伍中嚎啕大哭，那是她每天放學為了買麵包而盡職排隊兩個多小時的日常；看著住對面的諾瓦克（Nowak）先生在情緒激動的太太和六個哭泣的小孩面前被拖去入獄，只因為偷了附近農場一個豬頭；看著媽媽哭泣，而她在一旁打包行李要去瑞士做半年保姆，兩人心裡都知道半年是謊言，保姆工作只是取得護照所需的表面理由，是前往美國唸書的中繼站，媽媽可能從此再也看不到女兒。

所以，理查的淚水似乎發現了一個蟲洞才會如此令她不安。她清了清喉嚨，試著拋開，重新把注意力放在手上工作。她解開牛仔褲的扣子，拉開拉鍊，兩手抓著臀部兩側的褲子和內褲腰帶，猛力往下一拉，拉到膝蓋處。

她花了不止五分鐘才到理查家門口。接到他的電話時，她人雖然只在一英里外，但是停車多花了幾分鐘。有些滴在他腿上的溼溼稀稀大便已經乾掉，他粗糙的黑色陰毛探出來，像是乾旱土地上的雜草。內褲裡有一大坨屎，其餘像蛋糕糖霜黏在屁股和睪丸，比她預期還多。

「好，你可以單腳站立嗎？」

「我太累了，不想跌倒。」
「抓著我的肩膀。」
「我沒辦法。」
「哦，對喔。那就往後靠著牆壁。」
她緊緊抓著他光溜溜的腰部，他後退幾步，直到背部抵到牆壁。她在他面前蹲下來。
「抬起來。」她用手掌輕拍他的左小腿。
他的鞋子已經脫掉，她把褲子和內褲脫下，拉到一隻腳外頭，在這過程中，她把他的腿滑過弄髒的褲子，這下他整條腿都沾滿大便。還有一大塊大便從內褲掉出來，掉到浴室地上。他身後的白色牆壁也被屁股弄成咖啡色。真是好棒棒。
「換腳。」
他抬起右腳，她把褲子和內褲往下拉，穿過他穿著襪子的腳，脫下來。她看看自己的雙手，不看還好，這一看才看到，右手大拇指、每根手指關節、剛塗了指甲油的指甲下面、修剪整齊的指緣裡面，都沾到理查的大便。她的毛衣口罩已經滑落鼻子，但是她不想用弄髒的手去碰毛衣，所以就讓它這樣。惡臭、髒亂、她的手。她這個可憐人。

「對不起。」他說。

她現在沒辦法停下來清洗自己，不然就做不完了，她得繼續。

「抬起來。」

她把左腳的襪子脫掉，接著是右腳。她站起身，兩手抓著他上衣下襬，試著把衣服往上拉，穿過頭部脫掉，但是他的手臂不配合，他動不了，一個難解的問題。

「要一次脫一隻手臂才行。」理查說。

她好不容易才把他的左手臂穿洞拉出，接著是右手臂，然後是頭。現在他全身光溜溜，滿是大便、淚水、羞恥。

她打開蓮蓬頭的水，理查踏進浴缸，她抓起浴缸邊緣上的海綿，用沐浴乳浸透。

「這樣就可以，剩下的交給梅蘭妮做。」

「閉嘴。」

她開始洗他，觸摸他的肩膀、胸膛、肚子，她瞬間就察覺，雖然比記憶中更瘦削，眼前赤裸裸的身體的確就是理查的，是她愛過、親吻過、抱過、握住過、餵過、吸過、性交過、躲避過、鄙視過、怨恨過、咒罵過、痛恨過的身體，跟這個身體有關的無數回憶和感受，儘管跟當下詭異的情境有違和感，仍然一幕幕畫過腦海。她不願再回想，不理會這個身體過去的歷史，把注意力放在眼前這項工作跟人無涉的部分：海綿、屁股、沐浴乳、腿、水、陰莖、更多沐浴乳、睪丸、海綿、另一條腿。

終於，以漩渦狀流進排水孔的水變乾淨了，她把他留在浴缸，走去廚房，找到一個垃圾袋，回到浴室。她找到他褲子一個乾淨的角落，手彎成鑷子形狀，將他的褲子捏起，裝進垃圾袋。襪子、內褲、上衣也比照辦理，然後將垃圾袋打結，以免臭味外漏。雖然她很確定沒碰到便便，但還是感覺雙手又沾到。她走到洗臉檯澈底沖洗雙手，用她所能承受最熱的水，接著又洗了一遍。

她回到淋浴間，關掉水，理查踏出浴缸，她用乾淨毛巾把他擦乾。接著兩人不發一語走到他的臥室，不需任何指示或說明，卡麗娜就找到他的衣服，給他穿上。

好了，完成了。他們互相看著對方。

「見鬼了！」卡麗娜說。（譯註：這裡的原文是holy shit，類似中文的「哇靠、見鬼了、該死」，但在這裡又一語雙關，shit是「大便」）

理查大笑。她無意搞笑，但是體內腎上腺素太過活躍，讓她無法繼續板著一張臉，於是隨他一起大笑。兩人笑得開懷、笑得用力、笑岔了氣，這種宣洩感覺真好。她很久不曾跟理查共享喜悅了。

「我會等到梅蘭妮來，」她說，知道現在快一點半了。

「好。」

她跟著理查走到客廳，一起在沙發上坐下。他用腳踩貼在地上的遙控器，打開電視，轉了幾個頻道，沒有感興趣的，於是把電視關了。他們沉默坐在一起，等梅蘭妮來，無話可說、無事可做的沉默久到不只令人不自在，甚至比剛剛在浴室的大便秀更叫人尷尬。

「那你進城做什麼？」

「我跟醫生有約。」

「哦。」他沒問為什麼，也沒問她身體是否無恙。她不怪他，潘朵拉的盒子不要打開比較好。

「你打電話來的時候，我正要離開停車場。」

她去做年度例行的婦科檢查，要再過一年才會再到那位醫師的診所，他來電時她只在一英里外的地方而且有空，這種情況發生的機率有多少？她環顧四周，鋼琴、輪椅、書桌和椅子、電視和咖啡桌。她看著他。

「梅蘭妮會陪你多久？」

「大概一個小時。」

「還有其他人過來幫你嗎？」

「早上有一個，通常是比爾，待一個半小時，晚上還有另一個，過來幫我準備晚餐和就寢。」

「所以一天大概四個鐘頭？」

「對，差不多。」

她想到他每天大概有十二個小時清醒的時間是獨自一人，沒有人幫忙，可能會碰到種種麻煩。要是跌倒呢？要是肚子餓呢？要是噎到呢？要是拉大便在褲子上被鎖在大門外呢？

「你需要有更多協助。」

「我知道。我不能工作，負擔不起。」

她想起門前臺階和那臺輪椅，這樣下去不是辦法。

「你要把這裡賣掉。」

「我的房屋仲介說我出價太高，但是我不想降價，不然會少掉一些錢。就算少一點無所謂，但是我的房貸很高，扣掉房貸會所剩不多。」

她沒有點出，搬離這裡的重點應該是找個沒有臺階的地方住，而不是資產變現的問題。她很清楚他的爸爸和哥哥，他爸爸不可能幫忙，他哥哥幫不了，可惜他媽媽不在人世了，不然一定會為他挺身而出。而他的經紀人住在紐約市。

「有女朋友嗎？」

「沒有。」

「你不能繼續這樣下去。」

這句話不正是她最後要求離婚時對他說的話嗎？只是當時主詞換成了「我」。她緊閉雙唇，努力把接下來差點脫口而出的話按捺住，心裡一面想，只要捱過這個時刻，只要梅蘭妮走進門來接手對話，也許她就不會把差點說出口的話說出來。

她看著理查，他點頭，不知道他是認同她嘴上所說還是心裡所想，她突然覺得他能看透她的心思。這太瘋狂了，她不能這麼做。她不能把她差點說出口的話說出來，她一定是被虐待狂、白痴、精神錯亂才會說出口。苡莉絲一定會罵她瘋了。過去發生的種種，她不能當做沒發生而把感覺非說不可的話說出來。

正當她逐漸陷入恐慌的同時，有一股平靜反而籠罩她，把她歪斜一邊的內心給喬正，她突然明白，現在說或不說根本就不是重點。她嘆了一口氣，看著理查和他沒有生命的手臂、那臺輪椅、他的鋼琴，一切早已決定，這一刻、這一整天、她這輩子似乎早就註定好，早在她出生前，她就同意說出接下來的話：

「你必須回家。」

「我知道。」

第十四章

賀曼（Hallmark）賀卡沒有一張是繪上大眼角色或激勵短語來慶賀男人搬回去和前妻同住。過去八天來，理查住在胡桃街四百五十號，他以前和卡麗娜、葛瑞絲住了十三年的房子，他三年多前跟卡麗娜分開時離開的房子，他在離婚協議中無償轉讓給卡麗娜、貸款已清償的房子。更精確地說，他是住在一樓的舊書房，現在是他的新臥房。

從實際層面來說，這次搬家是炎炎夏日的微風徐徐。除了衣物和盥洗用品，他只需要搬他的電腦、電視、Vitamix 調理機、輪椅，其他東西都沒拿，留給房仲用於賣房展示。他的房仲小姐說，鋼琴的展示效果尤其好，可讓潛在買主想像住在這個房子的生活多麼有文化，如果他們知道這臺鋼琴的主人是誰、如果知道想要鋼琴還能隨屋奉送的話，那效果就更好了。看到輪椅搬走，她樂壞了，她說，在她三十二年房仲生涯裡，最破壞房屋風水的，莫過於電動輪椅。

他甚至連他的大床都沒搬，因為職能治療師成功說服他，正好可以趁這個機會訂購他所需要的醫療病床。腹部肌肉越來越虛弱無力，再加上沒有手臂可用，從平坦的床鋪起床已經變成浩大工程。他很不想認同這點，但不得不承認，比起在美姿床鋪放兩三個枕頭墊高，背部可抬高六十度的病床好睡多了，沒人幫忙的情況下，起床也容易多了。

從情緒層面來說，這次搬家是超級強烈颱風。當初離開這個房子，遠離卡麗娜以及兩人之間動盪不安的混亂，在波士頓一個屬於自己的地方重新開始，讓他有光榮勝利的感覺，彷彿贏得某種大獎、出獄、雖然某個必修課當掉但仍獲准畢業。他還記得剛搬出去一人獨居的早上，一覺醒來發現她沒躺在身旁也不在同一個屋簷下，那一刻真是美好，他感覺如釋重負、重獲新生、年輕十歲。而現在，他又回到這裡，回到同一個屋簷下，意志消沉、可憐兮兮、軟弱無力、垂垂死矣。

新的醫療病床放在他的鋼琴以前的所在，他的熱情、他的熱愛、他的生活以前的所在。如今，除非卡麗娜陷入恐慌打一一九，不然十之八九，他會死在那張床上。他試著無視他的臨終病床，但是迴避不了，就算現在不是睡在上面、坐在上面，就算現在坐在書桌或坐在沙發看電視，他都覺得那張床離他很近，正在等著他。

他很感謝現在住一樓，如果想出去散散步，不必費勁走三段臺階，也不怕被鎖在門外。他可以用語音啟動手機一個 App 來開關車庫大門，卡麗娜拿東西撐著，讓車庫通往門廳的門一直開著，所以他可以來去自如，不需要鑰匙或應急方案。

但是有個障礙。在波士頓，他去任何地方都不會被認出來、不會被看見，而在這裡，所有鄰居他都認識。儘管鄰居們的微笑、擁抱和聊天都出於善意，他還是寧願一個人走到外面而不會被注意，他不希望自己這副模樣被看到。

他的輪椅目前收在車庫後面的角落，幸好不會天天看到。等到需要用到時，家裡必須施工改裝。卡麗娜以為輪椅過得去出入口，但是沒確認過。以前在自己家的客廳，他跟這輛輪椅相視對望不知有多久，彷彿在比賽誰先認輸移開視線，敵人的尺寸和形狀他早就記得一清二楚，只要瞄一眼出入口就知道過不去。家門口外有十二個往下的臺階，要嘛就得拓寬車庫通往門廳的出入口，要嘛就得在門前臺階與建一條坡道。坡道可能便宜一點，不然就乾脆吞一瓶安眠藥。

他坐在電腦前，正在寫第七封給父親、不會寄出去的信，另外六封也沒寄，全都存檔了，但是一封都沒寄。那存來做什麼？什麼時候要寄？以後。以後，這兩個字以前是指未來某個含糊籠統、不明確的時間，自從他確診後已經換上「立即」的意味。一年前確診罹患一種平均壽命只剩三年的疾病後，「以後」就變成他媽的「現在」。然而很奇怪，時間對他而言既壓縮又拉長。一天到了中午感覺像過了一個禮拜，到了晚上卻又感覺咻一下就過了。

存那些信是為了臨終之時嗎？是為了喪禮嗎？他的父親會來嗎？他所想要的父親是讀到小兒子罹患ALS的信會心碎、會拋下一切來到兒子身邊、不管兒子需要什麼都全力支持、保衛兒子到最後的父親，然而他所擁有的父親可能連信都不回，這大概就是他遲遲按不下「寄送」鍵的原因。也許他會把信列印出來，摺好塞進玻璃瓶裡，扔進波士頓港，給其他某個父親撿到。也許他會把信刪掉。

他正在用「頭鼠」打字。筆電螢幕頂端夾著一個攝影機，會偵測他貼在鼻頭上的發光貼紙，他的臉指向哪裡，游標就會移動到那裡。這項技術剛問世時，說明書上建議把滑鼠標靶貼紙貼在使用者額頭上，因而得名，不過大多數人把貼紙貼在眼鏡鼻梁上，或是像理查，貼在鼻子上。

他舊書房——新臥房的門刻意不關上，以犧牲隱私來換取出入自如，不必呼喚卡麗娜來開門。就像讓狗能出去一樣。他是籠子裡的動物，畜欄裡的豬，舊書房裡的前夫。

雖然能自己進出，但他絕大部分時間都待在房間裡，主要是擔心踩到埋在這個屋子地板下的未爆彈和玻璃心。獨自一人在書桌、電視、病床的陪伴下，他偶爾可以忘記自己跟前妻住在同一個屋簷下、在她的照顧之下。儘管知道萬一需要協助，卡麗娜就在四周，他還是不喜歡向她求助。

他很餓，只能乖乖忍兩個小時，等居家護理人員來幫他做冰沙。他很冷，可以再蓋一層，可以想想溫暖事物。他想上大號，需要有人幫他擦屁股，儘管命中註定、顏面盡失的那一天在他公寓裡卡麗娜已處理過更糟糕的狀況，他還是決定憋著。

由於地理位置的關係，搬回這裡後，梅蘭妮和凱文和其他固定來的居家護理人員沒辦法來了，他們只服務住在波士頓市區的客戶。不過比爾施展魔法，仍然留下，儘管理查現在住的地方距離他的管區有九英里之遠。天佑比爾。

透過開著的門，他能聽到卡麗娜的學生在隔壁房間彈琴。這個學生爛透了。理查放下給父親未完成的信，從開著的門偷看。一個女孩，十幾歲，姿勢慘不忍睹，脖子和肩膀前傾、往下，卡麗娜應該要糾正。他花了一分鐘才聽出她屠殺的是蕭邦《降E大調夜曲》第二號（Op. 9-2），她的彈奏乏味至極又草率馬虎，不斷彈彈停停，每個猶豫不決、吊在半空中未完成的樂句都令理查痛苦萬分，他一再不耐地嘟囔著乞求她下一個音彈對。更糟的是，她老是忘了降半音。這個女孩上個禮拜回家顯然沒有練習，如果他是她的老師，他會直接叫她回家，課不必上了。

他回到書桌，但是對「頭鼠」越來越厭倦，於是改用嘴巴含著一支筆，用筆啄鍵盤，不過這樣更辛苦，他很快就完全放棄。他吸了一小口午餐剩下的奶昔，他不喜歡這杯，淡而無味、味如嚼蠟，八成是亞培安素（Ensure），是新來的午後護理人員肯夏（Kensia）留在書桌上給他的，他又喝了一口，罐頭食品無誤，絕對不是比爾替他調製的現打仙丹妙藥，但是他很餓，需要熱量，而卡麗娜又在忙，比爾則要到明天早上才會來，所以他認命吞下。

這是他新的箴言，「認命吞下」肯夏做的無味奶昔，「認命吞下」這個疾病所帶來的一切。無法再彈鋼琴，卻得聽蹩腳學生在隔壁房間殘殺經典作品，認命吞下；無法一個人安全過生活，只好搬回舊家跟已疏遠的前妻同住，認命吞下；鼻頭的發癢一分一秒越來越難受，但是如果拿鼻子摩蹭桌緣或牆壁或床褥，「頭鼠」貼紙可能會掉落，他就無法使用電腦，只能等到下一位護理人員來，不然就是含著筆啄鍵盤，認命吞下。

他坐回椅子，盯著窗外，茫然聽著鋼琴課從開著的門傳來。如同無事可做的時候一樣，他的思緒再次遊蕩於無解的「為什麼」王國。為什麼他會罹患ALS？為什麼是他？在這個他常常造訪的腦神經迴路裡，他跑上跑下，敲敲街上每戶人家的門、按按門鈴，不是出於自憐的提問，而是抱著科學探究精神的發問，但總是得不到答案。

有百分之十的ＡＬＳ純粹是基因造成。如果他的ＡＬＳ是這種遺傳類型，那他的父母勢必有一個也罹患ＡＬＳ。就理查所知，父親現在還活著，健康活著，很可能會長壽百歲，而母親在四十五歲的時候逝於子宮頸癌，所以他猜想，母親可能有這種突變基因，要是活久一點可能會發展成ＡＬＳ。但是再仔細一想，這種可能性立刻排除。首先，母親同時面對子宮頸癌和ＡＬＳ的可能性太低也太殘忍；其次，也比較有說服力的是，外公和外婆都是八十幾歲過世，如果他沒記錯的話，都是死於中風，沒有ＡＬＳ。所以他的ＡＬＳ不是來自母親。

百分之五到十的ＡＬＳ是家族性，是基因突變所導致，是ＤＮＡ的陰謀。不做基因篩檢的話，要確認ＡＬＳ是否為家族性，最快也最卑鄙的方法是拿兩個血親來檢測是否罹患ＡＬＳ。理查的家族樹裡面，母系和父系都沒有人罹患ＡＬＳ，他是唯一壞掉的蘋果，在枯萎的樹枝上腐爛。所以他的ＡＬＳ不是家族性。這是一連串ＡＬＳ提問中唯一令人高興的部分，因為這代表葛瑞絲不會遭到這個可怕怪獸的毒手，至少她跟其他人一樣安全。

他的ＡＬＳ是偶發性，是ＤＮＡ以外（或除了ＤＮＡ以外）的因素所導致。他必定是暴露於某種東西或做了某件事才罹病。但，是什麼？為什麼是他？他既不是退伍軍人也不抽菸——這兩者都會增加罹患ＡＬＳ的機率，原因不明。是因為他有某種程度的鉛中毒、汞中毒，還是他接觸到輻射線？難道他有萊姆病但沒診斷出來？萊姆病會誘發ＡＬＳ嗎？這些揣測都缺乏科學證據。

是因為他久坐不動嗎？也許太長時間坐在鋼琴椅才罹患ＡＬＳ。他想像未來每臺史坦威鋼琴都貼上警語：**神經學家警告：彈鋼琴可能導致ＡＬＳ**。顯然不是這個原因。

他成長於七〇和八〇年代，加工食品盛行的年代，或許是因為他攝取太多化學防腐劑或添加物或糖精。或許是飲食上的營養不足，在關鍵年紀欠缺某種必要維生素。他在一九七七年幾乎只吃香腸、多力多滋（Doritos，玉米片），只喝菓珍（Tang，即溶沖泡飲料），這是他罹患ＡＬＳ的原因嗎？他喝太多Kool-Aid（飲料粉末）嗎？他吃太多Steak-Umms碎牛肉、Twinkies奶油蛋糕、Lucky Charms棉花糖玉米麥片嗎？

也許ＡＬＳ是某種性病所誘發，是一種尚未確知的病毒。處子是不是不會罹患ＡＬＳ？

誰會罹患ＡＬＳ？根據他在門診所目睹，任何人都有可能。他看過二十五歲的醫學系學生、六十五歲的海軍海豹隊退伍軍人、社工人員、藝術家、建築師、三鐵運動員、創業家、男人、女人、黑人、猶太人、日本人、拉丁美洲人。這個疾病也講究政治正確，不偏執、不過敏、不迷戀，染病機率人人平等。

為什麼一個四十五歲演奏鋼琴家會罹患ＡＬＳ？為什麼不會呢？他聽到媽媽的聲音響起：「不要用問題來回答問題」，但這是他唯一能想到的答案。

隔壁房間的琴聲停止，他這才發現自己一直緊咬著牙關。天啊，卡麗娜怎麼忍受得了？琴聲再度響起，但是這次，是卡麗娜在彈，在給學生示範這首曲子該是如何、這些同樣的音符會有什麼可能性。她的琴聲很優美，像柔軟的毯子鎮定了他焦慮的神經。為了聽得更清楚，他起身走到微開的門邊。

卡麗娜為什麼不再彈琴？放學後教孩子半小時不算彈琴。她為什麼放棄鋼琴家事業？他照例對這個「為什麼」假裝不知道，一如這個問題第一次浮上腦海時。跟其他ＡＬＳ相關的「為什麼」不一樣，這個「為什麼」至少有一個可證實的答案，一個他從來不想出聲承認的答案。

學生時期，她的天分和技巧純熟度無疑都勝過他，有望成為更優秀的演奏家，像他一樣開創出演奏事業，甚至更大放異彩，然而她卻放棄古典鋼琴選擇即興爵士。看著天縱英才誤入歧途、未受到賞識、白白浪費，他感到心碎，甚至反感。沒錯，他是有偏見，對他來說，莫札特、巴哈、蕭邦是神，他們的奏鳴曲、幻想曲、練習曲、協奏曲是不朽傑作，每個音符都是天賜的才華，需要教育、天分、熱情、技巧精準、無數小時有紀律的練習，才有辦法在世界級舞臺彈奏，地球上很少有人辦得到，而卡麗娜就是其中一個。他覺得爵士樂很馬虎、難懂、聽不下去，大多是未受訓練的業餘者在破舊酒吧演奏，他一直不了解為什麼能感動卡麗娜的靈魂。

撇開他對古典音樂不可否認的勢利偏愛，她形單影隻踏上追尋爵士的道路註定會以失敗收場，他也跟她這麼說過，已好多次，但大概只是適得其反，反而越把她推向爵士。如果穩定、收入優渥、備受尊敬的古典鋼琴事業已經是很邊緣的職業選擇，那麼，要靠爵士樂來維持生活無異於在月球找到工作。爵士鋼琴家唯一成功的機會是與最最頂尖的同儕一起演奏，跟其他優秀樂手一起發展、培養、提升自己的演奏，所以卡麗娜必須到那些樂手在的地方，到紐奧爾良、紐約市、巴黎、柏林。

進入柯蒂斯之後，他和卡麗娜住在紐約。她找到一個固定表演的機會，和傑出的薩克斯風樂手、鼓手一起在爵士樂聖地「前鋒村」（Village Vanguard）俱樂部表演，幾乎沒有什麼薪水，但是她很快樂，她正要展開真正、可行的事，他們兩人也都這麼覺得。要是沒搬離紐約，誰知道她接下來會有什麼發展呢？

然而，他卻把他們搬到波士頓，接受新英格蘭音樂學院令人垂涎的教職。他以這個教職是他職業生涯不可或缺為理由說服她，可是最後證明，這份工作並不是那麼不可或缺，因為他只教了兩年就欣然離職，開始巡迴演奏生活。他心裡知道，搬到波士頓導致卡麗娜的爵士動能踩下煞車，很可能就此奪走她畢生夢想，但是他從未對她親口坦承。而且這件事並不是他事後回想起來才知道，早在他們搭火車從紐約賓州車站（Penn Station）搬到波士頓後灣的時候就知道，而他什麼都不說。現在回頭看，這可能是他做過最自私的事。

一直到八天前為止。

不過，她也不是從此就機會全無。後來他開始巡迴演奏，每個禮拜、每個月、年復一年在不同城市與不同管弦樂團合作，他很願意搬家，也跟她提過。他可以住在任何城市，住在紐約或紐奧爾良跟住在波士頓一樣，如果她想要的話。結果，卡麗娜選擇胡桃街四百五十號，距離波士頓九英里的郊區。他永遠不會了解她為何這麼做。也許向來無所畏懼的卡麗娜害怕了，也許他就是從那時開始不愛她了。

卡麗娜改彈莫札特的《土耳其進行曲》。聽著她彈琴，他憶起她精湛的琴藝，也想起他們所做、沒做的種種選擇，以及那些選擇一步步走到現在——理查罹患ALS在這間書房，而卡麗娜在客廳教一個笨蛋——這時，莫札特輕快的音符突然轉為黑暗、不祥，一股怒氣在他內心升起，不是有邏輯的想法，也不是轉瞬即逝的感受，而是深藏內心濃烈、狠狠的惡毒。

她應該是受人尊敬的世界級音樂家才對，為什麼現在卻在教蹩腳的高中生彈琴？她賺多少？一個小時五十美元或一百美元？一天上四堂半小時的課？這點錢要怎麼過活？

感謝上帝，葛瑞絲的大學學費已經存在銀行，但是除此之外的一點點存款正在快速減少。他恨自己沒買長期失能險或壽險。他並不是有福利可享的公司員工，他自己就是公司，還算年輕健康，未來看似永遠，足以讓他賺更多錢來滿足自己的生活方式，他所能想像最糟糕的情況是雙手受傷導致事業告終，但是就算這種極不可能的情況發生了，他還是可以教琴、巡迴客座教學、在某間學校找個教職，總會有選擇的。他從來沒想過會有需要保險的一天。他以為不會有不好的事降臨自己身上，更別說是災難了。而現在看看他們，正活在災難中。

經過這麼多謊言和背叛之後，他仍然很崩潰難過，氣她竟然捨棄如此難得、上帝恩賜的古典鋼琴天分轉而追尋爵士，然後又不盡力追到。他的腦袋傳送無效訊息要雙手緊握成拳頭，他的怒氣混雜著無能。

不是所有的錯都在他身上。

她把一切全怪在他頭上。

她每件事都說謊。

她一定會說是他先背叛她的。

過去幾個小時一直很冷，渴望穿上羊毛衣的他，現在身子卻整個熱起來，汗水浸溼癱瘓的腋下汗衫。他覺得搖晃、心亂，彷彿需要坐下來或離開這個屋子，但是他反而在微開的房門釘住不動。

卡麗娜的琴聲停止，換學生彈《土耳其進行曲》，絲毫沒有愉悅或輕快的感覺。這讓他回憶起葛瑞絲五、六歲朗讀書籍的情景，結結巴巴地唸《青蛙與蟾蜍》（*Frog and Toad*）繪本每個音節，光是唸一頁就叫人絕望好幾次，只顧著努力仔細把字母唸出聲，內容有沒有看懂根本不必奢望。很不開心的經驗，除了他愛葛瑞絲。他恨這個學生。

他不該這樣，不該恨這個可憐的學生，但是一股惡毒的仇恨住在他心裡，需要有個對象發洩，最顯而易見的對象是ＡＬＳ，但是ＡＬＳ沒有臉孔、沒有聲音、沒有心跳，你很難痛恨一個非人的東西。

他恨卡麗娜，恨她的藉口，恨她的謊言。

他恨自己，恨自己的自私，恨自己的不忠。

一個四十五歲演奏鋼琴家為什麼會罹患ＡＬＳ？或許是業報吧。或許他的ＡＬＳ是報應，懲罰他以前做過某件同等可怕的事，也或許是懲罰她做過的事。或許他的ＡＬＳ是懲罰他們共同的罪惡。

又或者，奇怪的是，ALS也許是他們改過的機會。只要他們承認過錯，為彼此造成的傷害道歉並且獲得原諒；只要他們和解兩人的因果業債，或許他就能痊癒。又或者，就算不能痊癒，或許能以某種方式治療。對兩人都是。他知道這種訴諸神祕力量的胡思亂想無異於向星星許願、禱告求神、相信「神奇八號球」（Magic 8 Ball，占卜小玩具）的預言。

但為什麼不試試呢？

他用腳把門關上，無法再忍受這堂坑坑疤疤的鋼琴課，多聽一秒也不行。而且他寧願繼續恨卡麗娜和自己，也不想去回答這個「為什麼」。

第十五章

坐在書房的躺椅上，理查可以聽到卡麗娜在唱〈寶貝，外頭很冷〉（Baby, It's Cold Outside）。她已經在廚房忙一整天，準備Wigilia，波蘭傳統的十二道聖誕大餐，這是她一年當中最愛的日子。她從一大早就邊唱歌邊料理，打定主意要好好享受這個日子，即使胡桃街四百五十號沒有人加入她。也有可能她是希望她下定決心的愉快可以搭便車，搭上洋蔥、大蒜、薑、發酵麵團所散發的天鵝絨般香味，滲透到屋子每個角落，感染女兒和前夫。

就理查所知，葛瑞絲每次都會在一旁協助媽媽烹煮Wigilia。母女倆披上相配的紅色圍裙，葛瑞絲專門負責烤makowiec，一種奢侈撒上罌粟籽的蛋糕捲。兩人是可愛的團隊，邊唱歌邊聊天，從頭開始準備這頓特別的澎湃晚餐。

可是今年不是。

兩天前從大門走進來之後，葛瑞絲就一直躲在自己房間。到目前為止，嘴巴上嘀咕的理由包括累斃了、頭痛、讀書。理查不時聽到頭上傳來水管的流水聲，這時他就知道她在書房上方的浴室。她幾個小時前有下樓來，不發一語走到廚房，大概是來拿點吃的，然後就快步跑回她的洞穴。現在已經晚上六點，她仍然在樓上。

在葛瑞絲回家過聖誕假期之前，他和卡麗娜就在傷腦筋到底要跟她說多少。卡麗娜不希望造成她無心唸書、考砸期末考，但是理查不希望她在毫無預警之下回到家就看到他的 ALS。沒有什麼好的選擇，他們各退一步。卡麗娜的聲音不像喝了酒的 Siri（內建於蘋果 iOS 系統的人工智慧數位助理），所以由她打電話給葛瑞絲，暗示她回到家可能會面對的情況。

只是讓你知道一下，你爸爸回來住了……沒有，我們沒有復合。他需要一些協助，所以會住在這裡一陣子……我沒有發瘋……沒事的。等你回家再談。

他不斷重播葛瑞絲第一眼看到他時的驚愕，那表情已經不只是看到離婚疏遠的爸爸回家那種單純的不舒服（這種情況已經夠叫人百思不得其解了），嚇到她的是 ALS，是他下垂、掛著、沒有生命的手臂，是他糊成一團、只有一個音調的聲音，是他消瘦憔悴的身軀。他花了一年的時間習慣這個逐漸變形的過程，慢慢適應每一種遞增的失去、每一種扭曲變形，所以看到鏡中的自己、聽到自己的聲音時，他通常只注意到最新近的改變。他感受到的差異是從九十九變成一百，然後去適應這個相差一的變化，他並不是從零開始適應每種新症狀、每個少掉的一磅或子音。他大致還看得出自己、聽得出自己。每個禮拜都是一種新的正常。

但是葛瑞絲早在他確診前就沒見他了。看著她在不到一秒之內努力消化整個從零到一百的轉變，她臉上的震撼驚愕令他呼吸困難，為自己給她的衝擊感到恐懼。她移開視線，勉強擠出一聲輕輕的「嗨」，生硬不自然，一時說不出話，只能承受他們精心規畫的ALS簡介。接著，她退回自己房間，不發一語。

卡麗娜宣布晚餐已經準備好。理查從房間走出來，葛瑞絲突然冒了出來，在餐廳角落徘徊，像一隻緊張的兔子隨時準備要飛快逃開。卡麗娜把她叫進廚房。理查一個人在餐廳，坐進餐桌的主桌位子，這個位子他坐過十三年，度過各種節日和晚宴時刻，但他卻沒有熟悉感，只感覺奇怪、不安、不對。這個餐廳跟他記憶中一模一樣，同樣的橡木桌和套上乳白色椅套的椅子、同樣的水晶吊燈、同樣的銀器餐具和瓷器、牆上掛著同樣一幅簇新紫銅色抽象油畫。每件東西都一樣。

但是他完全不一樣了。他現在是前夫、ALS患者、前鋼琴演奏家。坐在這個位子的他，是闖入者，是不請自來的客人，是冒充主角的跑龍套臨時演員。依循波蘭傳統，卡麗娜多安排了一個座位給意外訪客，給在夜晚迷路需要一頓飯的人，理查起身換坐這個位子。好了，這裡適合多了。

卡麗娜和葛瑞絲進進出出餐廳好幾趟，忙著端出一盤盤佳餚，擺上碗盤和母匙，理查只能坐在一旁看著，像個軟弱無力的國王。桌上頓時充滿色香味和回憶，barszcz（香氣撲鼻的鮮紅甜菜根湯）、uszka（耳朵形狀的小麵團，內餡是炒野菇）、pierogi、小火慢煮的德國酸菜、淋上酸奶油的鯡魚。全部十二道菜，一頓豐盛大餐擺在他眼前。

卡麗娜最後一趟從廚房進來時，頓了一下，注意到理查換了座位，但沒有提出異議，然後「碰」的一聲把一杯香草冰淇淋奶昔放在理查的盤子中央。她坐下，快速唸了禱告詞，求神保佑他們來年幸福，接著從取代傳統聖餅的麵包撕下一片，再將麵包遞給葛瑞絲，葛瑞絲沒有再傳給理查。卡麗娜和葛瑞絲開始大啖這頓頹廢大餐，理查小口喝著他的奶昔。

雖然他還能吃一些軟爛食物，像是馬鈴薯泥、通心粉、起司，今晚餐桌上的湯和小麵團當然也可以，但是他無法忍受被餵食。他試過，好幾次乖乖聽從居家護理人員的嘮叨，穿上圍兜，嘴巴張得大大，但是他只感到無能為力、被閹割、像嬰兒。他很快就喊停，犧牲喜愛的味道、口感以及需要動用叉子湯匙的食物，換取可飲用的湯、冰沙、奶昔等等有限菜單。他連自己的肌肉、獨立性、生活都已經越來越無法掌控，在他還可以的時候，他想自己進食。

所以他小口喝著他的香草奶昔，看著葛瑞絲和卡麗娜在他面前大啖 Wigilia，一面氣惱卡麗娜怎麼沒想到把甜菜湯裝在杯子裡插吸管給他喝。他太倔強、像個傻瓜動不動就覺得被冒犯，所以開不了口要求。他把她們享用美食的景象和聲音輸入腦中，銀器餐具撞擊瓷器的叮噹作響、湯從卡麗娜的湯匙流出的汨汨聲、冒著蒸氣的湯碗傳遞過去、葛瑞絲張著嘴大嚼，這些感官體驗——每個歡慶的、禁忌的微小分子——無一不令他反感，就連平・克勞斯貝（Bing Crosby）的〈白色聖誕〉（White Christmas）歌聲都是對他公然侮蔑。

沒有人在聊天。天性健談的葛瑞絲一聲不吭，緘默向來是她用來隱藏憤怒或恐懼的斗篷。她一叉子又一叉子把食物剷進嘴裡，好像參加比賽奮力要奪冠一樣，三兩下就把餐盤清空，平・克勞斯貝還沒唱完她就吃完了。她把椅子往後推，把湯碗疊到盤子上，站起身，往廚房走去。

「慢著，」卡麗娜說，「不准離開餐桌。」

「為什麼不可以？我吃完了。」

「你還沒吃 piernik（薑糕）或 makowiec（罌粟籽蛋糕）。」

「我不想吃 piernik 或 makowiec。」

葛瑞絲明明很喜歡吃 piernik 和 makowiec。理查也是。

「好，那就坐下來陪我們，Wigilia 還沒結束。」

葛瑞絲不再堅持，坐回位子，但是沒有拿任何甜點到自己盤子裡。理查捕捉到她快速偷瞄他一眼的瞬間，彷彿正眼多看他一會兒就有危險。上網看ALS的資料是一回事（他猜她這兩天在樓上就是在做這個），坐在對面，隔著一盤 piernik 和幾根閃爍蠟燭，親眼看到活生生的ALS住在父親體內是另一回事。

「期末考考得怎麼樣？」卡麗娜問。

「很爛。」

「不會吧，為什麼？」

「我沒唸書，因為忙著研究ALS。」

理查和卡麗娜轉頭看著對方，目瞪口呆。

「怎麼會——」

「你跟我說爸爸回來跟你住，卻不說為什麼。我傳簡訊給漢娜．朱，跟她說這件事很反常，然後她就告訴我了。」

「對不起，親愛的——」

「所以漢娜・朱和上帝知道，別人都知道我父親得了ALS，只有我不知道。我還真榮幸屬於這個家庭或隨便什麼東西的一分子啊！」

「就是因為這樣，我們才不想在期末考前告訴你。」

「這不是一夕之間發生的，為什麼不早點告訴我？」

「我也是最近才知道。」卡麗娜說。

她就算之前不知道，七月也已經知道了。老是推卸責任，老是覺得自己是對的，老是一派無辜。理查想戳破這個謊言，講出事實，在葛瑞絲面前拆穿卡麗娜一次，但是他講話太緩慢，來不及插進去，只能就這樣了。

「那你呢？」葛瑞絲問，首次對著父親講話，「你為什麼不告訴我？」

他去年的聖誕節前夕確診，不想拿這個無情的消息毀掉葛瑞絲的假期。接著是一段完全拒絕承認的日子。一個人在公寓沒人聽到的情況下，他連自己得了ALS都說不出口，更不可能在獨生女面前講出那三個字母。他繼續巡迴演奏，假裝沒事，也沒把確診的事透露給崔佛，長達三個多月。沒多久，他的右手變得更虛弱無力，危及他的演奏、他的聲譽、他的生命，把戲被拆穿，儘管如此，他還是沒向世界宣布自己罹病，崔佛則是以肌腱炎為理由隱瞞了好一陣子。所以，一開始不告訴葛瑞絲並不是故意針對她。

接下來的情況是，他害怕她又多一個理由把他推開，害怕她會完全排斥他，父女從此沒有機會和好。沒罹患ALS之前，他就已經不知該如何修補兩人關係，即使有修補的可能，也因為太懶又以為還有時間而遲遲無作為。現在罹患了ALS，沒有二十年的治療時間或壽命可以好好梳理兩人關係，再加上他仍然不知道該如何修補，無從開始。

「我試過很多次，很難開口。你要考期末考，然後是大學新鮮人生活第二學期，我不想破壞你人生中這段興奮的日子。」

「想太多了，你破壞不了的。」

葛瑞絲一出生就忠於媽媽，一向把媽媽的不快樂和離婚歸咎於爸爸。她坐在爸爸對面，雙臂交叉，雙眼瞪得老大，理查在女兒的怒氣中看到另外一層憤怒，很可能已經存在多年的憤怒，但他直到現在才發現。是背叛。

每次他欺騙卡麗娜，也是欺騙葛瑞絲——他腦中一再深思這個論點，咀嚼再三，如同咀嚼口香糖。因為邁阿密有演奏會而錯過葛瑞絲的週六足球賽或週日晚餐或學校頒獎夜，是一回事，但如果是因為他選擇和一個連名字都記不得的女人逗留於邁阿密，那就是另一回事了。葛瑞絲童年多數時間沒有父親在家陪伴，而其中有些日子的缺席是因為他對婚姻不忠，所以從這個角度來看，他也欺騙了葛瑞絲。

他看著女兒，神似媽媽的葛瑞絲有眼距較寬的綠色眼睛、咖啡色頭髮，他看到那雙綠色眼睛有怨恨、堅毅的下巴有桀驁不馴、嘴巴是武器。他在女兒臉上看到自己，心為之一痛。父女倆都沒能得到自己想要的父親。

「那接下來會怎麼樣？」葛瑞絲問。

除非週末特別回來或請假，不然葛瑞絲要到三月底才會回家——如果她沒去佛羅里達的戴通納海灘（Daytona Beach）或基韋斯特（Key West）或現在大學生流行的春假去處的話。在這段期間，可能會有很多令人沮喪的變化發生，餵食管、BiPAP 呼吸器、輪椅、眼睛凝視的溝通、氣切套管和侵入性人工通氣可能成為必需。但願他還不會死。

「我不知道。」

關於理查的未來，最終必然會發生的事和眼前不確定會發生的事、想像得到的事和想像不到的事，都懸在 Wigilia 晚餐上空。沒有人開口說話，沒有人動口進食，平・克勞斯貝的專輯最後一首歌曲唱完，整個屋子寂靜無聲。理查仔細端詳餐桌上沒動過的餐點，葛瑞絲拒絕被療癒而拒絕的療癒食物、卡麗娜一個人從頭烹煮的十二道佳餚、家傳自父母和祖父母的食譜，他把目光放在沒動過的 makowiec——甜甜的罌粟籽蛋糕，他的最愛——決定冒個險。

「卡麗娜，可以餵我吃一、兩口 makowiec 嗎？」

她一時反應不過來，一臉茫然，似乎聽不懂他的請求。他不曾要求她餵他。等到她回過神來，眼神滿是憂懼。

「我不知道。這樣可以嗎？」

「只吃幾小口，我會配奶昔沖下去。沒吃 makowiec 就不是 Wigilia 了。」

這句話成功說服她。卡麗娜是傳統控。半信半疑之下，她薄薄切下一片蛋糕，放進理查的盤子，然後坐進理查身邊的空椅子，面對著他。她用大拇指和手指捏下一小塊蛋糕，只有一顆玉米粒大小，用手指捏著。

「我不是小鳥，給我真正的一口，謝謝。」

仍然心存疑慮的她，從意外訪客座位拿一根沒用過的叉子，切下一塊不大不小的蛋糕。她跟理查四目相交，小心翼翼地把這片 makowiec 送進他張開的嘴巴。

理查閉上雙脣，讓蛋糕停留在舌頭上，如果他的味蕾有辦法喜極而泣，這時一定會。他的嘴巴流出口水，或許就是味蕾在哭泣。溼潤的蛋糕、酸奶油和牛油、甜甜的蜂蜜、一點點檸檬、一顆顆罌粟籽，他開始咀嚼。他竟然開始咀嚼！他記不得上次咀嚼是什麼時候的事了，可能是貝果吧，不管是什麼，都不叫人難忘。這塊蛋糕是天賜的，每一種在他嘴裡打轉的滋味和口感，都是美好的慶祝。

等到他把這一小口天堂嚼成像冰沙一樣的液態糊狀，可以用吸管吸的程度，他就開始刻意地吞下去。沒有問題。他把舌頭伸出來，像個孩童似的，證明吃下去了。

他揚起眉毛，頭歪向盤子輕輕一點，卡麗娜又用叉子添了一塊，理查張開嘴巴，她餵他。他咀嚼的時候，兩人的眼睛保持四目相交，卡麗娜提高警覺地注意是否有任何問題，理查不發一語地讓她知道他沒事。

吃完這一口，他要求再來一口。咀嚼的時候，他看進卡麗娜目不轉睛的綠色雙眼裡，他所懼怕的尷尬和憐憫（尤其是被她餵食）並不在那裡，取而代之的，是一股萬萬沒想到的柔和親密和平靜溫柔在兩人之間傳遞。吃完下一口之後，她用餐巾紙擦拭他的下唇，湧上他心頭的是感謝，不是難為情。她微笑。他真希望好幾個月前沒有發誓拒絕被餵，並且開始想像他第一次噎到之後就被他白白放棄的美味食物和美好時刻。

或許有點得意忘形，或許被他和卡麗娜之間意外的連結搞得失神，他不小心把一丸還沒嚼爛的蛋糕送到嘴巴深處，在他還沒做好準備就觸發吞嚥反射。他不知道是他先恐慌才導致這個問題，還是蛋糕落錯輸送管才導致他恐慌，反正一大塊黏糊糊的 makowiec 就這樣卡在氣管，他不能呼吸。

雪上加霜的是，由於腹肌和橫膈膜虛弱無力，他無法做出正常人的簡單咳嗽把食物吐出來。他的眼睛凸起，張得大大，眨也不眨，卡麗娜盯著他，驚恐萬分但動也不動，癱瘓了。他用力使上脖子每一條肌肉和血管，拚命想咳嗽、呼吸、叫喊求救，但只是靜靜地噎住。

「媽！」葛瑞絲尖叫，喚醒媽媽採取行動。

卡麗娜開始用掌緣敲打他的背，彷彿他是邦戈鼓。沒有用。他想像這塊嚼了一半的蛋糕像拌溼的混凝土塞子，卡在他的氣管。他看著坐在對面的葛瑞絲，從他含淚的眼睛看去，她模糊不清且驚恐。

卡麗娜改變策略。她站到他的椅子後面，從腰部環抱他，開始快速用拳頭壓進他胸骨下方的柔軟部位，介於肋骨之間的骨頭。一次又一次，她將拳頭推進他的腹部。那塊 makowiec 就是文風不動。他試了又試，想幫她，但就是沒有力量咳嗽。他的頭開始刺痛，葛瑞絲和整個屋子變模糊，卡麗娜叫他的名字，他知道她就在這裡，從他的椅背後面敲打他，越來越用力，但是她的聲音好遙遠。

也許這就是結束的方式，也許這就是接下來的情況。

第十六章

卡麗娜打開塑膠的 MIC-KEY 扣子（扣子平躺在理查肚臍上方兩英寸左右的皮膚上），裝上一小段管子，開始按壓五十毫升的注射器活塞，接下來半個小時會把總共五百 CC 的「液體黃金」直接輸進他的胃，這是他今天的第五「餐」，也是最後一「餐」。等待注射完成的同時，他們看電視上重播的《六人行》（*Friends*）。

過去三個禮拜都離不開管子。聖誕夜幾乎奪走他性命的哽噎窒息事件後，卡麗娜帶他去 ALS 門診。精神內科醫師、胸肺科醫師、放射科醫師、語言治療病理醫師、腸胃科醫師聽了事發經過，評估他的呼吸和吞嚥，有兩個重大發現，做出兩個重要決定，都跟管子有關。至於最重要的決定、最重要的管子，仍然有待判定。

首先，他做了吞嚥檢查。他喝下溶解於很稀液體的鋇劑，在吞嚥的時候吐了出來。接著，他吃下摻在蘋果醬裡的鋇劑，必須吞好幾次才能去除糊狀物卡在喉嚨的感覺。然後是撒上鋇劑的餅乾，他吃最小口，馬上就狂咳。放射科醫師和語言治療病理醫師研究了他的X光影像，確定他安全可靠的吞嚥能力在過去三個月已大幅退化。不是開玩笑。

他舌頭和上顎的肌肉又更萎縮了，造成舌頭和上顎無力遲緩。最危險的是，他的會厭軟骨在吞嚥的時候太慢關閉喉頭，也就是說，食物可能會被吸入氣管和肺，聖誕夜吃 makowiec 的時候可能就是如此。液體狀的奶昔雖然不會像罌粟籽蛋糕卡住氣管，但還是可能誤入管子，滴進肺裡，造成吸入性肺炎。現在任何進入他嘴巴的東西都可能輕易奪走他性命。

他還不準備向死神投降，所以只好向餵食管投降。葛瑞絲回學校之後的隔天，他做了手術。對操刀的外科醫師來說，這項歷時二十分鐘的手術是簡單的日常工作。弗萊徹醫師（Dr. Fletcher）將內視鏡放進理查嘴裡，一路穿過食道，再進入胃，然後經由內視鏡把一根細細的塑膠管穿進，再從理查腹壁上切割的一個小洞拉出。

一開始的兩百五十ＣＣ注射完畢之後，卡麗娜足足等了十分鐘，等他的胃穩定下來才把其餘注入。如果給得太快，他會太快就太飽，會噁心、嘔吐。吐出的「液體黃金」有一種腐敗、酸酸的奇怪味道，他一想到就畏縮，那個東西本來就不是用來品嘗的。幸虧卡麗娜願意花時間慢慢來。

《六人行》播完，最後一管食物也注射完畢，卡麗娜把他晚上的藥溶解於水中，同樣經由注射器注入。藥水很冰涼清爽，而且連嘴唇都沒碰的情況下竟然很解渴，真詭異。她接著用清水沖了兩次，蓋上 MIC-KEY 扣子，將理查拉起的上衣放下。好了。要說是晚餐或睡前酒或飼料或其他什麼都好，完成了。他的胃現在裝滿半公升液體，有五百卡路里的熱量，他不能說自己肚子餓，但也談不上心滿意足，雖然服務無懈可擊，但是若用 Yelp 美食網站的評等來給餐點打分數的話，他只會給一顆星。

他還記得剛開始巡迴表演的時候，他每天晚上都在飯店以客房服務點牛排，到了第八或第九個晚上吧，光是想到牛排就沒胃口。牛排吃夠了，他就改訂披薩，接下來好幾個月不碰牛排。如今，客房服務的菜單上只有一道菜：液體黃金，已經連續吃二十三天了，而且繼續持續中。現在如果能來盤三分熟的乾式熟成紐約客牛排，不知道該有多好。

他試著不去想食物。一來，想像自己再也不能吃的食物很折磨人；再者，就像巴夫洛夫（Pavlov）的小狗聽到鈴聲響起就知道主人即將把牛排噗通丟進牠的碗裡一樣，想起食物會讓理查流口水。雖然餵食管幫他排除了吃喝的潛在危險，但唾液的危險還是得靠他自己去對付，唾液和其他任何液體一樣，吞嚥的時候有可能誤入不對的管子。

雖然有 glycopyrrolate 的幫忙，但是他的口水不知為何變得像牛頭牌（Elmer）膠水一樣黏稠，不斷累積，不是溢出下脣、牽絲亮閃閃掛在下巴，就是在嘴裡深處多到汩汩作響。一想到牛排，水龍頭就會打開。現在又汩汩流個不停了。

卡麗娜打開他新的抽痰機，把抽吸管伸進他嘴裡，在嘴裡各處滑動，抽吸牙齒和牙齦中間以及舌頭下方，咕嚕咕嚕吸乾過多的唾液，吸乾口水氾濫的嘴巴。每次她做這件事的時候，他都覺得自己在牙醫診所。

這次約診的第二個大發現是，他的呼吸已經到了不可靠的地步。他的「用力肺活量」（FVC）——用力所能呼出的空氣量——降到百分之四十二。過去三個月來，他開始注意到，從房間走到另一個房間的距離就讓他上氣不接下氣，每講四到五個字就得停頓，因為沒氣，而且只有吐氣的時候才說得出話。

「你是不是整晚都睡不著？」醫生問。

「對。」

「是不是一早就覺得很疲勞？」

「對。」

「醒來的時候會頭痛嗎？」

他確實會，幾乎每天早上都是，已經好幾個禮拜。

「你夜裡換氣不足，吸進的氧氣不夠，二氧化碳太多。你必須裝上 BiPAP。」

原來，他的失眠和早上的頭痛是整夜持續缺乏空氣所引起。所以他現在戴著面罩睡覺，面罩有一條長長的管子連結到一台機器。現在是晚上十點，他刺激的每日行程只剩下一件：連上 BiPAP 呼吸器。

卡麗娜給空氣加溼機加滿水，插上插頭。理查在一旁看著她疲倦但專注做事的眼神。她用小指把凡士林塗抹在他臉上幾個長瘡處，潮溼的空氣加上皮膚每晚長時間接觸面罩，導致皮膚崩壞，出現疼痛的疹子。他嘗試過把全罩式面罩改成鼻罩式，但是他睡覺時嘴巴閉不起來，而掛著下巴帶讓嘴巴閉上又太討厭，所以只好戴全罩式，忍受皮膚長瘡。卡麗娜在毛巾上擦擦手，開啟 BiPAP，然後把面罩覆上他的口鼻。

舒緩瞬間襲來。由他自己的吸氣開始帶動，空氣接著會加壓進入，他的肺完全充氣、肋骨擴張；呼氣的時候，機器反轉壓力，空氣會自動排出，彷彿他的肺是風箱，機器負責按壓風箱的兩個把手。每晚卡麗娜把面罩覆上他臉旁的瞬間，他才真正了解他一整天的呼吸是多麼費力又淺薄，好像一早開始就穿在身上的緊身束腹終於被卡麗娜解開。臉上戴著面罩，充足的甜美氧氣進來、二氧化碳出去，深層的緊張隨之從他身體蒸發，就像蒸氣從熱騰騰的蛋糕升起發散。夜裡他不會呼吸困難。

胸肺科醫師說，他的「用力肺活量」似乎每個月下降百分之三左右，**BiPAP** 只能加壓輔助呼吸，不能替他呼吸，而是幫他一起呼吸，到了某個時刻，**BiPAP** 勢必也枉然，到時僅存的選擇將是死亡或氣切套管加上人工通氣、二十四小時全天候照料。他試著不去想，就像不去想三分熟的乾式熟成紐約客牛排一樣。

啟用 **BiPAP** 意味著理查可以一夜好眠，然而對卡麗娜來說卻正好相反。為了確保面罩保持完全密封狀態，她得隨時調整面罩，她心裡很清楚，跟其他所有事情一樣，密封只是暫時的。只要他打哈欠、鼻子癢的時候皺起、頭倒向右邊，面罩就可能鬆掉，一旦鬆掉，機器會發出警鈴，卡麗娜就得爬起來調整面罩，一晚要起來好幾次。為了縮短跑來跑去的距離，她現在直接睡在客廳沙發。

他像個新生兒，卡麗娜則是睡眠被剝奪的新手媽媽，是會走路的殭屍。但如果是照顧新生兒，隧道盡頭總會有亮光。嬰兒會開始吃固體食物、體重會增加、會達成某個成長里程碑、會神奇地一覺到天亮。而照顧理查這條路上，隧道盡頭不會有光亮，他不會達成任何成長里程碑而不再需要整夜協助，除非他們把死亡視為一種里程碑。也許卡麗娜確實這麼想。

他看著她的臉龐、她漂亮的綠色眼睛，她正在檢查面罩的邊緣，但因為面罩覆蓋在他臉孔的中線，所以感覺她是在檢查他。她的雙眼看起來很黯淡，跟內心任何火花都無關；她的長髮綁成低馬尾，但是前面有一撮鬆了，蓋住右眉毛，他想伸手塞進她耳後。

她看看他的眼睛，嘆了口氣。他想告訴她，他很抱歉害她這麼累，他很抱歉他罹患這種病又無處可去，他很抱歉成為她沉重的負擔。突然之間，很奇怪的，破天荒的，他竟然想告訴她，他為所有的一切感到抱歉。

他這次的抱歉沒有慣常的附屬品，沒有替自己找藉口，也沒有把她的罪狀清單放上天平另一端來平衡自己的罪愆，這次他只有抱歉。他很抱歉輕忽了她，輕忽了他們的家庭、他們的人生。他很抱歉對她不忠，很抱歉他不知該如何處理自己的孤單，很抱歉他沒有感受到她的認可、重視、愛，卻又不知該如何向她提起。和卡麗娜一起躺在床上的他，比在地表任何地方都還要孤單，但他從未告訴她。他還記得那雙直視他的綠色眼睛滿是怨恨，懲罰他、直視他卻又視而不見、冷淡漠然、迴避他。他太害怕開口問她究竟哪裡錯了，太害怕聽到她的回答。他們從不談論，共同的沉默是兩人的共謀。

她疲累的雙眼（可能在祈禱面罩至少乖乖不動幾個小時）跟他四目交接，他現在就想告訴她，他很抱歉，趁她走出這個房間之前，趁這股恍然大悟和懺悔衝動消失之前，趁他睡覺之前，彷彿這是半夜作夢，一早醒來只剩模糊的印象。他拿著他的抱歉，好像拿著氣球一樣，打了活結的繩子快速從他手腕鬆開，很快就成為高空平流層的一個小點。他得現在就說，不然可能永遠都不會說了。

「我很抱歉。」

但是他的聲音已經跟他身體其他部位一樣虛弱，無法穿過面罩，無法壓過 BiPAP 有如吸塵器般的嗡嗡聲。

「晚安。」她說。

卡麗娜關掉電視和燈，走出房間時沒把門完全關上，完全沒聽到他說話，渾然不知。

第十七章

完成早上的輪班工作後，比爾走進陽光照耀但冷冰冰的客廳，沒有隨手把書房關上，門就這樣大大敞開著。裹著毯子坐在沙發喝掉第二杯咖啡最後一口的卡麗娜，被比爾沒關上門的舉動搞得心神不寧，甚至很不舒服，彷彿看到有人起床沒整理床鋪或牙膏用完沒蓋上蓋子，令她坐立難安，就像癢得不得了卻不能搔癢一樣。她不會讓書房的門一直敞開著。她不能如自己所願把門完全緊閉，因為理查會困在裡頭，但是她和理查之間必須有個實體的、看得到的藩籬才可以，所以她會讓門固定留一道門縫掩著，假裝至少有個區隔和隱私，這樣她覺得比較安全。她不想讓比爾知道她有這種潛在的強迫症傾向，所以會等比爾走了之後再把書房的門關到只留一道門縫，然後她終於可以去沖個澡了。

比爾在查看手機上的簡訊，卡麗娜等著和比爾一如往常道再見。好了，他終於抬頭看著她，但是並沒有像平常一樣歡快地擁抱她、親她的臉頰，而是雙臂交叉站在那裡端詳卡麗娜，彷彿她是一道他想不通的數學題，或是一件有點令他不舒服但又不知道為什麼的藝術品。

「好。好姐妹，我一點半的班取消了，肯夏到時會來陪理查，你和我去喝咖啡。」

「如果你想喝咖啡的話，我可以煮一壺。」

「不是，你要走出這個屋子，我們必須聊一聊。」

「聊什麼？」

「聊你。」他說，斬釘截鐵又滿是關心。

「我？」她突然對自己一頭剛睡醒的亂髮和運動長褲侷促不安起來，而且T恤底下沒有穿胸罩，也沒化妝，身上味道也不是很好。「我很好。」

「你看去非常不好。《手札情緣》（*The Notebook*）裡的雷恩・葛斯林（Ryan Gosling）才叫做很好，你是《力挽狂瀾》（*The Wrestler*）裡的米基・洛克（Mickey Rourke）。」

尷尬到不行的她，只想把身上裹著的毯子往上拉蓋住頭。

「我只是把我看到的說出來。」

「我還沒洗澡，」她坦承，彷彿這件事看不出來似的，「而且我已經喝了兩杯咖啡，不能再喝咖啡因，不然晚上會睡不著。」

「你可以點無咖啡因。」

「比爾，說真的，我沒事。」

「無咖啡因的咖啡，一點半，不然就等我今晚六點半下班，去喝馬丁尼。不要再對我扔出任何藉口，因為我有一根很大的棍子，我會直接把藉口打回去。」

「我很好。」

「你不好。」

「我六點半不能離開，凱文只待到六點。」

比爾透過黑框眼鏡瞇眼看她，彷彿在盤算下一步棋該怎麼下。

「你很煩耶！」他再次查看手機，「好，我下一個要去的地方就在附近，我們現在就來聊。來。」

他大步走進廚房，是個身負要務的男人，而不知道還能怎麼樣的卡麗娜只好跟在他後頭。兩人在方形早餐桌坐下，面對面。他盯著她的雙眼，什麼都沒說，滿是關愛。在他的凝視下，她覺得自己赤裸裸但很安全，然而卻努力克制淚水滑下來。

「好，親愛的，告訴我怎麼一回事，我必須對現在的情況多了解一點。」

「你是指什麼？」

「我是指你們兩個。不是我在說，這個屋子的緊繃快要我的命了。」

卡麗娜往後靠著椅背，眼睛眨啊眨，震驚不已。她自認對理查已極盡客氣、有禮、盡責之能事，尤其在她喜愛、佩服、想留下好印象的比爾面前。她可以感覺到她和理查之間的劍拔弩張，但是她以為兩人的仇恨只在不公開、管制的公路上流動，她沒想過比爾或其他來照顧理查的人會注意到。

「是嗎？」

「你們兩個都在盡可能迴避對方的眼神。沒開玩笑，你們待在同一個房間的時候，眼睛拚命轉來轉去，轉得我都頭昏得坐下了。」

「呃，你知道我們離婚了。」她壓低聲音說，不想讓理查從敞開的門聽到，同時也不知道他跟比爾講了哪些細節。

「你會想談談自己的心路歷程嗎？」

「對你？」

「對理查。」

她停頓，沒想過會這樣。她用大拇指一點一點剝乾裂下唇的皮，聞到手上的咖啡味，皮越剝越大片又掉不下來，突然一陣疼痛，她不再繼續剝，她舔舔嘴脣，有血的味道。

比爾等著，看著她。

「我們離婚的原因之一就是不知道如何跟對方談。」

「我不是你，只能就我所見來理解，不過我經歷過很多，我失去了很親的人，到最後你會發現，內心的平靜和解脫才是重點，你必須學會原諒。」

她已經收留理查。她幫他脫下內褲好讓他可以尿尿，等他尿完要把他滴在馬桶座和地上的尿擦掉；她整天要不斷幫他抽吸嘴裡的黏液；每天夜裡要不斷幫他把他媽的面罩重新密合罩上他的臉；要用注射器把液體食物和水注入他的胃；要隨時注意書房的門要留個縫，好讓他可以出入……這種事不勝枚舉。現在她竟然還得原諒他？她願意做對的事，也想讓比爾高興，但是她能做的已經都做了，完全榨乾了。

「我已經為理查做這麼多，沒辦法做更多了。」她的雙臂交叉在胸前。

「親愛的，原諒理查是為了你自己，不是為了他。」

她軟化態度，對這個思考角度感到驚訝。原諒理查是為我好，真的是這樣嗎？

她想了想，但是這句話不像「天空是藍色」這麼毫無疑問，反而比較像「天空是個無限的空間，綿延超過一百兆個星系」，有可能是真的，但是她無法理解。

「我不知道你能不能完全理解，但是他大概活不到九十歲。」

「我知道。」

「那如果是我就不會等太久，你可能會錯過你的機會。」

比爾直視她的雙眼，確定他的話有傳達到，而她的心跳加快，彷彿受到警告或挑戰或威脅。她點點頭，但是不知道自己究竟在贊同什麼。

「我得走了。不過還有，親愛的，拜託，要好好照顧自己。我看過太多照顧者倒下，你必須出門享受自己的時間。」

「我每個禮拜會跟艾莉絲去散步。」

「那不夠。要不要去約會？」

「跟男人？」

「是的，男人。女的也可以，要是你愛上的話，都好。去約會。」

「不要。」她用力搖頭，駁回這項建議。

「看看你，這麼漂亮，只要好好洗個澡、化點妝、去百貨公司治裝一下就很美了。」

「我最不需要的就是再找個男人來照顧。謝謝你。」

「拜託，又不是要你跟他結婚，我是說找個人一起喝酒吃飯，來個一夜情也無妨，姑娘。反正我只是隨口說說，你知道我愛你。」

「謝謝，我只是……我很好。」

「好吧，」比爾站起身，不相信她，但目前這樣就夠了，他必須走了，「不過，要為自己找別的事來做。ＡＬＳ會擊倒理查，你可千萬不要倒下。」

他親吻她的前額，走出廚房。她留在椅子上，聽著他的膠底鞋腳步聲踩在客廳和門廳木頭地板的吱吱響聲、他的外套拉鍊拉起的上升和弦、大門「嘎吱」開啟的疑問語調、然後又滿意關上的「砰」一聲。

第十八章

卡麗娜和苡莉絲每個禮拜都一起散步，不論天氣如何。不管是下雪、下雨、酷暑、破曉時分的昏暗，都阻擋不了兩人走完一圈三英里。理論上這是個令人敬佩的原則，但是碰到今天這種氣溫零下的風寒天氣就有待商榷了。他們離開社區附近的柏油路，轉進環繞水庫的沙子路，走得比平常快很多。刺骨冷空氣刺痛卡麗娜的臉頰，似乎要從她裸露的眼球灌入腦袋，每一次眨眼都是短暫的屏障，是重要的舒緩瞬間。太陽眼鏡要是記得帶就好了，她心想。落在沙子路上的松葉本來很鬆軟，現在變得沒有彈性，踩在腳下感覺像石頭，沙土凍成固體。陣陣寒風切劃她的身子，令她難以呼吸。這裡實在太冷了，冷到說不出話。

「她確實需要更多的協助。」葛瑞絲說，跟在苡莉絲後頭快速走著，彷彿在追趕她。

葛瑞絲昨天回到家度長週末，就寢前，卡麗娜邀她清晨一起跟苡莉絲去走路，不過對她會不會來並不抱任何希望和幻想。葛瑞絲是痛恨寒冷的夜貓子，自從小學就沒看過清晨六點是什麼樣子，她嘴巴上沒說有興趣，卡麗娜認為她不吭聲的意思就是「謝謝，不必了」，所以準備出門前看到女兒穿好衣服等在門口，有點意外，也有點開心。

葛瑞絲上次回家是一個月前的事，感覺卻好像一年了。十二月的時候，卡麗娜來來去去，不怎麼考慮理查的安全問題，反正他隨時可以打手機找到她。但是理查的聲音從聖誕節至今已大幅變弱，手機上的語音啟動 App 已經無法精確理解他小聲、含糊的話語。他的生活在短短一個月起了變化，經常需要卡麗娜協助，白天和夜裡都是，所以卡麗娜的生活也跟著起了變化。她擔心留他一個人，但是又不想放棄每週一次的散步。他不會有事的。

「他的爸爸和哥哥呢？」苡莉絲問。

「他們不會收留他的。」卡麗娜說。

「你又沒問怎麼知道？」

「相信我，我知道。」

「至少他們可以給你一些錢，讓你去尋求更多協助。」

「我自己還可以。」

理查一週有三十個小時有居家護理人員來照料，保險不給付，其他的花費都靠卡麗娜。

「你為什麼要這麼做？」

「對啊，媽，你想證明什麼嗎？」

卡麗娜也不清楚。或許理查在這個屋子可以讓她有事可做，可以填補每天數個小時不教琴的空閒。葛瑞絲搬去芝加哥之後，一股巨大、寂寞的空虛就搬進卡麗娜的家和內心，再多的療癒、巧克力、紅酒、睡眠、網飛（Netflix）都無法將空虛趕走，書房裡有罹患ALS的理查至少可以排遣部分空虛（不得不承認這點很奇怪，過去，理查的存在從來無法療癒她的寂寞）。難道她真的只有這兩種選擇——跟理查同住，不然就得跟空虛同住？

她一定是聖人，或是烈女，或是頭殼壞掉。

「又不是永遠這樣。」

「珍・懷爾德（Jane Wilde）當初也是這麼想。」

「那是誰？」葛瑞絲問。

「史蒂芬．霍金的第一任老婆，」苡莉絲說，「他確診的時候，他們兩人二十幾歲，她還是執意嫁給他，心裡以為他只有幾年可活，結果他活到七十幾歲。」

「所以爸可以活那麼久嗎？」

「如果這個病不再惡化的話，」卡麗娜說，從理查過去一個月出現的退化程度來看，她不認為史蒂芬．霍金的情況會發生在理查身上，「或者做氣切套管，用人工通氣的話。」

「卡麗娜，你不能無限期一直這麼做下去。」

「我知道，要是他用人工通氣的話，就必須送進專業療養機構。」

她既不是護士，也不是他太太。

「他現在應該已經符合進入療養中心的資格。」苡莉絲說。

「我現在還應付得來。」

「我不懂，」葛瑞絲說，「你無法忍受跟他住在一起。你說過，他搬出去那天是你這輩子最高興的一天。」

卡麗娜惱羞成怒。她應該不曾在葛瑞絲聽得到的範圍內講過這種話，她現在只希望這話不是自己失心瘋直接跟葛瑞絲講的。或許她真的這麼做過吧，她沒問。

「讓我偶爾去照顧他幾個小時，星期二和星期四晚上如何？」苡莉絲問。

「不行，我不能要求你做這些。」
「不是你要求我，是我要求你。」
「真的不可以，我可以的。」
「至少我可以過去陪你。」
卡麗娜勉為其難同意：「好吧。」
苡莉絲用一隻手臂環繞卡麗娜，抱抱她，兩人一面向前走。
「留你一個人跟爸在一起，我很擔心。」
「我不是一個人，苡莉絲星期二和星期四晚上會過來。親愛的，別擔心，我有很多協助。」
「你沒有，而且情況只會越來越辛苦，你心裡很清楚的，不是嗎？」
卡麗娜很清楚，但是並沒有回應葛瑞絲，也沒有點頭承認，只是繼續走著，凍僵的眼球盯著地面，一步一步往前跨。
「也許我應該留在家裡，這個學期休學。」
「不行，你不可以這麼做。」卡麗娜說。
「要是我下學期能到波士頓大學或東北大學修課呢？」
「不行，這沒什麼好談的。你爸爸絕對不會希望你為了他這麼做。」

「這麼做不是為了他，是為了你。」

卡麗娜當然希望葛瑞絲留下來幫忙照顧理查、填補空虛，但她同樣不希望賭上葛瑞絲的未來。卡麗娜太清楚，人生只要一脫軌，即使只是短暫，就不見得能重回原來軌道，她甚至連退回原來的車站都沒辦法。不可以，她絕對不能讓葛瑞絲中斷學業、中斷她和麥特的感情、中斷她追求快樂，不要說一個學期，一秒鐘也不行。如果是為了理查更是不行。她絕對不讓葛瑞絲犯下跟她相同的錯誤，錯誤到她這裡為止就好。

不安分的舊恨幽魂浮現，完整、鮮明、糾纏的程度一如二十年前、十年前、上個禮拜。卡麗娜任由這股隱隱痛楚傳遍全身，任由這則理查如何毀掉她人生的悲劇故事肆虐，她滿心歡迎，因為這是她再熟悉不過，因為這樣讓她覺得自己是情有可原。

「你不可以這樣打亂自己的人生。」

「你才在打亂自己的人生。」葛瑞絲說。

「那不一樣。」

「她說到重點了，」苡莉絲說，「只要理查還住在書房，你就無法開始新生活。你可以想像你媽帶個約會對象回家嗎？這是客廳，書房裡面那個是我前夫。」

「理查並沒有阻止我約會，是我自己沒興趣。」
「那你對什麼有興趣？」苡莉絲問。
對取暖、對結束這段對話有興趣。
「要不要跟我和我的學生去紐奧爾良？」
「今年不行。」
「為什麼？」
因為書房裡面那個前夫。
「我看你是喜歡有理查在身邊可以怪罪，就像是個安逸的習慣。」
卡麗娜討厭承認，不過苡莉絲說的是事實。只要把錯怪到理查頭上，她就不必責怪自己。
「你可以僱人來照顧幾天，負責夜間照顧。」苡莉絲說。
「不行。」
「是你不要。」
「對，我不要。」
「為什麼？」

卡麗娜沒有回答，因為她也不知道為什麼，也有可能她正要開始知道為什麼但還無法清楚表達，她感覺幕後有個程式在跑，有一種領悟正緩慢從她潛意識的地下室樓梯爬上來。

也許這種令人不快的、超乎尋常的生活情況是給她和理查一個解決的機會、原諒的機會，她思考這種可能性，思考比爾上週提出的可能性。三人在靜默中走著，苡莉絲和葛瑞絲耐心等待回答。卡麗娜願意原諒理查把他們搬到波士頓，原諒他錯過葛瑞絲大部分的童年，原諒他欺騙她，原諒他背叛她、羞辱她，原諒他剝奪她的快樂，這些年來她試過很多次。深思過後，她開始相信比爾的論點，原諒理查是為她自己好。俗話是怎麼說的？不原諒，無異於自己飲鴆卻期待死的是對方。但是她還不夠偉大、心靈還不夠昇華、還不夠有勇氣可以原諒他，理查現在雖然病懨懨且行將就木，她仍然無法赦免他的罪愆。把錯誤歸咎於他可以讓她覺得自己是對的，而「覺得自己是對的」正是她賴以成癮的毒品。

不過她也想獲得原諒，只是無法鼓起勇氣向理查道歉，無法把抱歉說出口，她被羞恥以及一股倔強、堅持自己說法的自以為是邏輯束縛，總是有自己的理由。也許，她現在的行為可以代表她說不出口的言語。

「我不知道。」卡麗娜說。

「到時我可以回家，」葛瑞絲說，「去紐奧爾良吧！」

「不可以，你不需要這麼做。」

「要去幾天？」葛瑞絲問。

「四天，」苡莉絲說，「星期四到星期天，三月第一個禮拜。」

「那我可以。」

「太多了。」卡麗娜說。

「媽，才四天而已。」

「我是說照顧他太辛苦了，整晚都不能睡。」

「我還年輕，整晚熬夜是家常便飯，我可以的，你去紐奧爾良。」

苡莉絲微笑，拍拍葛瑞絲的背：「我喜歡這個女孩。」

三人走回步道起點，她們開始的地方，離開沙子小徑要踏上社區附近的柏油路之前，卡麗娜回頭望了一會兒凍結的水庫，看她們剛走完的一圈，她的思緒、情緒和她們的晨走一樣，都是在兜圈子。理查又回來跟她一起住，照顧他已經超過她能力所及，但她無法要求他走，她的人生就是一個圈圈，她困在裡面，哪裡也去不了。

「好吧，我去紐奧爾良。」

葛瑞絲和苡莉絲擊掌慶祝勝利，但是卡麗娜沒有加入，紐奧爾良之旅是一個月後的事，她最近深刻體會到，一個月可以發生的變化太多了。

她們在家門前的街道上停下來，簡單互道再見，葛瑞絲和苡莉絲擁抱，苡莉絲祝她在學校順利。卡麗娜查看手機上的時間，他們走了四十五分鐘，她趕緊往大門走去，急著進屋坐在溫暖的廚房桌邊，舒服地喝杯熱咖啡。

一拉開大門，她心頭立刻一驚，想也不想，她朝書房狂奔，朝 BiPAP 刺耳的警鈴聲奔去。

第十九章

卡麗娜飛奔進書房，上氣不接下氣。理查躺在他的醫療床上，頭撐起，臉上的面罩歪一邊，很像睡到半夜四點的情況，他在面罩下難為情地笑了笑。她快速評估狀況：他沒事。不過她非但沒有鬆一口氣的感覺，反倒生起氣來，彷彿這是他第一百萬次拿這套殘忍惡作劇捉弄她，而她還是傻傻上當。

「他還好嗎？」葛瑞絲問，緊跟在媽媽後頭跑進來，聲音高亢驚恐。

「他沒事。」

葛瑞絲的視線越過媽媽，自己評估爸爸的情況：他一臉警戒、鎮靜，顯然有在呼吸。

「吁！好，那我去洗澡了。」葛瑞絲說，這場虛驚只給她帶來短暫的不便，她升高的情緒溫度已經回復正常。

可是卡麗娜一顆心仍然發熱滾燙，腎上腺素在她體內上下亂竄，忙著搜尋危險徵兆。那個該死的警鈴刺耳聲發出陣陣震波，傳導到她的神經系統，啟動某種習慣性的原始本能，開始尋找危機所在。她似乎克制不了這股想搜尋危機的反應，可是 **BiPAP** 明明跟生死毫無關聯，他就算沒有這臺機器還是能呼吸，他白天完全靠自己呼吸，這臺機器只有在夜裡「協助」他呼吸。

所以，**BiPAP** 的警鈴聲不該造成她奔跑的，他被黏糊糊又多如河流的唾液噎到的聲音才是有生命危險的訊號，有可能會吸入肺部，演變成肺炎。可是很奇怪，她常常無視他平常劇烈猛咳的第一分鐘或更久，只是在另一個房間耐心聽著或甚至不悅，期待他會自己解決，而他幾乎從來沒辦法。

她把 **BiPAP** 和空氣加溼器關掉，警鈴頓時安靜下來，她接著拉起面罩，繞過他的頭部取下。

「我——尿——。」

跟 ALS 相關的所有不堪瑣事中，她最痛恨早上的尿尿。她發誓，他一定是故意打哈欠或轉頭讓面罩歪掉，這樣警鈴就會大作，她就會神奇地出現在他面前，然後他會要求她解開 **BiPAP**，好讓他可以起身上廁所。

她不該怨恨他早上尿尿的，但是她辦不到。他每次都在早上七點左右要求尿尿，是她睡得正熟的時候。她幾乎每天一早就疲憊不堪，因為睡眠不足而精神不濟、噁心想吐。沒錯，她今天是早早就起床了，但平常七點的時候可是睡得不省人事。比爾九點會來，他為什麼不能乖乖躺在床上等比爾來？他沒有尿在床上，她就該萬幸了。

他擺動雙腿越過床側，蠕動屁股移到床邊，然後用他虛弱的身體核心，奮力拉起自己站立。她看著他努力掙扎，沒有伸手幫忙。她跟隨他走出書房，穿過客廳，走進一樓浴室。

他站在馬桶前等她，她把他的四角內褲往下拉到腳踝，他把腳踏到內褲外頭，然後她從地上撿起內褲，放到洗手檯，以免弄溼。

他站在馬桶前，將骨瘦如柴的臀部往前推，尿了起來。她在一旁雙臂交叉、緊咬著牙根，惱怒他不坐著尿。的確，坐著不保證不會尿到馬桶外，但是她覺得機率比較高。反正他幹嘛在意有沒有尿準呢？清理善後的人又不是他。

她閉上眼睛，用耳朵聽他是否尿完，給他荒謬又不必要的隱私。聽著斷斷續續的細細流水聲、尿液濺入水中的聲音以及接下來的無聲，她知道他一定又尿得地上都是。每次都不出她所料。她在冒汗，還沒時間脫下的厚外套和帽子底下非常悶熱。她不知道何時才能喝到她的咖啡。

尿完後，他轉身面對她。她在他前面蹲下，兩手各執內褲的一端，讓他跨入，然後她再把褲子拉上。

「可—幫—頭—鼠？」

「等一下，我得把這裡清一下。」

他把擦他尿液的工作留給她——他的前妻，他盡責的、不支薪的、沒收到感謝的保姆。她拉下外套拉鍊，脫下外套和帽子，在馬桶座和地上噴灑消毒清潔劑，然後拿一團紙巾擦乾。好了，乾淨會維持到他下一次尿尿。

她在洗手檯洗手洗很久，沒必要的久，一面端詳鏡中的自己。她的嘴角下垂，皺眉已習慣成自然，皮膚和眼睛黯淡無光，頭髮扁塌出油，已經好幾天懶得洗，她需要好好洗個熱水澡，她需要好好睡個覺，她需要早餐和一杯咖啡，然而她卻得回理查房間，幫他在鼻頭貼上銀色的頭鼠圓點貼紙，雖然只要短短兩秒鐘，但是他的事必須先做，所以她痛恨他。

回到書房，他已經在書桌前坐定，面對著筆電，等她。她撕下一個圓點貼紙，把它貼在他大大的鼻頭上。他開始打字，把鼻頭對準螢幕上秀出的鍵盤來挑選字母，一次選一個字母。照慣例，比爾九點到的時候會幫他洗澡穿衣，而她既然進來了，就幫他拉開窗簾、換下床單。她手上抱著床單正要往洗衣間走去時，不經意看到他電腦螢幕最上方的「親愛的爸爸」。

「你在寫信給你爸爸？」

「你—不—該—看—，不—要—我—背—偷—看。」

「我沒有。你想跟他求助嗎？」

「不是。」

「為什麼不要？」

「我—們—為—麼—需—幫—？」

她盯著他的後腦勺，不敢置信。她很確定自己下垂的嘴角肯定張得很大。也許她聽錯了，他剛剛真的說「我們為什麼需要幫助？」

「大—分—吃—力—工——是—比—爾—和—其—護—理—人—做，你——一——天—做——一—餐，除—之，我—幾—不—麻—煩—你。」

緊緊捏著手上的床單，氣到想把他不知感恩的腦袋扭下。剛剛是誰幫他擦尿的？是誰會中斷下午的鋼琴課幫他把嘴吸乾，好讓學生不必一面彈琴一面聽他口水亂噴又塞住，好讓她不必擔心他會死在隔壁房間？是誰整夜不斷起來調整他的面罩，好讓他可以呼吸？是誰洗他的床單和衣服，還帶他去看醫生？是啦，除了這些以外，他幾乎不麻煩她。

「我累死了。」

「你—第—一—課—下—午—才—，為—麼—不—睡—？」

「你為什麼不乾脆去死？」

她把手上的床單扔到地上，大步走出房間，用力關上房門。她不想看到他，就讓他困在房間裡，直到比爾來。

站在客廳，氣到發抖的她，無法決定接下來要做什麼。她太生氣了，沒辦法好好享受早餐和咖啡；太憤怒了，無法好好睡個覺；而葛瑞絲還在浴室，她也沒辦法去洗澡。卡麗娜站在那裡，困在自己的盛怒裡動彈不得，一面想著要是她不再繼續幫他會如何。要是下次他噎到她不中斷鋼琴課去幫他抽吸會如何？BiPAP總有一天不會只用於維持理查的睡眠品質，而是需要日夜不間斷使用才能維持呼吸所需，要是一個月後、兩個月後或今年夏天走到這步田地，他的面罩在夜裡鬆脫，她不理會BiPAP的警鈴聲，會如何？要是她隔天醒來，一覺好眠，神清氣爽，卻發現理查的面罩歪掉、在書房窒息而死，會如何？

她站在客廳，筋疲力盡、不被感恩、沒洗澡、飢腸轆轆，心裡猜想，要是他在她的看顧下死掉，她會不會被控謀殺。

第二十章

每堂鋼琴課前半個小時教技巧——四個八度音階、施密特（Schmitt）練習曲、和弦、琶音——訓練手指和聽力，後半小時彈上週指派給學生的曲子。理想情況是，學生回家每天練習二十分鐘。

這個學生並沒有。

現在技巧的部分上完了，卡麗娜等著狄倫（Dylan）開始彈上週的曲子，每多等一分鐘，卡麗娜的怒氣就多一分。狄倫今年十三歲，去年至今長高了大概六英寸，手臂長，手指也長，肩膀和膝蓋瘦骨嶙峋，顯然對自己的身體很不自在，好像還沒完全適應這個新空間。他蒼白的臉龐布滿粉紅色、發炎的青春痘，嘴唇上方冒出凌亂沙沙的棕色毛髮，身上穿著明亮的金黃色短褲和相襯的運動衫。上完鋼琴課後，他媽媽會馬上接他去練習籃球。每隔幾秒鐘，他的鼻腔就發出怪聲，想把從喉嚨進到頭部的痰噴出。

「需要面紙嗎？」卡麗娜問。

「蛤？不用，我很好。」

不，你一點都不好，她想這麼說。

他仔細研究眼前的樂譜，好像人生第一次看到希臘文一樣。也許他有學習障礙或某種音樂識讀障礙或健忘症，她不該批評他。也有可能他只是不想上課。她也是。她有大半個夜裡都無法睡覺，現在默默坐在鋼琴椅上是把她最後幾滴精力慢慢耗盡，只能趁每次眨眼把眼皮闔上休息一、兩秒，她極度需要打個小盹。

狄倫舉起左手，但是接著又縮回，放回大腿上，他不知道手指要落在哪個鍵才對。除非很確定無誤，不然他連嘗試彈個音都不願意。千禧世代，這個世代的小孩都害怕犯錯。他寧願坐在鋼琴椅上，癱瘓於恐懼和遲疑不決當中，也不願彈錯。

要是她直接告訴他答案，就能結束這令人惱火的僵持，但她決定不要。今天不要。她每個禮拜都會直接把答案告訴這個孩子，但他永遠學不會。她把責任怪到他媽媽頭上。他媽媽八成會在他做功課時坐在一旁檢查答案，會替他熨衣服，早上叫他起床，這孩子沒有照顧自己的能力。卡麗娜不想再溺愛他了，她靜靜坐著等，不吭一聲，放他一人如坐針氈。

他的鼻子又在噴氣，同時一面瞇著眼睛看樂譜，往前更挨近，努力研究左手到底該落在哪個鍵。她已經教他許多記憶低音譜的口訣：線間音是All Cows Eat Grass（所有母牛都吃草），ACEG（La-Do-Mi-Sol）；線上音是Good Boys Deserve Fudge Always（好孩子有糖吃），GBDFA（Sol-Si-Re-Fa-La），或是用Grizzly Bears Don't Fly Airplanes（大灰熊不搭飛機）。不管用什麼口訣教他，他就是記不起來，只要一看到低音譜五條線上和四個線間的黑點，永遠一臉茫然。

她真希望他乾脆不要學。對於這種不想彈琴的學生，她教得很厭倦了，很希望他們全都不要學了。她被自己這個輕率的思緒嚇到，被自己剛剛邀請的厄運給嚇到，連忙在大腿中間交叉手指，祈求趕走厄運。要是他們真的都不學了，她要如何保住這個棲身之所？她得更加注意自己的想法才行。

狄倫再度發出怪聲。他可別把感冒帶到這裡才好，要是理查被傳染，很容易演變成肺炎，對ALS患者來說，肺炎可能會終結他的命。她考慮跟狄倫說提早下課，可是他沒有駕照，必須等媽媽來接，反正等他媽媽來的時候課也上完了。

擺在他眼前的難懂樂譜是巴哈《平均律C大調前奏曲》，沒有任何升半音，沒有任何降半音，這是她所能想到最簡單又好聽的一首曲子，第一個音符是中央C

（Do），沒錯，這是左手的音，所以用附加線標示於低音譜上方，而不是像他常見的用附加線標示於高音譜下方，但仍然是他媽的中央C。

他一副尷尬為難的樣子再加上更叫人尷尬的靜默，持續挑釁她，使她急躁疲倦的神經搔癢難耐，令她抓狂。她咬著牙，不耐地從鼻子呼氣，努力抗拒直接給答案的衝動，痛苦難熬。她絕對不告訴他該怎麼彈，一點點提示都不給。這些小孩子手上接到的東西都綁著金色蝴蝶結，每個都是優勝者，每個都有獎，這種事在這張鋼琴椅上不會發生。狄倫，歡迎來到真實人生。

他再次發出怪聲，她想大叫。**彈一個音！把你的鼻子擤一擤！做什麼都好！**要是在別的日子，她可能會怪自己，怪自己這個老師如果更會教一點、更會激勵人一點、更會鼓勵人一點，他就會彈這首曲子了。但是今天她要讓他自己承擔過錯，他們接下來十分鐘會默默坐在這裡，如果非這樣不可的話。

她茫然地凝視客廳窗戶外頭，發現遠處有三隻鳥，可能是鴿子，坐在電線上，兩隻在最上面一條電線，另外一隻坐在下面一條。這幾隻圓滾滾、黑色的鳥隱隱約約變成高音譜音符，她於是在百無聊賴的腦海中彈奏起來，**G-G-E**（Sol-Sol-Mi），**G-G-E**（Sol-Sol-Mi），她開始用這三個禽鳥音符作曲，甜美旋律稍稍提振了糟透的心情，直到理查的咳嗽聲闖入。這不是她想要的聲音。

她聽著咳嗽聲的形態和含義，希望理查會自己解決，就像對身旁小狄倫的期望一樣。這次咳嗽是溼咳，口水很多，不見緩和跡象。理查的腹肌過去一個月已大幅虛弱，咳嗽無力，常常不足以有效地清喉嚨。聽在狄倫耳裡，八成很像隔壁房間有人快被自己的口水淹死，但是聽在卡麗娜耳裡，她對這種如今再熟悉不過的噪音越來越無動於衷。

理查突然安靜下來，卡麗娜一直無法習慣這種一陣一陣猛咳之間的靜默，總是提心吊膽。她可以想像他正使上全身力氣，身體搖晃且用力緊繃，彷彿要從腳趾咳出來，脖子上的青筋血管腫脹，吐出的白色唾沫溢出嘴巴。她等著、聽著，想到多年前躺在床上清醒著，等著聽到大門在半夜嘎吱打開的聲音、理查重重的腳步聲踩在門廳的聲音、他的行李箱穿過木頭地板的聲音，她不滿他老是不在家，但這時又痛恨起他在家。現在他又回到這個家了，她仍然痛恨他。

如果角色互換，生病的人是她，不得不照顧她的人是理查，所有人一定會覺得他是聖人。沒有人讓她覺得她這麼做像聖人，她感到好可悲、可笑、憤恨、愚蠢，狄倫每個禮拜坐在這裡半小時大概也這麼覺得吧。

理查又咳起來，打破寂靜，斷斷續續，口沫橫飛，顯然在奮力吸氣，喉嚨怎麼清都清不乾淨的聲音一步步爬上卡麗娜的背脊，聽在她耳裡尖銳刺耳。夠了，她受夠了。

她突然站起來，留下對巴哈的音符困惑不解的狄倫，衝進書房。有那麼一瞬間，她考慮拿起助咳機，但是她的內心和腦袋裝滿了滾燙的憎恨之湯，一分鐘也無法再忍受。她把墊在理查頭部後面的兩個枕頭抽出一個，收到了他雙眼閃過的驚訝認可，她把枕頭蓋住他的雙眼和全臉，他的頭在枕頭底下左右轉動，但並不激烈，他癱瘓的雙手一動也不動地躺在身側，無法抵抗，她更用力往下壓。

只花了一分鐘左右，他的頭就不動了。她再等了一會兒才拿起枕頭，他的雙眼張開，瞳孔固定不動，沒有人住在裡面。

她聽到中央C的聲音。

「這樣對嗎？」狄倫問。

卡麗娜眨眨眼，外頭的鴿子已經從電線飛走，她轉頭看譜架上的巴哈《C大調前奏曲》，把自己完全拉回這個客廳，拋開那個跟溫暖的巧克力蛋糕一樣邪惡的白日夢。她聽著這個悅耳的中央C逐漸變弱，書房裡的理查又開始咳嗽。

「對，狄倫，沒有錯。恭喜。」

她看看手錶上的時間：四點。下課。

第二十一章

葛瑞絲坐在理查的書桌前，垂著頭，悶悶不樂，坐在椅子上的身軀轉成朝向門口的角度，而不是正面對著他。除了卡麗娜、比爾、其他護理人員和醫生，大部分人選擇不正面對他。他憔悴枯槁，嘴角常常淌著口水，手臂動也不動，講話聲音亂七八糟，陌生人只要快速瞄一眼（因為他們通常只停留一眼），就看得出這個人大有問題。不過他心裡很清楚，就算他是個健康人，對葛瑞絲來說，面對他仍然很難。

幾分鐘前葛瑞絲敲著他微開的房門時，他正坐在躺椅上看影集《冰與火之歌：權力遊戲》（*Game of Thrones*），她問能不能進來，但是進來後又不說話，顯然是違反自己意願之下被叫進來，只是乖乖聽從媽媽的指令。她不斷低頭瞄手機，大概在看時間，不知道對她來說忍受多久的沉默才算久。她進來三分鐘，卻好像永恆。也有可能她在看簡訊吧。他看不出來。她一個小時後要去機場，回學校去，她是來道再見的。

「我—告—你，不—管—多—貴，不—你—學—費—多—少，都—存—好—了。」

「好，謝謝。」

不管葛瑞絲成長過程中他少給了她什麼，至少會給她這個。

「會有可以治療這個病的新藥出現嗎？或者至少可以減緩？」她問，彷彿終於想起某件她打算要問的事。

「我—參—臨—床—試—，也—這—是—仙—妙—藥。」

「哦，很好。」

她似乎很滿意，沒有再對這個話題提問。跟大多數二十歲年輕人一樣，她大概也無法切身想像死亡這回事，所以當然認為一定有方法可以救他，而方法就是這個，就是這個臨床試驗藥物，問題解決了，她可以繼續下一個比較安全、比較可以接受的話題了，不然就回到他們兩人都不自在的沉默。不管是哪一個，這個房間沒有人快死了就是。

每天早上，比爾會把那顆神奇的臨床試驗藥丸溶於水中，然後用注射器注入理查的胃，每次理查都希望能感受到有所不同——譬如他的呼吸變深一點、他的口齒清晰一點、舌頭的肌束顫動平息、可以奇蹟地扭動左手大拇指——可惜除了感到一陣止渴的涼水填滿肚子，什麼都沒感覺。

也許他是對照組，也許這藥物並不是療法（這點很有可能），但他仍然沒退出，不是因為他把賭注押在這顆白色小藥丸，他並沒有自欺欺人地認為現代醫學能救他，他已經掉入這個兔子洞太深了，他很清楚為時已晚，他沒得救了。他之所以接受試驗，是因為要盡一己之力，要在這場邁向解藥的長征上貢獻自己小小的一步。

他估算著科學家發現小兒麻痺疫苗之前每一件失敗但必要的嘗試，若沒有那些嘗試，不會有解方。他自己學習蕭邦練習曲作品十第三號、學習每一首名曲時，又是彈錯多少次才有辦法完美演奏？通往偉大成就的道路有上千個失足、上千條死路。沒有「失敗」的生與死，不會有「成功」的誕生。

有朝一日，科學家會發現一種疫苗、一種預防藥物、一種治癒方法，到時人們談到ALS會如同現在談到小兒麻痺症一樣。家長會告訴小孩，以前有人會死於一種名為ALS的疾病，那是一種可怕的病，病患會癱瘓，而小孩會很模糊地想像其可怕，想個片刻就馬上跳到另一個比較開心的話題，一面感謝那三個字母不再是現實世界的一部分，但也只是匆匆一瞬的感謝。

不過一切還言之過早。現在只有一種站不住腳的療法，沒有治癒方法，而葛瑞絲這樣的小孩就坐在第一排，坐在父親的正對面，親眼目睹ALS的奇形怪狀和不堪細節。

就算奇蹟出現，他的臨床試驗白色小藥丸就是仙丹妙藥，頂多也只能阻止ALS大軍繼續攻城掠地，頂多只能就地逮捕這個疾病。就他所知，這個藥物無法重建已毀壞的，所以他不會再惡化，但也無法逆轉，兩隻手臂和雙手仍然癱瘓，口齒仍然不清難辨，呼吸仍然困難，餵食管仍得用，下垂的右足仍會不時絆倒他。壽命只剩一年令他恐慌，但如此活著十幾年更叫人畏懼。這樣活著實在太可怕。

他需要仙丹妙藥，也需要時光機。他會先阻止疾病惡化，然後回到過去，回到ALS偷走他的手之前。然後他會回到更久遠以前，回到葛瑞絲兩歲，他開始和遠方的交響樂團合作巡迴的時候；回到葛瑞絲四歲，他周遊各國躲避卡麗娜、躲避她的不滿的時候；回到葛瑞絲六歲，他會教她綁鞋帶、騎腳踏車，他會慶祝她拼字測驗拿滿分，他會給她唸床邊故事並且親吻她道晚安；回到葛瑞絲八歲、九歲、十歲，回去了解他的女兒。

然而現在在書房裡的他們，卻像陌生人一樣道再見。他們沒有時光機，沒有

ALS的解藥，也沒有修補兩人破碎關係的解方。沒有任何補充劑能補充已失去的，從他的餵食管所注入的藥丸，沒有任何一種能彌補父女關係。

她來回旋轉椅子，來來回回，然後停止，雙腳落地，彷彿做了什麼決定。應該是她該走了。她雙手交叉抱胸，好像很冷或不舒服或保護自己，同時直視著他。

「在我的童年，我感覺你選擇的是鋼琴而不是我。」

把缺點和失敗收藏在自己的思緒裡是一回事，聽到有人公開說出來，而且還是自己的女兒，就是另一回事了。他感覺有一股羞愧的大浪打來，接著，出乎他的意料，他竟然鬆了一口氣，受到洗滌。他直視女兒惡狠狠的凝視目光，為她感到無比光榮。

「是的。」

她滿臉驚訝，眼睛不知道該往哪裡放，沒想到爸爸竟然大方承認。該是負起責任、接受責難、好好做個大人、好好當她父親的時候了，現在再不做就沒機會做了，她就要回學校，他可能不會再有機會。

他有很多話想說，想告訴女兒，他雖然選擇鋼琴而不是她，但他並不是愛鋼琴多過愛她，純粹只是對他來說愛鋼琴比向她表達愛意容易多了。鋼琴是他所擅長，要是他不擅長當個好爸爸怎麼辦？要是他跟他爸爸一個樣怎麼辦？鋼琴很花時間，需要他全心投入熱情和時間，以後有的是時間陪葛瑞絲，然後以後就永遠變成以後了。這是他人生最大的遺憾。

他是個不及格的父親，在養育女兒的過程中沒有扮演主角，連配角都不是，充其量只是一再出現的輔助角色，如今更是一個沒有加入工會、沒有臺詞的臨時演員。以前想到自己留給後人的遺產時，他想到的是自己的作品、他彈奏灌錄的音樂、他的鋼琴生涯，而現在，他真正的遺產就面對面坐在眼前，她的女兒，一個他不熟悉的漂亮年輕女子，而他已經來日不多。他可能看不到她的男朋友、她的丈夫、她的小孩，也看不到她大學畢業，看不到她以後的住所以及她以後做什麼職業。他看著她淺綠色的眼睛，跟她媽媽一樣深情的眼睛，看著她紮成馬尾的長髮，突然發現他過去從未好好了解女兒，而現在，他永遠無法了解了。

如果他如自己所願有更多小孩，也許就會成為不一樣的父親，也許他會做出比較好的選擇，會更投入父親的角色。卡麗娜這個母親太能幹、太過全心投入於照顧葛瑞絲，他真心覺得家裡不需要他，久而久之也就開始覺得家裡不想要有他，所以他把自己和夢想寄託於事業，以為自己還有機會，以為他和卡麗娜會有更多小孩。永遠不會有更多小孩了。他咬緊牙關，吞回去，屏住呼吸，但是淚水仍然不聽使喚流下。

葛瑞絲從桌上的面紙盒抽出一張面紙，走向父親，抹去他臉上和雙眼的淚水，然後回到自己的座位，同樣拿那張面紙輕拍自己的眼角。他給她一個溫柔、感謝的微笑，他想給她更多更多。

「我得走了。」

「你—春—回—來—？」

「我打算跟麥特和幾個朋友去太浩湖（Lake Tahoe），不過我還不確定，可能會去吧。」

「聽—來—好—玩，你—應—去。」

「我三月很可能會找個週末回來，暑假一定會回來。」

「好—。」

「到時見。」

「到—見。」

她站起身，走向他，把手放在他肩上，親吻他的額頭。

「爸，再見。」

她往門口走去，他想伸手摸她、用手臂攬著她、緊緊抱著她，想用觸摸來表達他無法訴諸言語的情感，但是他的雙手比他的言語更沒用。他很痛苦，為滿心的懊悔，為他無能清楚表達歉意，因為要道歉的事太多，因為他講話慢到令人想罵髒話，因為想說的話太多、詞彙太少，因為他對這種對話完全不習慣。她走出房間後，他想起對自己父親的印象——他整個成年人生揮之不去的父親印象，沉重、難以負荷、痛苦——不知道葛瑞絲對於他這個父親又會如何解讀，當她的男朋友問起：「你爸是什麼樣子的人？」，她的回答是什麼？她的印象會是多麼沉重、難以負荷、痛苦？

第二十二章

理查和卡麗娜並肩坐在喬治醫師（Dr. George）的小辦公室。喬治醫師是輔助溝通的專家，剛剛花了五分鐘介紹他自己以及他的專業，描述得活潑有趣。他大概三十五歲左右，膚色白皙，身材瘦削，戴著金屬框眼鏡，興高采烈得近乎傻瓜，而且一派精力旺盛，彷彿喝了太多espresso（義大利濃縮咖啡），不過理查猜想這個人八成平常就是這副模樣。這位醫生的開朗令人意想不到，同時也令人卸下心防，和理查見過的其他專科醫生截然不同，這也不能怪其他那些醫生，畢竟，治療ALS一點也不是好玩的事。

「最近怎麼樣？」喬治醫師說。

「是這樣的，」卡麗娜說，「他的話很難聽懂，當──」。

「不好意思，請原諒我打斷你。我想直接聽聽看，了解嗎？理查？」喬治醫師朝理查點頭，眉毛上揚，面帶微笑，「來。」

「我—聲—漸—流—失，我—想—知—可—做—什—讓—我—仍—可—溝—通。」

「好，很好。我有點難過現在才看到你，要是你一開始確診便來就好了，甚至幾個月前來都好。」

根據理查的神經內科醫師（是他把理查轉到喬治醫師這裡），理查確診的時候就已被告知存聲音一事，後來又提到好幾次，但是理查對此完全沒印象。剛確診的時候，理查過於震驚，接著至少有三個月陷入拒絕承認狀態，喬治醫師的訊息於是埋藏在某處，跟他不想接受的可怕訊息打包在一起，像是內視鏡胃造口手術、侵入性呼吸輔助、電動輪椅。等到他接受罹病事實後，他仍然無法接受有一天會失去聲音：有些罹患ＡＬＳ的人並不會失去聲音，也許他也不會。存聲音無異於準備一間嬰兒房或在玉米田整理出一個棒球場，要是去存聲音，就代表有朝一日需要用到。

「我—知—可—有—點—晚—。」

「沒關係，晚做總比不做好。你聲音的旋律性雖然已經流失大半，也不像以前那麼有力，不過，再怎麼說仍然是自己的，口音腔調、用語措辭或甚至雜音——譬如笑聲等等——都是你個人獨有，把這些預錄下來，可以讓你的溝通比較個人化、有人味。」

理查開始納悶，自己的笑聲仍然跟罹患ALS之前一樣嗎？他試著回想上一次放聲大笑，但是腦袋一片空白，他的生活已經不好玩很久了。現在嘴巴發出的每個聲音都跟以前不同，所以他猜想笑聲應該也不同了吧。他努力在心裡聆聽自己的笑聲，但是只聽到寂靜。回到家得試著笑笑看才行。

「即使你的聲音現在已經變成單音調，你還是會很驚訝，就算是最小的抑揚變化也能傳達情緒的細微差異和個性，這是電腦合成聲音做不到的。」

不需要喬治醫師費事說明，理查也很明白自己的聲音一定優於電腦合成聲音。他很清楚聲音細微的差異所能傳達的情緒廣度，單單一個琴鍵就能完整傳達人類各種體驗。把中央C（Do）彈成極強斷音，就成了響亮斷然的大聲喊叫，也可意味憤怒、危險、驚訝；用極弱來彈就成了輕聲細語、躡手躡腳、輕輕一吻；把中央C按住，同時踩下踏板，就可傳達渴望、疑惑、逐漸凋謝的人生。

同一個音，出自初學者和大師截然不同。莫札特《二十三號A大調鋼琴協奏曲》要表達什麼？給聆聽者何種感受？完全取決於彈奏者是誰。所以，是的，理查再清楚不過。

「我喜歡把存聲音想成聲音指紋。我們的聲音是我們獨一無二的個性和身分識別的一部分。你知道，ＡＬＳ會把身體每個部分一個一個奪走，存聲音可以趁自己某個部分消失之前保留下來。」

趁「他」消失之前。

「電腦合成語音沒有抑揚頓挫，史蒂芬．霍金使用的聲音就是這種，你大概聽過，裡頭沒有音樂性，而音樂性對於意思的傳達又是如此重要，你了解嗎？」

比喬治醫師還了解。理查的聲音現在已經變成單音樂器，是小孩子玩樂用的惱人喇叭，他的發音模糊不清，以往清晰銳利的子音糊成一團，就連每天聽他說話的卡麗娜和比爾也難以聽懂他在說什麼。每個字都很費力緩慢才說得出口，每個音節都是苦工，而且只要說三、四個字就沒氣，話常常還沒出口就已經沒了耐心，然後就漸漸懶得開口講了。

「你可以自己挑選要錄什麼。整個過程會令人不耐煩，也很花時間，不過我保證很值得。不要在下午或晚上錄音，因為你的聲音和精力到那時候已經處於最低點，所以我們今天才會約下午四點，我就是想聽你的聲音疲累的時候是什麼樣子。記得要在早上錄音，了解嗎？」

理查點點頭。

「而且我們希望你保留精力，『我餓了』這種話用電腦合成聲音就可以，『非常謝謝』用自己的聲音比較好。了解我的意思嗎？」

理查了解，但是除了「非常謝謝」，他想不出還要錄什麼。

「有—沒—清—單—？」

「有！你很進入狀況。是的，我們列了一份清單供你下手開始，不過這種東西沒有硬性規定，你想錄什麼就錄什麼。你可能也會想錄我所謂的『遺言』，這種話語比一個日常用語或一個句子長，跟日常生活的活動無關，可能是對自己的反省或你想留給所愛之人的話，譬如你太太。」

喬治醫師的眼神落在卡麗娜身上，臉上掛著大大的微笑。

「我是他的前妻。」卡麗娜立刻出言糾正他，清晰的語氣和音量沒有絲毫誤解空間。

「哦，那很好，」喬治醫師說，仍然帶著微笑，完全泰然自若，「有些人喜歡錄電影臺詞，這樣也很好玩，可以給生活注入一點幽默，譬如『親愛的，坦白說，關我屁事』（譯註：Frankly, my dear, I don't give a damn.，這是電影《亂世佳人》最後一幕的經典對白，男主角白瑞德離去時，女主角郝思嘉問他：「你走了，我該何去何從？」白瑞德回以這句話。）總之，開心就好。」

是啦，理查甚至可以一面錄電影對白，一面「享用」液體黃金晚餐。ＡＬＳ是個爆炸衝擊。存聲音技術雖然很酷，但是聽起來很耗時，理查不知道花那麼多時間錄這些東西是不是值得。他所剩的時間只有這麼多。

他常常查看筆電和電視機上盒的時間，一小時看好幾次，這是一種隱約又頑強、糾纏不去的懼怕，彷彿他必須趕在店家打烊前買東西，彷彿他眼看某個約會就要遲到，彷彿他在等著某人到來而門鈴隨時會響起。可是他心裡很清楚，他沒有什麼東西要買，沒有約會要趕，除了卡麗娜和居家護理人員和治療師，門口也不會有其他人出現。無所謂，他還是要查看時間，一遍又一遍又一遍。

每過一分鐘就是少一分鐘。但是在那幾分鐘他到底又做了什麼呢？如果現在不是在喬治醫師的辦公室，他會在書房小口喝著咖啡奶昔，狂嗑下一季《紙牌屋》（*House of Cards*）。他是在糟蹋時間沒錯，不過他又能做什麼呢？他不能彈鋼琴，也不能教鋼琴，甚至連聽他喜愛的古典音樂都受不了，除非是卡麗娜彈奏的音樂。

卡麗娜上課時，他會期待她接手彈琴的時刻。他會特別注意她要彈琴之前會有一段比較長時間的暫停，這時他會想像她的學生挪移過去，卡麗娜把自己移到鋼琴椅中央，這時他會停下手邊的事，等著。她開始彈琴，示範給學生看這首曲子該如何彈、如何感受，開發學生的耳朵。

他會閉上雙眼，隨著音樂前進，隨著卡麗娜的彈奏，感受她所感受，彷彿他不再受困於身軀牢籠，盡情飛翔。聆聽卡麗娜彈琴是一種超凡的體驗，自由奔放的感受是他確診以來僅見。他私心希望她多彈一點，在她學生離去之後繼續彈，只為他彈。

「除了存聲音，我還有其他溝通輔助工具可以給你。你會想要這個的，」喬治醫師從桌子一個抽屜拿出一個紅色圓形塑膠按鈕，很像小丑會從道具袋掏出的東西，「這是簡單的呼叫按鈕，比方說，你噎到了，無法呼叫求救，這時就可以用腳踩這個按鈕，接收端就會像門鈴一樣大聲嗡嗡響，就算卡麗娜在屋子其他地方也聽得到，有點像嬰兒監控器。這對你是個很棒的東西，因為你還能走，可以自己走到按鈕的地方用腳踩。你很幸運還有腿能用。」

雖然理查知道自己很幸運還有腿能用，很幸運還能自己走路，很幸運還能自己呼吸，但是，這種話聽在他耳裡既可笑且侮辱人。不過，他努力不要覺得被冒犯。

他的雙腿很快就會離他而去。過去一個禮拜，腦袋決定跨出一步到真正跨出去感覺相隔好遠，感覺身體和腦袋鬆脫、肌肉和骨頭鬆脫、意念和行動鬆脫。ALS的邪惡觸角正在向下延伸。

也許這只是他疑神疑鬼；也許這只是他在想像右腿弱化，結果真的變成「軀體上的症狀」（somatization）；也許這是心身症（心理焦慮引起的疾病）。以前媽媽常常告訴他：「如果你自己去找麻煩，麻煩就會上門。」這話或許沒錯，但是他可從來沒有主動找ＡＬＳ。他知道盧．蓋瑞葛（Lou Gehrig，美國職棒大聯盟史上最優秀一壘手）得ＡＬＳ，知道史蒂芬．霍金得ＡＬＳ，對「冰桶挑戰」（Ice Bucket Challenge）也略知一二，他對ＡＬＳ所知就僅止於這些了，並沒有主動去了解更多。

但麻煩卻主動找上他。他四個月前確診，不管他是不是自找麻煩的疑神疑鬼憂鬱症患者，接下來就是腰部以下癱瘓，一次癱一條腿，不過喬治醫師說得也沒錯，至少目前他很幸運還有腿可用。

「你—幸—有—腎—可—用。」

喬治醫師聽了大笑，尖聲、被逗樂、沒有防備的咯咯笑，理查應該把這笑聲錄下來，收進聲音庫裡供日後使用。他喜歡喬治醫師，心裡懷疑「喬治」可能是名不是姓，如果這位醫生喜歡少一點一板一眼、多一點親暱的稱呼的話，就像菲爾醫師（Dr. Phil），或是像某個不相關的朋友喜歡用「叔叔」稱呼而不用「喬治叔叔先生」。

「另外，你也會需要這種低科技的字母板和圖卡。我知道這些東西不像眼球追蹤和 Tobii 眼動技術那麼吸引人，你最後勢必也會用到那些，但是現在先用這些，而且這些東西很快就可以上手、很容易使用。卡麗娜，等到他的聲音消失，或者每天到了下半天他的精力消退時，你會需要這些。」

喬治醫師把一疊圖卡遞給卡麗娜，理查看到上面的標籤分類寫著：在床上、舒適、移動和位置、輪椅、電腦、浴室。卡麗娜打開翻到「在床上」那一頁，理查很快瀏覽一遍。

抬起／放低頭

熱／冷

開啟 **BiPAP**

護唇膏

鼻子／擦拭

把手臂從被子裡拿出來

關掉 **BiPAP**

嘴乾／水

尿尿

幫我抓頭搔癢

抬起／放低床尾

調整面罩

電視和電燈關掉

鼻子／生理食鹽水

擦我的眼睛

「在床上」以前是完全不同的意思。理查還沒好好搞懂每個選項，卡麗娜就翻到下一頁，她每一頁只看了一秒左右就往下翻，似乎難以承受又驚恐。

「我知道這感覺有點像參加電視益智節目，而且這麼聚精會神的聆聽一開始會很麻煩、叫人洩氣，不過你會越來越熟練的。記得要用是非問題來提問，或者用手指出你在問什麼。理查，就算你無法開口講話了，只要還能點頭、搖頭就很好，等到頭也不能移動時，你還能用眨眼來表示『肯定』，什麼都不做來表示『否定』。」

每一頁圖卡頂端都印了同樣一句話：請務必持續注視我的臉，請不要用猜的！

理查不禁納悶，要是他無法揚起眉毛也無法眨眼會怎麼樣？要是他的臉無法再提供任何訊息會怎麼樣？他沒開口問。

「好了，我知道這樣很多了，再講一個就好，然後你們就可以走了。你們一定會很愛這個的。」喬治醫師從桌子下面的箱子取出一個東西。「這是一個頭戴式麥克風和聲音擴大器，我們要把理查的聲音轉大聲。超級輕，操作非常簡單。來，試試看。」

喬治醫師把麥克風的一端鉤在理查的耳朵上，然後把線弄彎，以便小小的送話口落在左臉頰前面。

「說話試試看。」

他覺得自己像演唱會上的搖滾巨星，瑪丹娜（Madonna）立刻浮上腦海。

「擺—姿—」（譯註：Madonna 的名曲之一：〈Strike a Pose〉）

喬治醫師馬上站起身，跳起瑪丹娜的舞姿。「這樣不是很讚嗎？可以把你的小聲說話放大，讓別人聽得到，可以大大節省你的力氣。我們的目標是讓你從原本講兩個小時就會累，延長到講四個小時才會累。」

理查現在講五分鐘就累了。

「好了，現在你有呼叫按鈕和聲音擴大器，有字母板和圖卡，還有這個是給你用的錄音機。」喬治醫師把錄音機交給卡麗娜。「你錄下的每個檔案會以我們使用的格式自動存檔，如此就可以建立你個人的聲音庫，你什麼都不必做，只需要按下「錄音」鍵。不過這臺機器不是用聲音控制，必須按這裡來開關，所以卡麗娜必須幫你。」

卡麗娜用雙手把錄音機捧在胸前，彷彿手中拿著易碎或危險或神聖的東西。或許三者都是吧。

「好了，今天就到這裡。有任何問題請跟我聯絡，如果情況有異也請來找我。如果打算存聲音，我會建議現在就做。」

喬治醫師最後一句話的聲音變化很細微，但是錯不了：聲音稍微降低，語調變化變小，發音特別清楚。一串文字若是透過口語表達會增添幾層含義，絕不僅止於表面的文字定義，喬治醫師最後一句話是一首饒富寓意的協奏曲，理查清楚聽到其中的弦外之音：你剩下的時間不多了。

第二十三章

親愛的父親：

寫這封信是想告訴你，我罹患了ALS，也就是「盧．蓋瑞葛症」（Lou Gehrig's disease）。我的雙手都癱瘓了，現在呼吸、講話、吞嚥都很困難，吃東西已經無法安全無虞，所以胃部裝了一條餵食管。我現在還能走路，不過很快也即將不能走。雖然失去了這麼多，但我的精神大致不錯。由於生活無法自理，所以我搬回來跟卡麗娜一起住，有她和一個很棒的看護團隊日夜協助我。只是想跟你說一聲。

兒子

理查

他所寫、所存但未寄給父親的九封信當中，這是最簡單的一封。他再讀過一遍。沒寫什麼，只是一些簡單的訊息，只是陳述事實。寫第一封的時候，他的左手臂還能用，他還一個人住在聯邦大道，日夜不停地彈奏拉威爾的《左手鋼琴協奏曲》。那是上個夏天的事。他不知道八月會成為上輩子還是往日。

比爾給他洗好澡、穿好衣服、餵食完畢，然後離去，接下來他整個早上都坐在電腦前。他會瀏覽一下新聞，但刻意不花太多時間在這些凶險的全球水域衝浪。戰爭、恐怖主義、令人作嘔的政治、種族緊張、謀殺、無知、指責，這些新聞不是令他灰心氣餒、生氣，就是使他憂鬱沮喪，他灰心氣餒、生氣、憂鬱沮喪的事已經夠多了。

他發現自己總在每天這個時候寫信，重讀寫給父親的信。他會定期校訂他的「出櫃」信，更新最近失去的功能，以便符合現況，以免哪天真的決定寄出去。他才剛在聖誕節結束後把餵食管的部分加進去。

他把信再讀過一遍，將鼻頭指向「檔案」，下拉選單，然後鼻子指向「列印」，就這樣盤旋在那裡，等到電腦就快要接收到點擊指令，才急忙把頭轉向右邊，把鼻子瞄準視窗，切斷游標和滑鼠的連線。一場列印版的膽小鬼遊戲。（譯註：膽小鬼遊戲是 the game of chicken，兩名車手駕車相向對衝，先把車頭轉向的人便輸，會被恥笑為膽小鬼。）

他不知道八十二歲的老父親有沒有電子信箱，所以要寄東西給父親勢必要用紙張、信封、郵票。如果真的要把信印出來、寄出去，也會是寄這封。跟其他八封不一樣，這封信沒有指責，也沒有憤慨抱怨。有好幾次，他差點就把這封信印出來，幻想父親把信握在手裡，然後打開，但是游標盤旋在「列印」之上時，他的心又猶疑了，就這樣喊停。

他的內心有一部分並不希望父親知道。不讓父親知道他罹病的事，帶給理查一種勝利的快感。打從一出生，他就進入一場他從不想參加的父子競賽，比賽規則至今對他仍然殘酷、不解，但是他媽的，他就要贏了。他得了一種每天都會流失一點掌控力的病，如今能掌控父親知情與否等於是手上握著一把劍，這麼誘人的力量難以抗拒。他將會證明，在一場終極、最後的考驗中證明，他不想要也不需要父親來幫他取得任何東西，他也不會向父親尋求協助或愛，即使在最險峻的環境下。他不要讓父親稱心如意，不要讓父親知道他即將擺脫這個不想要的兒子。

不過，當理查虛張聲勢的攻擊揮劍揮累了坐下來，他的防禦清楚可見，蜷縮在角落。父親的漠不關心是他最害怕的。他懷疑父親是不是已經知道，耳語是不是已經往北傳到母牛之國，而不當一回事的人是華特．艾文斯。

也有可能父親並不知情，如果收到他的信也不會有反應。理查想像父親打開信封，把信看一遍就揉成一團，扔進垃圾桶。又或者，父親看了信，把信摺回去，塞進外套口袋，跟口袋裡一些棉絮和一張加油收據一起遺忘了。理查幻想父親看到信可能的種種反應裡，唯獨沒有父親拿起電話或出現在他家門口。理查所了解的父親，不會對小兒子語出震驚、恐懼、同理、同情、愛。

所以理查不把信印出來。

他知道他永遠不會把信寄出去。他永遠無法從父親那裡得到他要的東西。那他要什麼？他要父親承認錯誤，承認造成理查覺得自己不夠好、沒資格成為這個家庭的一分子；他要父親告訴他，他這個樣子就很好；他要父親說出以他為榮；他要父親道歉，為不關心他的鋼琴事業、太太、女兒。為不關心他。他要一個大大、由衷的道歉。

但是華特．艾文斯是老狗，不會改變，當然不可能道歉。而現在已經無所謂了，道歉對理查沒有任何好處，已經造成的傷害無法彌補。

然而，理查仍舊繼續寫信給父親。把心裡的話寫出來感覺很好——六歲時沒有詞彙可表達的話，十六歲時想吶喊但沒有勇氣說出口的話，二十六歲時想爭辯但欠缺沉著冷靜說出口的話，四十六歲時想說但沒有聲音可說的話。他所寫的信傳達了永遠說不出口的話，每個字背後都有一道舊傷疤，每個句子都在挖掘一道道埋在最深處、最黑暗核心的沉默傷口，將一輩子的勇氣和怨恨釋放出來，只是，不管寫了多少個句子，埋在內心深處的不平似乎永遠挖不完。

他考慮另寫一封信，但是沒有力氣了。比起斜躺在椅子或是躺在床上頭靠著床板撐起，在書桌前坐直的時候，脖子肌肉疲倦得很快。現在必須有意識地出力，才能把十磅重的頭撐起。他才打了幾分鐘的字，準確度就降低，游標會漂移到螢幕下方，因為他的頭往前掉。護頸圈大概必須派上用場了，就是意外受傷的人會戴的白色標準軟頸圈。

結果他反而打開第二封信。信上以履歷表開頭，一一列出理查的成就、演出、樂評（只挑正面的），要是這封信沒寄給父親，也許崔佛可以用作理查的訃聞。

他以優等成績從柯蒂斯畢業，是新英格蘭音樂學院副教授；曾經和芝加哥、波士頓交響樂團、紐約、克利夫蘭、柏林、維也納愛樂管弦樂團合作演出；曾經登上波士頓交響廳、卡內基音樂廳、林肯中心、倫敦皇家亞伯特廳、譚格塢音樂廳、亞斯本（Aspen）音樂節等等；他的演奏被譽為「鼓舞人心的」、「令人如癡如醉的」、「擁有精湛琴藝」。

我是個優秀鋼琴家，全世界的觀眾都為我鼓掌，為我起立喝采，他們都很愛

我。爸，為什麼你不為我鼓掌？為什麼你無法愛我？對於這些疑問，理查一直找不到滿意的答案，但是凝視電腦螢幕上自己的小傳，他已經證明，至少對自己證明，他是值得父親疼愛的。**有問題的人是他，不是我**。理查花了四十六年再加上罹患ALS才得出這個結論，感覺似乎是個進展，但很可能只是卸責，只是用巧妙的手法把豌豆移到另一個豌豆莢，事實真相仍然不為人知。

如果他喜歡的是父親比較容易了解的東西，如果他喜歡彈的是比利．喬（Billy Joel，美國歌手，鋼琴演奏家）或披頭四（The Beatles），如果他的志向是在酒吧跟搖滾樂團一起表演而不是在演奏廳演奏古典鋼琴，如果他和麥奇、湯米一樣也打美式足球和棒球，或許就會獲得父親的認可。華特痛恨古典音樂。他們住在有百年歷史的三房農舍，地毯很薄，牆壁更薄，每當理查練琴的時候（他隨時都在練琴），屋子沒有哪個角落不是充滿琴聲。只要理查彈巴哈，整個屋子都在聽巴哈。

華特．艾文斯痛恨巴哈，十分鐘左右是他能忍受的極限，接下來不是奪門而出去整理院子，就是跳上小貨卡開往當地酒吧「莫家」（Moe's）。如果因為某種原因無法出門，如果理查的媽媽說晚餐在幾分鐘後就開飯，華特被迫多忍受理查的琴聲幾分鐘，他就會大發雷霆：「你可以**停止**製造這些該死的噪音嗎？」

理查打開另一封信，每個熟悉的句子，每個年代久遠的指控，都是集合號角

聲，召集他最久遠、最黑暗的痛苦，召喚大批怨懟和憎恨在他內心升起。你說我很娘，不愛美式足球卻愛彈鋼琴……你說我是同性戀，因為我喜歡莫札特……你威脅說要拿斧頭把我的鋼琴大卸八塊，拿去當柴燒……你從不來看我的獨奏會……你從不接受我……你甚至從不了解我……你從不愛我，也不愛卡麗娜、葛瑞絲。

葛瑞絲。一波電流貫穿他全身，重挫他內心滿目瘡痍的戰場，將他掏空，他無奈驚恐地盯著電腦螢幕，看到歷史在重演。螢幕上的信越來越模糊，他想像有一封同樣的信寫給他，出自葛瑞絲之手。

你選擇了鋼琴而不是我。你從不來看我比賽。現在你罹患了ＡＬＳ，你永遠都不可能了解我了。你從不愛媽，也不愛我。

淚水滾落他的臉龐。**請不要這麼想。**想到葛瑞絲親手寫下這種信，想到他傳承給葛瑞絲的痛苦，他承受不了。或許已經造成的傷害可以彌補，或許這就是道歉存在的目的。

在他的房門敲了幾下後，卡麗娜沒有等待就走了進來，完全不給他時間做反應，這令他很惱怒，因為他有可能不希望她進來。他還處於難過的情緒中，淚水弄溼了臉龐，他無法抹去。

「是湯米。」她拿著理查的手機，正面朝上。

「誰？」

「你哥哥」，手機擴音功能傳出的聲音說道，「喂，小查，很抱歉我打電話來不是報告什麼好消息，而是，是這樣的……」湯米的聲音越來越小聲，然後消失，他嘆了一口氣，清了清喉嚨，「爸昨天晚上走了。」

理查盯著卡麗娜。前一秒，他還雙腳及膝踩在痛苦的水坑中想像葛瑞絲所寫的信，這一秒水坑突然蒸發消散，他等著看會出現什麼感覺來替代，結果什麼都沒有。

「是麥奇今天早上發現的，他坐在椅子上，電視機開著。我們認為他是在睡夢中走的，大概是心臟病吧……你有在聽嗎？」

「有。」

「我很遺憾」，卡麗娜說。

「謝謝。守靈在星期四舉行，地點是『騎士殯儀館』（Knight's Funeral Home），喪禮在星期五，地點是聖猶達教會（St. Jude's）。」

「ㄏ—好」，理查說。

「我了解，我也不知道該說什麼。他這一生很圓滿，活了將近八十三歲，在自己家裡，又是在睡夢中走的，沒有醫院或拖很久的疾病折磨，夫復何求，對不對？」

理查和卡麗娜交換眼神，無聲對談ＡＬＳ和死亡，然後理查才猛地想起湯米還在等他答覆。

「對。」

「欸，我知道我們跟你好久不見了，不過我們很歡迎你來住麥奇家或爸爸家。我也歡迎你來我家，只是孩子住的房間已經夠小了，沒有多餘的空房。」

理查抬頭看卡麗娜，她點點頭，她會跟他一起去新罕布夏。

「謝—湯—米。我—們—會—去。」

「你沒事吧？」

「嗯。」

「那好，我們星期四見。」

湯米不知道理查罹患ＡＬＳ，麥奇也不知道，他們沒有人知道，但是即將知道。

卡麗娜掛斷電話，注視著理查木然但早已滿布淚水的臉龐，「我很遺憾。你真的沒事嗎？」

「沒事。」他把椅子轉向電腦，後腦勺對著她。

他聽到她不發一語走出房間，他把椅子轉過來確認她已離開，接著再轉回電腦。他深呼吸一口氣，至少是深深的淺呼吸，把鼻子指向螢幕，讓重重的頭部保持穩定姿勢，目光集中在「給父親的信」的資料匣。資料匣是打開的，他一個一個選取裡面九個檔案，拖曳到垃圾桶。他凝視著螢幕，資料匣還在，指向資料匣的游標閃動著，他的心怦怦猛烈在喉嚨跳著，他選取資料匣，然後拖到垃圾桶。

好了。

就這麼一瞬間，父親和任何道歉的可能都消逝了，死了。

第二十四章

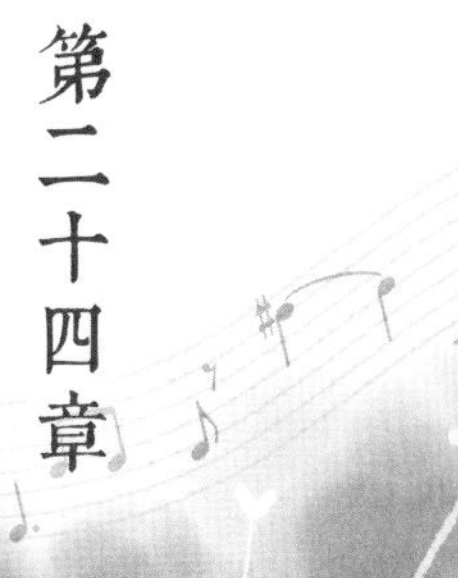

喪禮結束後，他們是最後抵達華特家的人。卡麗娜和葛瑞絲侷促不安地跟隨理查走進客廳，等著看他要繼續走或坐下或做什麼，而他就只是站在那裡，一動也不動，觀察空蕩蕩的空間。他的直立鋼琴，他童年時家裡的固定裝置，跟地基一樣似乎永恆的鋼琴，不見了，原本鋼琴所在的地方空空如也。理查站著不動，試著理解鋼琴令人費解的消失，彷彿童年僅存的紀錄被刪掉了。他想像著過世的父親刪除了他的過去，而ALS正在刪除他的未來，他已經所剩無幾。時間似乎正在他身體裡裡外外崩塌，他的骨頭突然太過脆弱，他的皮膚太過透明，他這個人切成薄片，他不禁揣想自己是不是當場立刻就不再存在。

「他—什—時—丟—的？」他沒有特別問誰，雖然裝了擴大器，聲音只能勉強聽得到。

卡麗娜移動到他的右手邊，手臂環抱他的腰，從臀部撐著他，讓他保持穩定。他的哥哥湯米從廚房慢慢走進來，「怎麼了嗎？」

「鋼琴去哪裡了？」卡麗娜問。

「我搬走了，露西和潔西有上鋼琴課。我希望這樣沒關係。」

理查如釋重負，呼了一口氣，重新回魂。露西和潔西是他的姪女，九歲和十二歲。他點點頭。

「是，這—很—好。」

「他們是好孩子，我跟他們說，這鋼琴是叔叔給的。」

理查眼睛微笑，低頭看著自己的腳，不知道該如何處理這突如其來的致意。

「你們餓了嗎？廚房裡有吃的。葛瑞絲？」

「好啊。」葛瑞絲跟隨伯父走進其他房間。

理查在搖椅坐下，環顧客廳，彷彿第一次造訪。這很可能是最後一次。跟前屋主一樣，這棟房子又老又過時，地板磨損又嘎吱作響，斑駁牆面的油漆破破爛爛，天花板水漬斑斑。除了少了鋼琴、多了超大螢幕電視和特大號躺椅，客廳的擺設跟理查記憶中一模一樣。

窗戶仍然沒有窗簾。媽媽認為陽光有益，而且覺得沒有什麼好遮掩的，她常說她不會做任何怕被鄰居看到的事。在這片占地四英畝、樹木茂密的房產，最近的鄰居也要有哈伯望遠鏡才看得到艾文斯太太頂著粉紅色髮捲穿著睡衣在抽菸。

儘管母親已經離世二十八年，這個屋子最令理查傷感的，不是父親不在，而是少了母親。她是他在這個家唯一的盟友，唯一真正理解他、接納他的人。沒有母親，他不可能彈鋼琴。是她替他安排鋼琴課，堅持向華特拿錢付學琴費用，開車送他去每一堂課、每一場獨奏會和比賽，並且捍衛他練琴的權利。

他記得有一次，媽媽站在理查的鋼琴和華特的電鋸中間。理查忘了是什麼事惹爸爸發火，也許是爸爸喝了半打啤酒，再加上愛國者隊（Patriots）輸球。不過理查還記得，爸爸退讓之後決心要摧毀點什麼，於是拿著電鋸到後院切楓樹的樹枝，理查一顆心隨著遠遠傳來的電鋸嗡嗡聲敲打著，怦怦心跳聲至今仍猶在耳邊。理查還記得他一面聽一面坐在廚房餐桌，媽媽的手顫抖著，拿著量杯量麵粉和鹽巴，準備做蘋果派麵團，他記得他很蠢地問媽媽：「我現在可以彈琴嗎？」媽媽回答：「小乖，現在不行。」他記得那時他十歲。

他以獎學金進入柯蒂斯，媽媽非常引以為榮。她在他即將邁入十九歲之際過世，她從未看過卡麗娜，沒機會看他畢業或職業演奏，沒握過孫女的手，也永遠不會知道兒子有一天會罹患ＡＬＳ。

他覺得媽媽會認可卡麗娜。爸爸對卡麗娜所知有限，從來就不喜歡她。華特不信任任何鎮外的人，永遠記不住別人是哪一州來的，永遠記不住她來自波蘭。他的世界僅止於他的郵遞區號範圍內，他的人生只圍繞著他在當地採石場的工作、鎮上教會、銀行、學校、「莫家」小酒館打轉。他不喜歡他不認識卡麗娜的父母，不喜歡無從判斷她來自什麼樣的家庭。他問起卡麗娜的宗教時，她回答她是不上教堂的天主教徒，對華特這個每週日必定上教堂的新教徒來說，天主教徒只比無神信仰的女性值得信任一點點。他絲毫不覺得卡麗娜的口音迷人，也不欣賞她高雅的用字遣詞——雖然她的英文說得不好，但是字彙遠遠勝過華特。他責怪卡麗娜叫他兒子理查而不是小查，其實這跟她完全無關。在華特的認知裡，卡麗娜自視甚高、勢利虛榮，是異教徒，八成是個共產黨，是個懶惰的移民，只把理查當成取得綠卡的工具。

大人們拿著食物和飲料慢慢走進來找位子坐下，沒有人選擇那張躺椅。想必那就是「那張椅子」。理查不知道大家是不是刻意不坐以示對華特的尊敬，還是他們都覺得那張椅子太過陰森，華特幾天前才剛在那張椅子上死去。他爸爸星期一還坐在那張椅子上看電視，今天就躺在地上的棺材裡。

葛瑞絲說她一點都不餓，於是到外頭加入八位堂兄弟姊妹其中七位，一起玩雪橇滑下山坡，他們的年齡從三歲到二十二歲，都是理查不認識的姪子、姪女，他們在喪禮上個個面無表情、不帶淚珠，顯然，這個流口水、不熟悉的叔叔帶給他們的驚嚇更甚於死去的爺爺。相較之下，看到一個正值盛年的人因為ALS而傷感地以慢動作一步步癱瘓走向死亡，目睹一個老人優雅離世大概容易多了。年紀比較大的孩子不時偷瞄他，彷彿是鼓起了多大的勇氣，被逮到他們在偷看時，眼睛就立刻飄到其他安全的地方，通常是棺材。

八歲的布蘭登（Brendan）很精瘦，理個小平頭，鼻子尖尖，一雙眼睛充滿好奇，不像愛哭或冷漠的孩子，坐在爸爸麥奇和媽媽艾蜜莉（Emily）的中間，三人坐在小沙發上，雙人沙發則坐著湯米和卡麗娜。湯米的太太瑞秋（Rachael）在外面，幫最小的兩個孩子在陡峭的山坡滑上滑下。每個人都拿著紙盤在吃火腿三明治和水牛城辣雞翅，男人喝罐裝百威啤酒，女人喝白酒。

理查看著哥哥們吃東西，大口咬下的麵包、火腿、起司在他們一面講話一面大張的嘴裡攪來攪去，好像從烘衣機圓形玻璃看著衣服轉啊轉，而他則是回到小時候的晚餐桌前，瘦骨嶙峋的他吃得很少，永遠只吃一份，很快就吃完，不准提早下桌的他，總覺得每天晚上都在餐桌上耗了幾個小時，孤單沉默地等著哥哥們狼吞虎嚥好幾盤肉和馬鈴薯。跟理查不一樣，哥哥們是大個子，有大塊肌肉需要餵養。他們是運動員，每天不是在操場奔跑就是在健身房仰臥挺舉，年輕的時候身形體態很好，但是現在都過胖，都有啤酒肚和滿月臉，手腳粗壯，走起路很僵硬費力，像是發育中的孩子硬塞進去年冬天的兒童雪衣裡。

「需要我幫你拿一盤嗎？」麥奇問，注意到理查沒有吃。

「我—不—能—吃。」

「需要有個人幫你拿著三明治嗎？」

「不是的，他吞東西會噎到。」卡麗娜說。

「我—有—餵—管。」

「他的胃有一根管子。」卡麗娜對著睜大眼睛的布蘭登說。

「我可以看看嗎？」布蘭登問。

「可—以。」理查說。

所有人都坐著，看著他，彷彿觀眾等著布幕拉起、表演開始。

「必—須—有—人—掀—我—上—衣，我—自—己—沒—辦—法。」

理查望向布蘭登，挑了兩次眉毛。布蘭登躊躇地離開座位，往叔叔走去，停下來，回頭看看爸媽。

「來—試—試。」
他輕輕掀起叔叔的上衣，露出一個硬幣大小的白色塑膠圓盤，緊挨著理查毛茸茸的胃部上面。
「嗯。」布蘭登說，放開上衣。
「布蘭登！」艾蜜莉說，「不可以這樣。」
布蘭登馬上退回父母中間的座位，麥奇用捲起的喪禮祈禱書拍打他的頭。理查的上衣落回肚子上，但是眾人還在研究管子所在位置，想像剛剛看到的東西。
「那麼，會灌什麼東西進去裡面？」麥奇問。
「一種稱為『液體黃金』的東西，」卡麗娜說，「就像嬰兒配方奶。」
「味—像—雞—肉。」
「真的嗎？」湯米問。
「不是，」理查微笑，「我—開—玩—笑—。」
「你有做什麼來對抗它嗎？」麥奇問。
「什—意—思？」
「你看看發起『冰桶挑戰』那個人，對不對？還有電影《漸凍人日記》（*Gleason*），你有看過嗎？紐奧爾良聖徒隊（New Orleans Saints）那個防守後衛，他罹患ＡＬＳ，創辦了一個非營利機構，標語是『不舉白旗』。很激勵人心的一個人，真正的英雄。小查，你不能只是躺下默默承受，你必須起身對抗它。」

麥奇唸高中時是美式足球和棒球校隊隊長，唸新罕布夏大學時是防守角衛，把每個障礙都看成可以擊敗的對手，是可以獲勝的球賽。

「你─覺─我─該─如─對─抗？」

「我不知道，可以看看那些人怎麼做。」

「你─要─我─往─頭─潑─桶─冰─嗎？」

或者阻擋對手得分？做氣切，等他不能呼吸的時候繼續維持生命？不計任何代價活下去就是勝利嗎？ＡＬＳ不是美式足球比賽，這個疾病並沒有穿著繡有號碼的球衣，沒有因傷少掉一個明星球員，也沒有為一個糟糕球季所苦，這個疾病是一個沒有面目的敵人，是一個沒有致命弱點的對手，完全沒有被擊敗的紀錄。

「我不知道。不過我會做點事，發起另一個挑戰或拍紀錄片之類的，做些有助於找到治療方法的事。重點是奮起對抗，不要放棄。」

「ㄏ─好。」

「幸好你還能走，其他那些人都得坐輪椅。」

「我─很─快─也─坐。」

「也許不會，誰知道呢？你必須保持樂觀。你應該去健身房，做些舉重，強化腿部肌肉。如果這個病會從奪走你的肌肉開始，那你就早它一步鍛鍊更多肌肉，打敗它。」

理查微笑。這個想法他心領了，不過ALS造成的肌肉萎縮不是這樣子的，這個病不會對強壯和虛弱、老和新的肌肉有差別待遇，一律奪走，運動不會替他爭取到更多時間，大浪已經打來，用沙堆起的城堡不管多高、多雄偉都沒用，海浪終究會湧進來，把每一粒沙子都捲走。

「好—主—意。」

「我不知道你是怎麼辦到的，」湯米說，「不吃東西我沒辦法。」

「那—你—是—放—棄—。這—管—子—是—對—抗—ALS—方—法。」

這管子一點也不酷。理查的餵食管和BiPAP不夠有趣，無法成為電影或全球網路發燒的素材，他的對抗是默默的、個人的、日常的拚搏，只求能夠呼吸和攝取足夠熱量，以便能繼續在這裡。

「看到你們兩個復合真好。」艾蜜莉說。

「我們沒有復合。」卡麗娜說。

「對，」理查微笑，「我—只—因—罪—惡—才—住—起。」

「不是，」卡麗娜說，「沒有什麼罪惡感。」

「那就太可惜了。」麥奇說。

艾蜜莉笑了笑，「這樣的話，實在很了不起，你為他做這麼多。」

卡麗娜不發一語，理查也不發一語，沒有望向卡麗娜，心裡很難為情，艾蜜莉竟然這麼輕易就把理查說不出口的話說出來，而且他的沉默不能推給ALS，雖然他很想。

「那麼，小查，」麥奇說，「我們想跟你談談爸爸的遺願。我們在他過世前已經知道他的遺囑，他把這棟房子留給我和湯米。」

他當然會這麼做。

「不過我們做了商量，一致同意要把房子賣掉，把錢分成三份。」

每個人都在等著。

理查在腦袋重複剛剛聽到的，然後開口問：「真的嗎？」

「是啊，他有三個兒子，不是兩個，那樣分是不對的，我們希望做該做的事。」

「是啊，」湯米說，「我恨自己小時候沒有為你挺身而出，爸爸對你真的太苛刻了。」

「他其實也是一個頑固的混蛋。」麥奇說。

湯米點頭，「我們現在要為你挺身而出。」

理查從來沒想過這兩個大塊頭、勇敢、強悍、四肢發達的哥哥也懼怕爸爸，跟小弟站在同一陣線可能會遭到拋棄、排擠、斷絕關係。其實跟理查一樣，哥哥們並不像他以為那麼有男子氣概。他不怪他們。

「他同時也是很好的爸爸，」麥奇說，聲音微弱，下巴緊繃，用手指擦拭外眼角，「小查，很遺憾你不曾看過他好爸爸的一面。」

「你知道，你很擅長鋼琴，比我們兩個沒有什麼專精要好多了，」湯米說，「他應該要以你為榮。潔西上網搜尋過你，我們都看了你在林肯中心的演奏。」

「太屌了。」麥奇說。

「對啊，你好厲害。」艾蜜莉說。

「我真希望媽媽能看到你在那裡演奏。」湯米說。

「這─話─對─我─意─義─大。」淚水流下理查的臉龐。

他沒想到會有這麼一天。獨裁暴君離世，他們的柏林圍牆隨之倒塌，他的哥哥們就站在那裡，在圍牆另一頭等待他。卡麗娜從包包抽出一張面紙，走到理查身邊，擦拭他淚溼的臉龐。

「分三份，」麥奇說，「這樣才公平。爸爸過去對待你的方式不對，我們的兒子艾力克斯（Alex）現在是青少年了，從六歲開始就不肯拿球，他喜歡歌舞片，很愛唱歌跳舞。」

「他真的很棒。」艾蜜莉說。

「是啊，而且是個好孩子，我無法想像用爸爸對待你的方式對待他，」麥奇嘆了一口氣，「而且要不是有他，我不會成為現在的我。」

湯米點點頭。麥奇把他的百威啤酒一口喝掉。理查慢慢消化哥哥們給他的認同和歉意，內心有一塊地方開始清澈，一片延伸到地平線的原野，旭日初升的天空，滿天星斗。他仍然激動地無法說話，心裡默默感謝兩個哥哥。下一代療癒了上一代造成的傷痛。

「不好意思必須打斷，我們真的必須走了。」卡麗娜說。

「不能再留一晚嗎？」艾蜜莉問。

「不行，我們必須送葛瑞絲去機場，她得回學校了。」

「你們走之前，我們敬爸爸一杯，」麥奇說，打開另一瓶啤酒，他用手指著理查的肚子，「那個東西可以倒啤酒進去嗎？」

卡麗娜望向理查，他點點頭。偶爾，他要求的時候，她會經由餵食管注射一管葡萄酒，然後用一小口沾溼他的嘴脣，這是他少數仍放縱自己的享受之一。這跟用杯子喝葡萄酒不一樣，永遠不會一樣，不過他還是可以用舌頭品嘗歐布里雍堡（Château Haut-Brion），還是可以感受到葡萄酒注入腹部的溫暖。

卡麗娜接上餵食管，用水沖洗一下，然後將注射筒注滿百威啤酒，慢慢按壓注射筒的活塞，其他每個人在一旁看著。理查打起嗝，布蘭登笑了起來。這酒嘗起來有年少回憶的滋味，不好喝但又很美妙。

「好了，留一些來敬酒，」麥奇說，「卡麗娜，你有白酒吧？」

她右手拿著自己的酒杯，左手握著連接到理查胃部，裝了百威的注射筒，「可以了。」

湯米和麥奇舉起手中的啤酒罐，艾蜜莉和卡麗娜舉起他們的酒杯，布蘭登舉起他的可樂。

「敬華特．艾文斯，」麥奇說，「願他安息。」

爸，安息。

第二十五章

八點二十八分，距離他上一次看時間才過了四分鐘。過去這三天，時間是一隻在陰涼石頭上打盹的胖蛞蝓。卡麗娜人在紐奧爾良，參加苡莉絲和學生一年一次的朝聖之旅，造訪爵士樂的神聖祖國。坐在電腦前，理查用鼻子來瞄準，就像指揮用指揮棒一樣，將游標箭頭游移在鍵盤字母上，在 iTunes 打出一個個爵士音樂家的名字。他播放了幾秒鐘賀比．漢考克（Herbie Hancock），接著是奧斯卡．彼得森（Oscar Peterson），再來聽了幾秒鐘約翰．柯川（John Coltrane）。他只能忍受邁爾斯．戴維斯（Miles Davis）超過一分鐘。音符隨意漫遊，沒有明顯的目的地，像野外一隻流浪狗，到處嗅嗅，搖搖尾巴，這裡跑跑，那裡跳跳，沒人叫牠回家。作曲草率，樂句和樂句之間語法不對，沒有標點符號，一味縱情於探索不和諧樂音。

他點選賽隆尼斯・孟克（Thelonious Monk），嘴巴瑟縮，好像吃到什麼有毒的東西，或是太酸或太苦或腐壞的東西，很希望能一口吐掉。薩克斯風和小號聽起來像越來越激烈的吵架，兩方都很刺耳、不講理。他連忙把鼻子對準「暫停」鍵，無法再多忍受一分鐘這種襲擊、狂亂、噪音。

對理查來說，音樂就像語言。雖然不會講義大利文或中文，但是他發現聽義大利人喝咖啡聊天是悅耳樂事，而中文卻好像嘈雜的機關槍發射，每個字都是插進他脊椎的一根針，近似摩擦氣球表面的聲音。對理查來說，爵士樂就是中文。

或者像抽象的表現主義（expressionism）。看著傑克森・波洛克（Jackson Pollock）的《第五號》（*Number 5*），這幅以藝術性獲推崇為經典的畫作價值連城，看在理查眼中卻毫無吸引力，像是噴得到處都是的狗屎，完全沒有結構或天分可言。爵士樂是波洛克，而莫札特是米開朗基羅（Michelangelo）、林布蘭（Rembrandt）、畢卡索（Picasso），這些才是精通視覺藝術的畫家。抬頭仰望西斯汀教堂（Sistine Chapel）天花板的米開朗基羅壁畫，就是與上帝同在。

巴哈、蕭邦、舒曼，這些作曲家則是精通聽覺藝術。聆聽德布西的《月光》，理查身體裡每個細胞都有一顆破碎的心，在月光下赤腳起舞；彈奏布拉姆斯就是跟上帝融為一體。

理查身體裡感受不到爵士樂，無法感動他的心和靈魂，他就是感受不到。要他去了解他感受不到的東西，他沒辦法。

雖然卡麗娜不在家，但是葛瑞絲在，負責照顧爸爸。父女倆同在一個屋簷下三天了，是兩條很少相交的線，一起孤獨。她大多待在自己房間，說是有一堆功課要做，但是如果他有需要可出聲喊她或找她或踩呼叫鈕。目前為止，除了每天最後一餐以及睡前戴上 **BiPAP** 面罩，他沒有需要她幫忙什麼，所以沒有呼叫她。

雖然葛瑞絲在家，但理查還是等比爾早上九點到才尿尿，免得女兒必須幫爸爸脫褲子，父女倆的尊嚴都受傷。兩天前，他問她要不要一起看電影，什麼電影都好，但她有統計、經濟、物理的功課要做，沒時間看。昨天，他問她要不要一起出去小走一下。他的右腿太虛弱，右足下垂得太厲害，已經禁不起一個人出去走路的風險。她說外頭太冷。今天，他什麼都沒問她。

現在是晚上八點四十分。他不斷往門口看，心想她該出現了。她每隔幾個小時會探頭進來看看他，上一次是五點的時候。**你有什麼需要嗎？……沒有。**

不過，他其實有需要。他需要修補兩人的關係，在他……之前；他需要在他的情況迫使「……」填入之前修補兩人關係。眼下，「……」尚未填入，他還不需瞇著眼睛看清楚那個隱隱約約即將來到眼前的未來，甚至無視在他眼前兩英尺盤旋的徵兆，這一切只是他對這個疾病的防禦工事。拒絕承認是他僅有的武器，遲緩愚鈍、狀似湯匙而不是刀子。

他不知道該如何和葛瑞絲修補關係，只知道大概需要同處一室才行。承認自己選擇鋼琴而不是她，或許讓兩人之間的高牆鬆脫了幾塊磚，但是牆仍然堅固高聳，是一道迫人、年代久遠的心房。卡麗娜明天回家，然後葛瑞絲就回學校，暑假才回來，可能下次回來的時候他已經……

八點四十三分，他快沒時間了。

他想請葛瑞絲幫忙使用喬治醫師給他存聲音用的錄音裝置。他到目前為止錄得很少，只跟卡麗娜一起錄了幾個簡單句子：**我很癢；我要上洗手間；可以幫我擦鼻子嗎；可以幫我擦眼睛嗎；我很冷；我很熱**。為了確定有錄成功，錄完後卡麗娜播放出來，聽完自己的聲音，他的錄音動機便喪失殆盡。要是早點去找喬治醫師就好了，在他的聲音還有活力、有抑揚頓挫、有旋律和個性之前，在他的聲音仍然是他的聲音而不是退化成這副充氣的、沒有靈魂的、機器人似的單音之前。他寧願聽自由爵士（free jazz），也不想聽自己的聲音，等那個時候到來時，乾脆用電腦合成聲音算了。

八點五十一分，那個時候快到了。

不過，存聲音是請葛瑞絲幫忙的好理由。他望向門口，望向地上的呼叫鈕。他沒有呼叫她。他太累了，一整天啥事也沒做，卻已經筋疲力盡。

感覺時間很晚了，比實際時間還要晚，他的房間一片漆黑，只有筆電螢幕發出的亮光，還有從歪斜門縫透進來的走廊光線。他站起來，站在房間邊緣，聽葛瑞絲的動靜。什麼都沒聽到。坐立不安的他走出書房，在客廳走來走去，研究家具和裝潢，像博物館閉館後的好奇常客，也像是鬼祟的小偷。客廳昏暗，微微透著想必是葛瑞絲沒關的廚房燈光，每個窗戶都是一幅裱了框的冷冷黑夜，要是卡麗娜在家，一定會把窗簾拉上。

客廳整齊有序，所有東西各歸其位。太井然有序了，了無生氣。他搬出去之前，葛瑞絲離家上大學之前，整個房子像是葛瑞絲一個人的家，她的背包、衣服、書籍、紙張散落各處；不論她在哪個房間，整個房子都聽得到她的音樂聲、講電話聲，她的個性和存在到處清晰可見。但是葛瑞絲現在已不住這裡，是卡麗娜住在這裡，除了看得出住在這裡的人彈鋼琴之外，從這個房子看不出卡麗娜是什麼樣的人。

然而這是卡麗娜的家，是卡麗娜的生活，不是他的，他不該再住這裡的。

他走到她的鋼琴，依舊是那臺波音（Baldwin）直立鋼琴，他們剛搬到波士頓買的中古琴。他的眼睛從鍵盤一端掃到另一端，過去幾個月看、聽卡麗娜和學生彈琴，他知道這些琴鍵的反應比他的平臺鋼琴慢，他可以想像琴鍵在他癱瘓的手指按下後會多麼叫人不耐地遲滯。有好多年，他試著說服卡麗娜升級到平臺鋼琴，但她總是不肯。

譜架最上面的樂譜是貝多芬的《給愛麗絲》，上個禮拜卡麗娜一個學生大肆破壞的曲子。《給愛麗絲》是理查七歲時最愛彈的曲子。他猶豫了一下，在鋼琴椅坐下，眼睛掃視樂譜上的音符，音樂隨之在耳邊響起，他又重回十一歲：他在彈給媽媽聽，整首彈完後，媽媽親吻他的頭，說這是她聽過最優美的歌曲。

讀著這首簡單、一彈再彈但可愛依舊的曲子，他不費吹灰之力就能感受曲子在他體內，在他跳動的心臟裡，在他深情不忘但文風不動的手指裡，在他打著拍子的腳裡。這才是音樂。

他好想好想觸摸琴鍵。雖然他能感受到這首音樂在身體裡面彈奏，然而，參與音樂的創造、聽到音樂活起來，這種體驗仍然迴盪於靈魂深處。他試著回想上一次彈琴，回想他賦予拉威爾《左手鋼琴協奏曲》的音符生命時，流動於他的身體和靈魂的感受，但是卻只有隱隱約約褪色的感覺，他抓不到，只剩轉瞬即逝的記憶。淚水盈滿他的眼眶，在忍不住啜泣之前，他離開卡麗娜的鋼琴。

他隨著燈光走進廚房。一碗檸檬放在方桌中央，其中一顆檸檬已經發霉，他想挑出來丟進垃圾桶，他想到可以叫葛瑞絲從房間下來，請她把壞掉的檸檬扔掉，但是又想到自己微弱的聲音傳不到她那裡，還是決定不麻煩了。

他走到廚房操作檯上放的披薩盒，盒蓋傾斜微開，他探了探裡面，剩下三片，他用力吸幾口胡椒粉、洋蔥、麵團的味道，帶著一種受折磨的悲哀，憶起吃食物的感官歡愉，如同他再也不能親吻的愛人、他再也不能彈奏的鋼琴。他想像咀嚼上面的配料和起司，餅皮鬆脆的口感，嘴巴裡熱熱的調味番茄醬和鹹味起司，他的平臺鋼琴快速的琴鍵反應，他的雙手游移在梅可馨濃密的黑髮，他的嘴唇覆在她的嘴唇上。

欲望幾乎令他頭暈目眩，他發現自己想像的並不是卡麗娜的頭髮或嘴唇，他試著回想上次兩人親吻、上次他擁著她、上次想到她勃起，但是想不起來。所有撫摸她、渴望她、愛她的種種回憶，已經像是別人剪貼簿裡泛黃、沒有標籤的照片。太久遠了。

九點零三分。

離開披薩盒，他往葛瑞絲早上放在水槽邊的咖啡杯走過去。他彎下頭，臉湊進杯子裡，聞聞杯底黏黏一圈乾掉的苦甜咖啡。他深呼吸。涅槃。然後是無間地獄。

極度渴望的他，把舌頭探進咖啡杯，希望舔一舔乾掉那一圈，無奈舌頭不夠長，杯子太深，只好放棄。

冰箱上有一張紙用磁鐵吸著，上面寫了看護中心、神經內科醫師、比爾的手機號碼。紙張旁邊有一張照片，是葛瑞絲和卡麗娜在葛瑞絲高中畢業典禮的合照，兩人都穿著一身黑，都眉開眼笑。葛瑞絲遺傳了媽媽的笑容。

沒有其他照片，沒有其他微笑兒童在他以前的冰箱上。沒有他一直想要的兒子。沒有葛瑞絲的妹妹。那些年一直努力想讓卡麗娜懷孕，相信她去看醫生，手淫射精在塑膠杯裡，懷抱著希望。結果一切都是假。也許這就是他記不起愛過她的原因。

浪費了那麼多時間。

九點零六分。

已經沒有什麼好探索，於是他往書房走回去，這時他突然靈魂出竅、慢動作地了解到：自己正在跌倒。他要跨出右腳，但是右腿沒有反應，神經元和肌肉之間的交互作用突然中斷，某個東西沒有啟動或聽到或送達，然後某個東西就鬆開了、沒插上電，走路指令終止，連結斷掉。在他撞到地上之前那一瞬間，他意識到他無法阻止自己跌落，因此想到要轉頭，但是動作不夠快，下巴和鼻子首當其衝。

溫溫的血液從右鼻孔流出，他的嘴巴可以嘗到血液的金屬鹹味。他感受到疼痛，陣陣抽痛且劇烈，主要是從鼻樑傳來，雙眼之間。他往內掃視四肢，試圖分辨是不是有哪裡摔斷。他感覺找不到右腿。就像液體混凝土灌入體內把他變成一塊動彈不得的石頭一樣，某個領悟逐漸滲入他腦袋：沒有任何部位斷掉，只是他爬不起來了。他的右腿沒了，被ALS吞噬了。臉孔朝下趴在廚房地上，他心裡知道自己再也不能走了。

他試著喊葛瑞絲，但是他這個姿勢只能勉強讓肺部有足夠的空氣進去，要大聲說話根本連想都不必想。他抬起頭，又試了一遍。

「葛──」

他放下頭，右臉頰貼在冰冷的磁磚地上，下巴下面是一灘口水和血液的混和液。他沒有把握自己還有再次抬頭的力氣。他發現身體唯一可使喚的部分：左腳。他抬起左腳，然後把腳落到地上，一次又一次，用穿著羊毛拖鞋的腳撞擊地上，像是預示不祥徵兆、被蒙住的鼓聲。

幾分鐘過去，他累了，停止撞腳。這時輪到恐慌要拿下他，在他胃裡握成拳，爪子伸向他的喉嚨。他如果被恐慌征服就無法呼吸了。葛瑞絲。她每天晚上十點會下來餵他最後一餐，然後幫他裝上BiPAP機器。現在幾點了？應該不必等太久。他得對抗恐慌才行，得保持呼吸。

在虛弱但穩定的吸氣節奏中，他逐漸失去意識，不知道過了多久，終於聽到葛瑞絲的腳步聲。

「天啊！」

「發生什麼事？」

他張開眼睛，葛瑞絲出現在他頭上，像個天使。

他沒有把有限的力氣用於陳述眼睛就看得出來的事實。

「好，我來打一一九。」

「不」，他小聲說，「請—不—」

「為什麼？我打給比爾或看護中心的人。」

她很快看了一眼冰箱，看門上的電話號碼。

「不，太—晚—」

「要是你哪個地方摔斷怎麼辦？」

「我—沒—」

「你的臉都是血，大概摔斷鼻子了。」

「我—模—兒—生—涯—完—了。」

「那我得把你翻過來。」

他把頭轉向左邊，她把一隻手放在他左肩和臀部，小心翼翼但使勁地用力拉他，他的左腳使上所有力氣幫忙，好不容易終於把他翻成仰躺。她一把抓起廚房操作檯一條擦碗巾，在水龍頭之下弄濕，然後蹲到他身邊，擦拭他的嘴、臉頰、脖子。為了把他臉上已經乾掉凝固的血擦掉，她手上的毛巾粗魯地擦他的皮膚，冷水因而滴下他的脖子，浸溼他的背部。擦鼻子的時候，她就比較輕柔了。

現在，她站起身端詳著他，他也端詳著她，看不出她是擔憂、反感還是害怕。大概以上皆是吧。

「我的力氣不夠大，沒辦法把你移到床上。」

「沒—係。我—可—睡—這—。」

她雙臂交叉在胸前。

「我馬上回來。」

他看到書房的燈「啪」的一聲打開，幾分鐘後，聽到 BiPAP 推車輪子轟隆隆朝著自己推過來，她拿三個枕頭墊在他的頭下面，把他身體兩側的手臂調整好位置，然後拿他床上的被子蓋在他身上。她再次離開，這次，他聽到她的腳步聲跑上樓，回來的時候，她拿著自己的枕頭、毯子、藍白相間的格子被。

「我睡在你旁邊，以免萬一有事發生。」

她插上加濕機和 BiPAP 的電源，啟動機器，檢查設定。他懶得提醒她忘了餵他，他不餓。她手上拿著面罩，他很怕面罩壓在鼻梁上會很痛。

「抱歉，我沒有馬上聽到你的呼叫。」

「不—抱—歉，我—才—抱—歉。」

「抱歉什麼？」

他很抱歉沒有多挪出時間陪她，他很抱歉他快沒時間了，他很害怕他所剩時間不多，他很抱歉他不是個好爸爸，他很抱歉她沒感受到他的愛。

現在不講，以後就沒機會了。

「一—切—。葛—瑞—絲，我—愛—你。我—非—常—抱—歉。」

她閉上雙眼，雙脣緊閉，嘴角泛起溫柔的微笑，然後張開雙眼，淚水滑落她美麗的臉龐，她沒有抹掉。

「爸，我也愛你。」

她把 BiPAP 面罩戴上他的臉，空氣頓時進出他的肺部，同時，他忍受著雙眼之間會令人哀哀叫的疼痛。記憶所及，這是他這麼久以來第一次在呼吸時感覺平靜。

第二十六章

卡麗娜、苡莉絲和她的學生來早了，圍著四張圓桌同坐一區，每張圓桌各有三張椅子，呈半月形面對舞臺。他們所在地點是法國人街（Frenchmen Street）的「溫暖港灣爵士酒館」（Snug Harbor Jazz Bistro），就在法國區外頭，眾人在沒有窗戶、點著燭光的舒適酒館大啖食物，等著表演開始。今晚的主秀是前途似錦的爵士鋼琴家亞歷山大・林區（Alexander Lynch）和鼓、低音提琴組成簡單的三重奏。亞歷山大是古典鋼琴出身，然後到百老匯歷練，是爵士圈新人，苡莉絲十月在紐約「藍調爵士酒吧」（Blue Note）看過他，對他讚不絕口，說他讓她想起爵士鋼琴家奧斯卡・彼得森。

酒館還沒有坐滿，卡麗娜算了算，總共有十五張桌子，上面還有個包廂。他們的座位在右前方，離舞臺只有幾英寸，感覺很親密，甚至有點壓迫感，彷彿太靠近沒有屏障的火焰，彷彿坐在這裡很危險。

她拉了拉脖子上的淡紫色絲巾，像圍兜一樣攤開在胸前，盡可能遮住乳溝。經過一番掙扎，她最後還是決定穿上她最好的黑色洋裝，細肩帶、緊身包覆上半身，裙襬從腰部以下優雅展開到膝蓋，以她的年紀來說可能太短、太暴露。這是她十幾年前買的衣服，當年穿更合身一些，她擔心自己看起來像十磅重的馬鈴薯塞在五磅的袋子裡。苡莉絲穿牛仔褲和黑色麂皮踝靴，上衣是有圖案的T恤，外面套上黑絲絨西裝外套，開心笑著，跟學生聊天，一派輕鬆自在，彷彿是個常客，彷彿這是她專屬的座位，酒館本來就知道她會來，她跟周遭的一切絲毫沒有違和感。

學生們也是一身黑和牛仔褲的打扮，時尚、休閒、很酷，也都屬於這裡。他們都是二十歲出頭，大約是卡麗娜還沒放棄但已中斷的年紀，仍然相信凡事都有可能的時候。

卡麗娜把馬丁尼雞尾酒一串橄欖最下方一顆從塑膠叉子取下，放入嘴裡咀嚼，苡莉絲則是彎著身子跟右邊那一桌講話，背對著卡麗娜，因此卡麗娜聽不到他們的對話，覺得被排除在外、格格不入、引人側目。她沒有資格參加這趟戶外教學的，她既不是伯克利音樂學院的老師，也不是學生，甚至不是真正的音樂家。

她只是苡莉絲可憐的、可悲的鄰居，是年紀不小的郊區鋼琴老師，已經過時、從未功成名就。很久很久以前差點就可以。

她希望現在是在自己家裡，穿著法蘭絨睡衣，在自己的客廳看書。但是，一想到坐在自己的沙發裡，耳邊就立刻響起理查從書房叫她的聲音。她慢條斯理啜飲一口馬丁尼，再把一顆橄欖摘下放進嘴裡的牙齒之間。離開理查，短暫脫離他惱人的、掙扎著要把咳嗽咳乾淨的聲音，脫離日夜照顧他的生活，是很巨大的解脫。今天早上在飯店床上睜開眼睛時，她眨了眨雙眼，幾乎有飄飄然的感覺，下一秒突然明白自己睡了一晚不受打擾的好覺。

接著，罪惡感步步進逼，重重踩著怪獸腳步，猛力敲打著鼓，把剛剛萌芽的解脫和輕快嚇得縮回洞裡。她不該把理查留給葛瑞絲照顧四天的，不該讓葛瑞絲清洗爸爸的尿液、整夜無法成眠，而她自己卻一夜好眠、穿著不合身的黑色洋裝、喝著髒馬丁尼（dirty martini）、跟一群小孩一起聽爵士樂。要是出了事該怎麼辦？

「我等不及要讓你聽聽這個人，」苡莉絲說，傾身回到卡麗娜這裡，「艾比（Abby）說他是『爵士樂的莫札特』。」

卡麗娜點頭。她已經好久不曾觀賞任何現場音樂表演了，交響廳、貝殼劇院（Hatch Shell）、喬登廳（Jordan Hall）已經是很多年以前的事，上一次可能是觀賞理查在譚格塢音樂廳的演奏，他彈奏《費加洛婚禮》序曲。有八年了嗎？真的有那麼久了？

要是他們是在音樂廳，要是她是隱沒在某個安全、彬彬有禮的大廳前排座位或樓上包廂等著聽獨奏或協奏曲，她可能就不會這麼不自在。古典音樂向來是她的主場，是她的家鄉味，給她安全感。在柯蒂斯，她一開始是古典鋼琴家，到了大三，她的事業前景看似比理查更光明。雖然從未口頭承認，但兩人對此心知肚明。老師讚揚她，把向來留給大四或研究生的機會給她，沒有給過理查。

每當這種事發生，理查會恭喜她，但是言語僵硬、冷冰冰，咬著牙說出，她沒有獲得支持的感覺，反倒覺得受辱。每當她的彈奏私下或公開勝過他，他就會疏遠，用其他方式批評她：不喜歡她的頭髮、取笑她的文法、不疼愛她、拒絕性愛、嘟嘴。她最渴望的，莫過於被自信滿滿、在聚光燈下備受讚揚的他喜愛，但諷刺的是，她似乎是造成他無法在舞臺中央意氣風發的最大障礙。

還在唸書時，兩人的技巧旗鼓相當，但是她的彈奏充滿感情，成熟許多。理查雖然能掌握任何曲子的技巧複雜度，但是聽他彈琴常常讓她不自禁想像樂譜上的音符、和弦、調性，會很理智地讚賞他精湛的技巧，仔細剖析細部元素，而不是感受整首曲子。一直到他們畢業，搬到紐約住，理查才突然開竅，開始彈出一首曲子的情感，而不只是音符。

她至今仍記得柯恩教授（Cohen Professor）和他的考試。每個學生都被要求彈一首曲子，但是必須等科恩教授走出教室才開始。考試很簡單：學生能不能讓走廊上的柯恩教授落淚？

卡麗娜第一次參加這項考試時，彈的是舒曼的《幻想曲》作品十二第一號，最後一個音落下，溫柔寧靜，等待著，屏住呼吸，等柯恩教授回來。門打開，柯恩教授雙手鼓掌，掛著微笑，眼睛溼了。那個學期她讓他哭了好幾次，理查從來不曾。

她在大四上學期發現爵士音樂。當時她像一陣風似的飄進學校咖啡館，想很快喝杯 espresso，然後繼續趕往別的地方做其他事，結果卻待了兩個小時，她被三個同學的表演迷住，那是鋼琴、鼓、小號組成的三重奏，彈奏邁爾斯·戴維斯。這音樂跟莫札特、蕭邦那種神聖的、僵固的精準是如此不同，有一種令人振奮的自由，嬉戲探索旋律結構之外的可能。她看著那三人即興、迂迴、合作，創造出原創的東西，彈奏音樂的同時也發現音樂，跟隨自由聯想、和聲、裝飾音，該往哪裡走就往哪裡走。他們產生一種動能、一種有魔力的化學反應、一條流經在場每個人的河流，她的心被擄獲、目眩神迷、如癡如醉。

要不是發現了爵士，她不覺得她和理查的關係可以持續到畢業以後。她捨棄古典鋼琴選擇爵士，如此一來，兩人就不會有競爭，在古典鋼琴的聚光燈閃耀下的人會是他。但是，從古典鋼琴切換到爵士並不容易。爵士很複雜，很多方面的技巧難度更勝古典鋼琴。而且她的決定所招來的反應中，皺眉已經算是最好的，最常見的是冷落和奚落。雖然沒有哪一種類型的音樂是主流，但古典鋼琴世界是特權階級和白人，在富麗堂皇的交響音樂廳表演給小口啜飲香檳的觀眾聽；而爵士世界的歷史淵源是貧窮階級和黑人，在陰暗破舊的夜店表演給大口喝波本威士忌的老顧客聽。

亞歷山大、鼓手、低音提琴手站上舞臺，觀眾鼓掌，樂手各自準備自己的樂器。亞歷山大身材修長，跟卡麗娜差不多年紀，一頭光滑黑髮像拖把，手指好似可延伸數英里，放在琴鍵上等著，就像短跑選手就起跑位置，準備爆發起跑，只等著槍聲響起。亞歷山大點頭，三個人開始演奏。

旋律是簡單的重複，琅琅上口、輕鬆愉快，但很快就突然進入即興獨奏。隨著亞歷山大的彈奏，卡麗娜閉上雙眼，音符變成夏夜漫步於灑滿月光的鄉間小路，氛圍多過旋律，悶熱緩慢，完全不慌不忙。在伏特加的軟化之下，卡麗娜乘著音符，任由自己被帶著，血液越流越熱。她被撩起了。

卡麗娜回憶起在紐約市東六街的日子，流連於「前鋒村爵士俱樂部」，聆聽布蘭佛．馬沙利斯（Branford Marsalis）、賀比．漢考克、桑尼．羅林斯（Sonny

Rollins）、布瑞德・梅爾道（Brad Mehldau），透過聆聽、觀賞、請教、表演、即興來學習。學習爵士是一種挖掘表現方式的獨特 3 D 體驗，在不經意之間，隨著樂手們自發的即興表演（jam session）活著、呼吸；學習古典鋼琴則是一種練習技巧的學術性體驗，遵守嚴格的規定，熟記紙上的音符，一個人練習。彈奏爵士所體驗到的挑戰性、活力，是她前所未有。

接下來兩首是活力高漲的曲子，召喚觀眾扭動、慶賀。亞歷山大的手指是招潮蟹，奔跑逃離海鷗追逐的影子；是一隻蜂鳥，喝著琴鍵上的花蜜，啼囀只應天上有的琶音。

他的手指飛快地從低音游移到高音，不照規矩來，指尖下的音符發出的聲音只比令人發火稍微好一點。這是變節的音樂，激動、挑釁。

「很屌，對不對？」苡莉絲說。

卡麗娜點點頭。到了第四首，她再次閉上雙眼，陶醉於亞歷山大的重複短樂句（riff），他的延伸和弦偏離前面和弦，開始彈奏調性外（play outside），曲子描述的是旅程而不是目的地，述說這一路上的迷路以及他可能的發現，一個優雅裝飾音符，一段上升的和諧前進，一段蜿蜒曲折的週日駕駛。他賦予樂句多變化，改變樣貌和韻味，穿插藍調音符（blue note）以及如同孩童大笑的顫音。他的手指在琴鍵上飛舞，向音符求愛，寵愛它們，這音樂是打在窗戶玻璃上的清晨小雨，纖弱、孤寂，渴求情人、兒時玩伴、母親。

曲子終了，觀眾鼓掌。卡麗娜睜開雙眼，淚水落下臉龐，如痴如狂的她，已經變了個人，已經想起自己是誰。

她是爵士鋼琴家。

她突然清清楚楚地看到自己一直以來扮演的角色，看到自己二十年來所挑選、所穿戴的戲服和面具。她一直在隱藏，是個冒牌貨，無法允許自己去做這個、去彈爵士、去做自己，一直被內心的指責和藉口所構築的牢籠給束縛。

一開始全都是理查的錯，因為他把他們搬到波士頓。爵士鋼琴家要住在紐約，不是波士頓。接著是理查開始巡迴演奏，很少在家，兩人的性事也很少。避孕藥沒了，她必須再去藥房拿，但那時是二月，外頭好冷，她不想走去藥局。

她很懶。她很蠢。她懷孕了。

接著藉口很快變成葛瑞絲和母親的身分。這下她不能當爵士鋼琴家了，因為寶寶需要她。理查仍然一年到頭在外巡迴，她基本上成了單親媽媽，淹沒於新手媽媽的工作之中，孤單到無以復加，常常連洗個澡的機會都沒有，重拾爵士就更別妄想了。所以她全職照料葛瑞絲，給自己造了個可以躲藏的安全窩，向自己承諾這只是暫時的避難所。

卡麗娜想起自己的媽媽，出生於一個飽受壓迫的國家，被丈夫微薄的礦工工資困在經濟貧乏的小鎮，被宗教信仰困在一段不好的婚姻裡，關在小小的家中四堵骯髒的米色牆內，撫養五個小孩。每一天，她穿上髒兮兮的白色圍裙，早白的頭髮挽成圓髻，眼裡是認命，患有關節炎的嶙峋雙手忙著煮飯、打掃、照顧孩子的需求，而孩子們的夢想都是一有辦法就離開那個房子、那個小鎮、那個國家。最後他們都離她而去。

卡麗娜發誓不重演母親的人生。儘管熱愛當葛瑞絲的媽媽，但是卡麗娜無法忍受一個接著一個生孩子，給自己所處的人母牢獄增添一塊又一塊磚頭。葛瑞絲會是她的獨生女，就這麼一個，不再生了。但是理查想要很多小孩，想要一個大家庭。

她小心翼翼埋藏的欺瞞從躲藏之處偷窺，就那麼一瞬間而已，但已足以讓羞愧從她的胃壁滲出，令她難受不已。她一口飲盡馬丁尼，用酒精的舒適溫暖來轉移她飽受折磨、內疚的心。

葛瑞絲五歲上幼稚園之後，卡麗娜就有時間去追尋爵士。本來的計畫也是如此，但是等到葛瑞絲真的去上學，卡麗娜的藉口又轉移到理查身上。她發現他信用卡帳單上有一筆昂貴晚餐和兩杯酒；他的手機上有個名叫羅莎（Rosa）的女子傳來的淫穢簡訊；他的行李箱有一件黑色蕾絲內褲，不是送給她的禮物。起初，這些背叛粉碎了卡麗娜的心，她感到震驚、傷心、難堪、丟臉，她哭泣、憤怒、威脅離婚。接著，情緒爆發幾天之後，她感覺被擰乾了，平靜、詭異地感到滿足。久而久之，她的心變得痲木，甚至開始渴求這類調查工作，渴求找到又一封可惡簡訊時的刺激，渴求她內心被喚醒的短暫戲劇，以及戲劇所陳述的故事內容。

葛瑞絲唸一年級、八年級、高中二年級，卡麗娜把自己描繪成被害者，受困於一段不幸婚姻，被她不再相信但仍然堅守的宗教規定所困，被她自己羅織的種種理由所困。她精心構築自己的生活，打造一種可預測的安穩，選擇老師這項安全的工作，在郊區客廳的私人空間指導學生彈奏古典鋼琴，學生們太年輕、太不成熟、對音樂太無知，無法質疑她、無法逼她成長或跨出舒適圈。

而且她可以把自己退縮不前的原因歸咎於理查和他的外遇。他又壞又做錯事，她又好又做對事，而且她還能怨恨他害她無法完成爵士夢想，這是最好的藉口，也是最聰明的煙幕彈，可以誤導任何探究事實真相的人。事實真相是，她害怕失敗，害怕做不到，害怕無法像理查一樣以藝術家的身分獲得認可和愛戴。

但是接下來她離婚了，葛瑞絲也去上大學了，她的藉口一一離去，似乎沒有人可指責之下，她把咎責的手指指向時間指針。太多時間逝去了，她的機會已經逝去了，太遲了。

她看著舞臺上的亞歷山大，一個爵士圈新人，跟她差不多年紀，最後一個保齡球瓶倒下。現在她可以清楚看到每一個倒下的藉口，像上帝的十誡一樣信守不悖的藉口，其實只存在於她的腦中。她未實現的人生一直是她自己製造的心牢，是她自己選擇且相信的想法，那些恐懼和指責使她癱瘓於不快樂之中，不斷告訴她：你的夢想太大、太不切實際、太不可能、太難以達成，你沒有資格擁有，你不該有，你不需要，這些爵士鋼琴夢想是給別人的，是給像亞歷山大．林區這樣的人的，不是給你的。

聽著亞歷山大彈琴，她跨出了自己精心構築、如今已打開的心牢。聽著他擺弄旋律，強調上行和弦，改變樂句，她可以從他的即興演奏中感受到他旺盛的好奇心在尋找新東西，無所畏懼，在那一刻，他的自由成為她的，她看到如果自己勇敢爭取會出現的可能。

三人表演完今晚最後一首曲子，起身鞠躬，觀眾起立鼓掌，懇求更多表演，樂手們謙恭地走下舞臺。卡麗娜一面拍手一面擦拭雙眼的淚水，感覺呼吸困難、心房敞開，欲望在脈搏跳動，僅管還不知道如何開始，她已準備好要好好活著。

第二十七章

理查從瞌睡中醒來，在電視機前面的輪椅上坐直，很希望能躺下。早上比爾把他停在這裡的時候，電視就打開到現在，但是他至少兩個小時前就不看了。他重重的頭往下傾斜，下巴垂到胸前，頭晃到右邊，脖子肌肉已經沒有力氣把頭喬正。脖子上的毛巾圍兜已經從胸前滑落，上衣前襟被滴下的口水浸溼，為了看到電視而往左上方緊繃的眼球已經疲累，所以他順著下垂的眼睛和頭，盯著地上，用耳朵聽《茱蒂法官審案》（Judge Judy，譯註：美國真人實境節目，記錄茱蒂法官在法庭上裁決各種民事訴訟案件的過程），對現狀投降。

他坐的電動輪椅有輪椅界的瑪莎拉蒂（Maserati）之稱，前輪以兩顆馬達驅動，再加上鎂合金輪子、八吋前輪，有後仰傾斜功能，還有這款輪椅標準配備的手控搖桿，但是他沒有手，所以沒辦法手控。這輛輪椅是很久以前下訂的，當時他的左手還能用，還能彈琴，還抱著不會用到輪椅的希望。他雖然坐在性感跑車的駕駛座上，但卻無法把雙手放上方向盤，也無法把腳踩上油門，只能永遠停在車庫。

有一些科技裝置可以讓他用下巴、舌頭、甚至呼吸來操控輪椅，但是他和卡麗娜還沒下訂。啟動動能如高山懸崖一般險峻——有太多保險表格要填，就算有保險給付仍然是天價，裝置拿到手的時間曠日費時。理查身邊的人大概都很難投資金錢或時間來賭他移動下巴或舌頭的能力。他還能呼吸多久？若要訂購一輛以呼吸驅動的輪椅裝置，就得先回答以上這個問題，而理查連問都不想問，所以只要被停在哪裡他就困在那裡，多半在電視機前或是客廳裡，在無障礙坡道完工之前，他無法離開這個屋子，因為輪椅過不了連通車庫的門。

基於某種荒謬理由，失去雙腿令他和卡麗娜大為吃驚。照理說應該不會這樣的，比爾和看護中心其他居家護理人員、物理治療師、護理師凱西·戴薇洛、神經內科醫師都告訴過他們、警告過他們、幾乎是懇求他們要早點興建無障礙坡道，不要等，但兩人都沒當一回事。理查是真心相信自己可能永遠用不到那該死的輪椅，這麼久以來，他的右腳一直都穿著踝足輔具，相當舒服，左腿看來也好好的，因此他自己形成一套極度不科學、未經臨床證實的理論，認為這個疾病已不再擴散，永遠在雙腿內休眠，並且像宗教狂熱分子一樣對這套理論堅信不移。他永遠不會失去雙腿。阿門，哈利路亞。

ＡＬＳ斷絕了他對右腿的掌控之後，不久，左腿也豎起白旗。癱瘓快速成為定局，彷彿有人把他腳踝的塞子拉開，沙子就全部一湧而出。坐在他的輪椅上，眼睛盯著地上，無法踏出這個屋子一步，現在情況很清楚了，他全身沒有任何一處可倖免於這個疾病的毒手。

他原本希望不必把錢花在不想要的土木工程上，做一個醜陋但實用、從大門延伸到車道的坡道，等於向全世界宣告他不良於行。幸好他的公寓終於在上週賣掉，所以現在有錢做坡道了。不過他還是寧願把那筆錢留給葛瑞絲。

所以他在這裡坐著，沒有手腳的蛋頭先生（Mr. Potato Head），只剩軀幹能呼吸的搖頭娃娃。他的脖子已經無力支撐頭部直立不動，尤其過了中午以後——就算戴上硬頸套，使用頭鼠仍然成了一種叫人洩氣抓狂的運動，所以在拿到 Tobii 眼球追蹤技術裝置之前，他不再用電腦。Tobii 已經下訂了。他的體重從一百七十磅掉到一百二十磅，肉體越縮越小，占據的空間卻越來越多——輪椅、醫療床、BiPAP、沖澡椅，還有隨時會送來的「移位機」（Hoyer Lift）。

早上把他從床上移到輪椅、晚上從輪椅移到床上，都需要很大力氣和受過訓練的技巧。雖然他現在的體積瘦小又脆弱，但他是靜止不動的重物，跟睡著的孩童一樣。卡麗娜做不來。自從理查失去雙腿之後，比爾每天來兩個時段，早班和晚班，利用他全身的肌肉和身高優勢，再加上一條搬移腰帶（gait belt，譯註：套在癱瘓的病人身上，以扶抱方式移動病患的帶子），安全地把理查抬起，從A點移到B點。如果有移位機（看起來像運動器材和吊床的混合體），任何人都可以安全地把他從床上搬上搬下。

他聽到門鈴響起。才幾個禮拜前，這聲音有可能是他用腳踩床邊地上的呼叫鈕所發出，現在只有可能是真正的門鈴。他聽到男人的聲音，還有東西被推進客廳的聲音，應該是移位機吧。

幾分鐘後，比爾的雙腿和雙腳出現在理查眼前。

「嗨，里卡多，我們離開這裡。卡麗娜有東西要給你。」比爾用滿滿的熱情說，像父母要給小孩一個特別禮物似的。**噢，太好了！移位機耶！是我一直想要的！**

比爾把理查的頭喬正，後腦勺抵著頭靠，一股強烈的解脫感像溫水一樣洗滌理查全身。比爾把他推到客廳，理查盯著一臺平臺鋼琴，放在凸窗前原來沙發的位置，面向街道。卡麗娜臉上堆滿笑容。

「蛤？」

「我留下了它。」卡麗娜說。

「是─我─那─臺─？」

「我不能讓你的鋼琴流落到別人手裡。」

他不敢相信她竟然這麼做。這項舉動極為貼心周到，立意良善，但是在他已經道別、已經接受再也看不到或摸不到或聽不到這臺鋼琴之後，再度看到自己的鋼琴，內心五味雜陳，彷彿他剛剛在客廳跟舊情人不期而遇，仍未對她忘情，激動無語，說不出話。

卡麗娜和比爾盯著他，期盼著，希望看到他滿心歡喜。他想滿足他們，努力想找個方法。他從客廳對角看著自己的鋼琴，他的摯愛，不忍他們癱在那裡一動也不動，沉默不語。

「你─可─為─我─彈─曲─嗎？」

「還需要調音。」

「沒─關─係。」

卡麗娜躊躇，她從來不曾彈過他的鋼琴，他的鋼琴就是他的。他泛起微笑，向她深深眨了一眼，這代表他的許可和請求。她默默遵從，在鋼琴椅坐下，雙手放在琴鍵上就位，然後停下來。

她轉過來面對他，「你想要我彈什麼？」

他想了想，他的最愛們紛紛奮力舉手，就像知道答案的熱切學生。莫札特、貝多芬、蕭邦、德布西、李斯特。選我！選我！有太多選擇爭相擠進他的腦袋。坐在他的鋼琴前面的卡麗娜，等著他給答案。她等著彈琴，等二十年了。

「彈—爵—士—我—聽。」

這次換卡麗娜泛起微笑並且緩緩眨眼，這代表她的點頭、道謝，這動作的能量在兩人之間傳遞，霎時產生一種看不到但感受得到的連結。她打斷這一刻，開始思忖該彈什麼，她的雙眼向上掃視，彷彿在讀自己的心。

她咧嘴微笑，「我來彈〈彩虹彼端〉（Somewhere over the Rainbow），比爾，你要不要來唱歌？」

「快樂的小藍鵲飛翔嗎？當然好啊，我要唱。」

比爾擠到卡麗娜身旁，在理查的鋼琴椅坐下。卡麗娜開始彈琴，在歌詞開始之前先以前奏定調。理查以為她的詮釋會是懶洋洋的，八成不脫散拍、輕鬆歡快的、搖擺的，然而她卻把速度放慢，沉湎於音符，加入有意思的和弦和裝飾音，完全出乎他的意料，驚豔不已，樂在其中。卡麗娜完全沉浸在旋律中，比爾在一旁唱和，兩人的詮釋內斂又浪漫，喚起淡淡的哀傷，深情憶起逝去的愛。這是一首夢幻的搖籃曲，肯定是比爾所唱過最美麗的歌曲。

聆聽卡麗娜彈琴、比爾唱歌，理查不再因為無法彈自己的鋼琴而悲傷、嫉妒，反而出奇地快樂。他已經放手讓他的鋼琴自由，讓它走，讓它可以踏上下一段沒有他的旅程。接著，卡麗娜彈奏最後樂句，他的心隨著音符前進，他突然頓悟，他放手給予自由的，並不是鋼琴。

而是卡麗娜。

第二十八章

移位機仍然還沒送來，在送來之前，比爾就是移位機。他嘴裡哼著瑪丹娜的〈宛如祈禱者〉（Like a Prayer），一面把一條搬移腰帶繞在理查腿上，就纏在腳踝上方。此刻才傍晚，比爾已經刷完理查的牙齒、洗完他的臉。雖然理查再過五個鐘頭才睡，但是現在就得將他從輪椅搬到床上。理查是比爾每天最後一個病人，比爾是理查每天最後一個看護，卡麗娜沒辦法將他搬離輪椅，所以他現在就得上床。

比爾拿另一條搬移腰帶纏繞在理查的上半身，確認帶子服貼在他身上，卡麗娜則在一旁觀看。比爾從身旁的推車上抓起抽吸管，開啟開關，把理查嘴裡的口水吸乾。比爾已經從經驗中學會先抽口水再移動理查，不然的話，等到理查直立的時候，嘴裡累積的口水會外溢到比爾身上。他的工作不適合容易噁心的人。接著，他把一個軟頸圈固定在理查後傾的脖子，頭部才不會往前掉。他把理查穿了襪子、套上搬移腰帶的雙腳並排放在「移位碟」（pivot disc）上，那是一個放在輪椅底部的圓形轉盤，旁邊就是目的地——床。需要動用一個成年男子以及這麼多時間和設備，才能將他移動幾英寸。比爾在理查面前蹲下，像奧運滑雪手。

「一、二、三！」

比爾的右手拉著理查胸前的搬移腰帶，同時左手從肩膀下方抬起他，用力一舉，理查用癱瘓的雙腿站了起來。

理查雙腿的伸肌（extensor muscle）是痙攣型痲痹、不能彎曲，所以能承受自己的重量，雖然對任何自發指令完全沒有反應，就像小孩子的動作片英雄塑膠人偶一樣，但是如果平衡得宜還是能站立。比爾舉起理查的雙臂，放在比爾的肩膀上，以免手臂下垂扯痛理查的肩膀臼窩。比爾的二頭肌架在理查的腋窩，雙手繞過理查的背部緊握，理查站立著，比比爾稍高，但是兩人幾乎是眼睛對眼睛。

「我朋友大衛（David）如果知道我每天晚上都要跟你像這樣來支慢舞，一定會嫉妒死。他超哈你的。」

理查揚起眉毛，想知道更多。

「他三年前在波士頓交響廳看過你演奏，我差一點就跟他去了。很好玩吧？我差點在認識你之前就知道你了。」

理查腿部下方的搬移腰帶是為了避免他的腳踝向外翻，要是沒有套上搬移腰帶，他站立的時候會用腳踝骨上方，而不是用腳底。比爾讓他雙腳站立保持平衡至少一分鐘，然後才繼續搬動他，他憑直覺就知道站立的感覺多麼美妙，身體伸展開來直立站著，骨頭拉直堆疊，承受重量，就像窩在狹小的飛機座位飛越大西洋後終於站起身。理查坐在這張輪椅，同一個位置上，長達八個小時了，他嘆了口氣，享受垂直結構帶來的美好解脫，重溫直立人的回憶。

比爾將站在移位碟上的理查旋轉九十度，兩人的慢舞隨之結束，理查的屁股現在在床鋪上方。利用理查腰部的搬移腰帶，比爾小心翼翼地把他往下放到床墊上，完美落地，跟平常一樣。

「我還是覺得我做得來。」卡麗娜說。

「親愛的，這個我做很久了，你看我做起來好像很簡單，其實並不容易。相信我，你不會想失手把他掉下去的，你們兩個都會受傷。等移位機來再說，應該隨時會送來。」

比爾拉拉兩側床單，把理查的身體安放在床鋪中央，再把理查的手臂和雙腿仔細放好，就像把花插在花瓶裡一樣。比爾伸手到床邊的桌上抓起一個看似容量一公升的塑膠透明水瓶，然後把手伸到理查的四角內褲下面，拉出他的陰莖，把陰莖插入瓶子裡，等了幾秒鐘，跟平常一樣，什麼都沒有，等待只是一種禮貌。接著，比爾用掌緣按壓理查的下腹部，反覆用力壓他的膀胱，彷彿在打井水，這招很有效，水瓶慢慢裝滿尿液。

卡麗娜別過臉，給予一種隱私感，一個很奇怪且多餘的舉動。一整天下來，理查身體每個部位不時有程度不一的裸露，而且任人擺布，被洗澡、被上廁所、被擦拭、被洗淨、被穿衣、被脫衣，他的身體只是一件必須完成的差事、一件必須做的工作。每個居家護理人員、每個來訪的護士和物理治療師都是中性對待他的裸體，隔著薄薄一層醫用手套，他的肌膚跟另一個人類進行實際接觸。他只是一根陰莖，只是一個下垂的屁股，只是一個病患衰老的身體。所以卡麗娜根本不必別過頭，他只不過是罹患ＡＬＳ的前夫罷了。

等到膀胱清空了，比爾把理查的陰莖塞回四角內褲，走出書房到浴室洗瓶子。這時輪到卡麗娜接手，她掀起理查的T恤，在他的MIC-KEY扣子接上一注射管的水，沖洗管線，這時理查通常會感到很清爽，突然一陣冰冷的水流進肚子，然後她再注射一袋液體黃金。

「好了，你們兩個，」比爾一面穿外套、戴帽子，「我要閃了，像脫掉淫蕩的畢業舞會禮服一樣『咻』的不見了。」他給卡麗娜單手擁抱，在她臉頰一吻。

「要好好的，」他對理查說，「明天見。」

「比爾，謝謝。」卡麗娜說。

理查緩慢眨了眼睛。又到了一天的尾聲，他已經累壞，沒辦法吐出任何話。

卡麗娜緩慢平穩地按壓注射筒的活塞，把理查的液體晚餐注入胃裡。這整頓餐點要花半小時左右，他們通常會把電視打開作伴，讓兩人有事可做，也可安全地分散注意力，但是今天電視沒開。比爾的歌聲想必阻礙了卡麗娜的腦袋迴路，她正在哼〈宛如祈禱者〉，同時出神地盯著牆壁，脣邊泛起一抹淡淡的微笑。他很想知道她在想什麼。

她從紐奧爾良回來之後，整個人輕鬆愉快不少。他聽到她會在廚房煮飯時一面唱流行歌，早上會在她的鋼琴隨手彈起爵士短樂句，他還捕捉到她的臉龐洋溢著做白日夢的喜悅。她整個人的能量都變了。她的存在變得比較不沉重、比較不令人窒息、比較快樂，甚至充滿希望，雖然他無法用癱瘓的手指指出原因所在，但這種原因不明的轉變已經連帶引起他也產生改變。他看著她的臉孔，又再次認出她，她就是他好久好久以前愛上的那個女人。她正在餵他、照顧他，他一直自私地把她這些舉動視為殉教或責任罷了，現在他突然視之為愛。

他內心波濤洶湧、激動難抑，聽她哼著瑪丹娜的歌曲，他回想起初次聽到她的聲音那一刻，她的波蘭腔，當時他多麼渴望聽到她對他講話，以及終於聽到她對他開口時的喜悅。他凝視她的綠色雙眼、她愉悅的嘴唇，好希望她也能發現他正在看著她。

就像多年以前一樣，他好渴望她能對他講話。他從不曾對她說他很抱歉，欺騙她、傷害她、偷走她唇邊的微笑好久好久，但他現在很抱歉，很希望她能知道，很希望她能意識到他的懊悔和歉意，就像他意識到她最近的歡愉一樣。他很想聽到她的聲音說她很好，很想獲得原諒，他很想。

注射筒空了，卡麗娜再注滿第二份。重新接上注射筒時，她沒有戴手套的溫暖雙手觸碰到他光溜溜、凹陷的肚子，從她的角度看，她的雙手只是在用餵食管餵食前夫，但是從理查的角度看，她的觸摸很親密、很私人、很人性。

一開始很難為情，他很希望她沒注意到床單和內褲下的他已經硬了，但是接著又恨不得她發現。他每天醒來都會晨勃，但什麼事也做不了，只能靜待它消去。自從十月左手離他而去之後，他就不曾自慰。在日出日落的日常中，他刻意不再想像任何會激起性欲的事情，但是現在，他無意中被撩起，他想像卡麗娜撫摸它、撫摸他，他的欲望急迫難耐，高漲於他的陰莖、他的心、他的腦袋，默默乞求她的注意。

他想要她在他身邊躺下，輕撫他、親吻他；他想要做個男人，而不是一具躺在床上的孱弱軀體；他想要被撫摸、被愛、高潮，那是好久好久以前的事了。他想要。

她注射完畢，用水沖洗管子，然後蓋上MIC-KEY扣子。她把他的T恤拉下，把被子拉到他的胸部，然後站著。

「好了，到十點前都沒事了。你想打開電視嗎？」

他凝視著她，眼睛眨也不眨。

「想要什麼嗎？」

他微笑。要是他有力氣開口告訴她就好了。

她躊躇著，一臉疑惑看著他。「那好，我一會兒再來看你。」

她走出去，沒把書房的門關上，留了個門縫。他坐在床上，凝視著微開的門，聽著她在廚房給自己做晚餐的聲音，心裡渴望著。

第二十九章

理查坐在客廳的輪椅上，在卡麗娜大概半小時前停放他的地方，他將會在這裡待到卡麗娜或下一個居家護理人員移動他為止。卡麗娜把他停放在一個有陽光的長方形區塊，朝向窗戶，彷彿看到溫暖、陽光明媚的胡桃街可以讓他多點樂觀、少點被困住的感覺。他知道她是一片好意。他看到松鼠和鳥兒無憂無慮的活動，每個活著的生物都會動。

他聽到卡麗娜打了三次噴嚏。她已經跟感冒奮戰一個禮拜了，為了避免傳染給他，盡可能離他遠遠的。她現在人在廚房，煮早餐。咖啡和培根的誘人香味叫人受不了，他嘴裡的口水已積成小水塘，發出汩汩流水聲，他吞了又吞，試著減少這黏糊糊的液體，盡力不要噎到。一行黏黏的口水從他的下嘴脣流下，滴在胸前用來當圍兜的純棉毛巾，他把頭左右轉動，但是蜘蛛網狀的口水就是不破，他放棄。

他把注意力從陽光、活跳跳的萬物轉移到他的史坦威鋼琴，八十八個有光澤的黑白琴鍵，天啊，他多麼想撫摸他們。

近在前方十英寸。

卻遠如百萬英里之外。

他帶著折磨人的欲望和歉意凝視鋼琴，彷彿他背棄了神聖承諾、婚姻誓言。他想像每個琴鍵的動作、聲音的混雜色彩，音樂開始出現，從他的身體誕生出來。他想像一連串上行琶音，卻慢慢變成卡麗娜的笑聲。

他的鋼琴。這段關係已經畫下句點，他還在努力勸自己放手。**不是你的錯，是我。**咎責自己並不能改變什麼，他們離婚了，被拒絕、被拋棄了，現在淪落為可憐的雕像，在客廳蒙塵。

他小心翼翼不讓頭傾斜，稍微前傾都不行，不然會噗通一聲往前下垂，下巴抵到胸前，無法矯正，他凝視自己的雙腿，兩腳趾尖相對，成內八姿勢，他突然很不滿比爾把他的腳排成這麼沒有男子氣概模樣，這種姿勢代表不確定、懦弱、屈從。接著他嘲笑起自己，說得好像一個坐在輪椅、就快死於ALS的憔悴男子有可能展現男子氣概似的，說得好像這屋子除了鋼琴還有別人會對他品頭論足似的。比爾今天早上給理查的腳穿上薄羊毛襪和黑色樂福鞋，給一個雙腳再也無法踩在地上行走的人穿鞋，這當中的諷刺和悲劇令他想哭。他再也無法站起身看自己的雙腳，他不忍繼續凝視。

他的眼睛轉而端詳扁平右手如橡膠一般的肉，軟綿綿、沒有生命；他的左手彎曲、扭曲，不再屬於他；兩隻手都放在輪椅扶手的手枕上，就在比爾一個多小時前放的位置，完全沒移動。理查整個身體是一套被丟棄的戲服，派對已經結束。他的視線回到曾經優雅的左手，命令手指伸直，心裡知道不可能。他改變策略：**拜託**。他的四肢是任性的小孩子，不管用懇求、賄賂、最後通牒、花言巧語，都無動於衷。

他試著想像皮膚下方的戰爭。神經元和肌肉是被入侵國，被打得無力招架、死傷慘重；骨頭、韌帶、肌腱是中立國，被四周慘烈的破壞嚇得什麼都做不了。他全身上下正一點一滴跟他的靈魂脫離、分開。

他把頭轉向左邊九十度，接著轉向右邊，測試自己，他鬆了一口氣，幸好還做得到。等到脖子和聲音都宣告癱瘓，他將被迫仰賴視線追蹤技術和電腦合成聲音來溝通。他睜大雙眼，再緊緊閉上。很好。等到再也不能眨眼，他將進入完全閉鎖狀態。他不想死，但是他希望在那種情況發生之前就死去。也許那種情況不會發生。

他感覺得到舌頭在嘴裡蠕動，彷彿有個蚯蚓家族在裡面跳舞似的波動起伏，慶祝暴雨來襲。開口講話時，他的舌頭感覺很厚重，音量細薄，只能勉強聽到。他的發音曾經是精雕細琢的畫作，如今連擠出一個音都緩慢到叫人痛苦，而且幾乎不可能聽懂，卡住、沒有子音。變成傑克森・波洛克的畫作，變成自由爵士。

已經被高斯汀醫師（Dr. Goldstein）說中的是他現在只剩百分之三十九的「用力肺活量」（FVC），每一次吸氣都是掙扎，每一次呼氣都不完全。每次迫切需要大口吸進一加侖空氣時，他卻只能小口吸進一湯匙，每一口都是折磨人的失望，證明肋骨、腹部、橫膈膜周圍的肌肉越來越萎縮，光是吸入足以讓他坐在輪椅不動的空氣都是非常刻意、耗盡體力的工作。

他很可能即將需要二十四小時使用 **BiPAP**，但他不願開口承認，連白天短暫休息也不願要求使用。他絕不讓任何人把他的輪椅推上那條溼滑斜坡的殘障坡道，一寸都不行。即使到了現在，每天夜幕低垂時，他仍然不願相信這是事實。他的床伴已經從美麗女子換成了 **BiPAP**，這是他這輩子最悲慘的伴侶關係，而且永遠無法分手。夜裡如果沒有 **BiPAP**，他睡覺時可能會因為二氧化碳過多而大腦受損，或者窒息而死。

他不想死。

他張大嘴巴再閉上，一連好幾次，很遺憾地感覺下巴出現錯不了的遲鈍。開始了。一旦這種虛弱無力接續發生，不會中止，不會後退，只會持續不斷地、不知不覺地往下蔓延冰封，直至癱瘓。很快地，他的下巴將會張得開開，闔不起來，一絲又一絲口水將會不斷從下唇淌出，而且他將無法說話。他皺起眉頭想像這番可能的發展，想像卡麗娜、比爾和每個陌生人看到他時，眼中不可能掩飾的憐憫、作嘔等等。他甚至不想拿那副尊容去面對他的鋼琴。

這種不可逆的羞辱何時會上身？明天？下個禮拜？這個月底？今年夏天？以上皆有可能。

他端詳著永遠不再熟悉的雙手、以前細膩有力又靈巧的手指、一年半前可以零失誤彈奏八十七頁布拉姆斯《第一號鋼琴協奏曲》的手指，他想念彈奏布拉姆斯，想念自己吃午餐，想念搔鼻子的癢，想念撫摸女人，想念逗卡麗娜笑。他要向他深愛的鋼琴道歉，為他拋棄它；他要向卡麗娜道歉，為他拋棄她；突然之間，每一個失落所積累的重量同時一湧而上，就像混凝土厚板重壓在他胸上。

他不能呼吸。胸上沒有厚板的時候，每個吸氣就已經是「以為跳入的是大海，結果卻卡在只有深及腳踝的水中」。現在，潮水突然退了，他上氣不接下氣，就快要溺死在乾巴巴的陸地上。他可以感覺到腎上腺素的刺激、戰或逃的動物本能。這是生死關頭，**再多吸點空氣**。可是他逃不了，也戰不了，現在也吸不到更多空氣。

他試著利用下一個吐氣來呼叫求救，但是只吐出口水。卡麗娜在廚房喝咖啡，而他在客廳快死了，沒有人注意到。

吸氣。吐氣。

他的身體被抓住，脖子的肌腱和肌肉擠壓，用力猛烈搖晃。每個呼吸都像是用一根細細、堵塞的稻草吸空氣。在原本該是氧氣流動的喉嚨裡，恐懼高漲。他吞嚥，噎住。

吸入。吐出。

用嘴巴淺淺小口吸。他多麼渴求空氣，身上的細胞迫切需要氧氣。繼續呼吸。

他使上征服拉赫曼尼諾夫《第三號鋼琴協奏曲》所需的一切：每天十個小時苦練，持續不懈的專注，每個樂章一再反覆練習，捱過劇烈的肉體痛楚和心理疲憊，直到可以背譜零失誤彈奏整首曲子。現在，他把他的堅持、他的意志力、他的決心全都用於呼吸。

吸。吐。

現在這是他要彈的歌曲。他不是這個癱瘓的軀體，不是這些尖聲哭喊的肺，不是這種原始恐懼，他將是呼吸儀器。

呼吸。

再一次。吸進空氣，吐出去。再一次，還不夠。他好疲倦，哽住，極度需要空氣，奄奄一息。

才幾個月前，彈鋼琴對他來說像呼吸一樣自然，而現在，呼吸就是呼吸，是他的工作、他的目的、他的熱情、他的存在。他必須繼續呼吸。

他不想死。

第三十章

卡麗娜很恐慌，打了一一九。救護車上一個右眉上方有塊咖啡豆色凸起胎記、藍色眼睛極為專注的女子，給理查插了管。理查一路上意識清楚，女子忙著插管時，他的眼睛始終不離女子的雙眼。將導管插入氣管是很猛力快速且侵入性的動作，一開始短暫的作嘔、不舒服壓力，很快就被進出氣管的空氣所帶來的巨大舒緩給淹沒。一到達麻州總醫院（Mass General Hospital）急診室，馬上就有人給他抽血，他還照了胸部X光，顯示有肺炎跡象。一個護士用靜脈導管注射抗生素，現在他在加護病房，卡麗娜在身旁，一起等待凱西．戴薇洛護理師。

卡麗娜站在床邊俯瞰著他，雙臂交叉好像環抱自己，她的眼神專注，仔細看著他，這令他很不安，因為他什麼都沒做，他想知道她到底在看什麼，她滿臉恐懼。

流進靜脈的抗生素液體非常冰冷。雖然卡麗娜像是看顯微鏡下的標本一樣專心注視他，卻似乎沒發現他的皮膚滿是雞皮疙瘩，他真希望她拿一條厚毯子蓋住他。他臉上用膠布貼上導管的地方很癢，他想請卡麗娜替他抓一抓，他試著開口，但是一碰到喉嚨裡那條硬塑膠管穿不透的管壁，他的努力就被澆熄、抹掉。他無法說話。他睜大眼睛盯著卡麗娜，跟她一樣恐懼。

使用BiPAP的時候，他的呼吸仍然由自己主導，先由他開始吸氣，然後BiPAP從旁輔助，以確保吸得夠深、吐得完全。現在他看著自己胸部的起伏，明白已經不需要他插手，呼吸這項工作已經百分之百由人工呼吸器接手。他正在被呼吸。他的恐懼更加深。他的心怦怦直跳，好像在逃命，可是呼吸很穩定，跟極度恐懼的心臟脫鉤，血液在冰冷的血管裡加速流動。

凱西．戴薇洛走進來，穿著黑色瑜伽褲、過時過大的灰色上衣、柔軟的粉紅色圍巾，沒有首飾，沒有化妝。今天是星期天。他想像她收到傳呼時，正坐在家裡沙發上看網飛（Netflix）的電影，他真希望能表達歉意，為打擾她致歉。她站在床邊另一側，跟卡麗娜相對，花了點時間才開口說話。她的嘴角嚴肅，眼睛直視理查雙眼，就像和平武士（**譯註：為爭取權利不惜一戰，但也願意採取和平手段為之的武士**）。

「嗨，理查。嗨，卡麗娜。所以，」凱西嘆了一口氣，「我們走到這一步了。我接下來要講很多話，你們準備好了嗎？」

沒有人回答。

「準備好了。」卡麗娜說。

凱西給卡麗娜一個抿嘴微笑，接著直視理查雙眼，等了一會兒。他很怕聽到她即將說出口的話，雖然從來沒聽過，但他知道她要說什麼。這十五個月來，這列走在單行軌道的火車一直朝他高速駛來，他仍然還沒做好準備。

「所以你知道你已經被緊急插管，現在在加護病房，我今天的目的是把我所知的資訊全部告訴你。我是你的衛星導航，但巴士駕駛仍然是你，了解嗎？我的功能是告訴你，如果你向右走會發生什麼，如果向左走會發生什麼，由你自己做決定，但是後果是這些，了解嗎？如果『是』就眨一次眼睛，如果『不是』就不眨眼。」

理查眨了眼睛。

「你要是沒有插管、沒有接上人工呼吸器，現在可能已經死了。跌倒、體重驟降、肺炎，這些是ＡＬＳ的三大警訊，代表這個疾病越來越惡化，生命現象趨緩，出現這些警訊時，暗示你已經掉落懸崖。大約一個月前，你的用力肺活量（ＦＶＣ）還有百分之三十九左右，肺炎讓你倒下，你吸進的氧氣不夠，存量又不足。現在的選擇是做氣切手術，靠人工呼吸器維持生命，或是拔管，臨終撤除維生。」

她停頓下來。沒人開口說話。「臨終撤除維生」是不是就是那個意思？他無法開口問。

「所以我們先看第一個選擇：氣切手術。一般外科醫師會說『氣切手術沒什麼大不了的』，這話沒錯，這種手術的過程很簡單，對他們來說的確如此，但是對ALS來說可不是這樣。就你的心理幸福而言，這個選擇會改變你的生活，是不得了的大事。如果接受了這項手術，你會需要很多基礎設施來照顧你。」

她把眼神落在卡麗娜身上，凱西的表情跟高解析畫面一樣清楚：卡麗娜就是那些基礎設施。

「理論上來說，做了氣切、接上人工呼吸器之後，你的壽命可以跟一般人一樣，但是你需要二十四小時、一個禮拜七天、一年三百六十五天加護病房等級的照護，不是一年花四十萬美元找專業的私人看護，不然就是家裡至少有兩個人願意照顧你。這是必要條件。你現在在加護病房，只有特定專科醫師和護理師能照料你，除非至少有兩個受過密集訓練的人可以做你的加護病房護理師，不然我們不能讓你回家，因為不安全。這是三百六十五天全年無休的工作。」

「長期的看護中心呢？他可以去那裡嗎？」卡麗娜問。

「麻州有三個地方有設備可以照顧氣切、以呼吸器維生的人，但是每一家的病床等候清單已經都排到一年多了，而且非常昂貴，大部分保險都沒有給付，你們的就沒有。」

理查看得出來，卡麗娜開始搞懂這項選擇衍生的可怕後果之後，臉色越來越白。

「氣切並不是一勞永逸的辦法。一旦做了氣切、接上人工呼吸器，你就等於拿一個燙手山芋去換另一個燙手山芋，手上還是有一個燙手山芋。氣切沒辦法治癒，了解嗎？你們務必要了解這點，這個疾病還是會繼續侵襲，你最後還是有可能完全閉鎖在自己軀體裡，氣切只是在保護呼吸道。」

「要是不做氣切手術會怎麼樣？」

雖然是卡麗娜問的問題，但凱西還是對著理查回答，一直看著理查的眼睛。

「如果選擇不做氣切手術，我們會安排在這裡進行緩和療護（palliative-care），或者，你也可以回家進行安寧照顧（Hospice）。你會被拔管，然後接上 BiPAP，他們會給你藥物，讓你保持舒服，他們會慢慢撤掉 BiPAP，你的呼吸會越來越淺，越來越淺，到最後會自己停止呼吸，你會死於呼吸衰竭。」

窒息而死。他一直避免想像這種情況的任何細節，避免想像 ALS 最後會用什麼方式終結他。即使需要使用餵食管和BiPAP，即使雙腿已癱瘓，即使各種能力一個一個喪失，關於死亡的想像仍然模糊又遙遠，就像遠遠有一輛車在路上呼嘯而過，車子的品牌和型號都說不上來。現在，那該死的車子就停在他前面，他的心在放聲哭喊、怦怦跳、恐慌，而他的呼吸卻依然保持平穩，聽從人工呼吸器的指令，這種生理上的不協調，就像在他這個生命的地基上發生一場毀滅性地震，就像他快要四分五裂。

「有沒有可能，抗生素解決了肺炎，然後他就會回復到這次事件發生前，可以靠自己呼吸？」

「這不是脊髓或肺部受傷，而是他的橫膈膜不再作用，不可能治癒的。」

「但是他今天早上還能呼吸的，會不會這次只是短暫的危機，他拿掉呼吸器之後還能呼吸？」

「可能性非常小。你這種例子，我每年大概要看三百個，從事這份工作十二年來，那種情況只看過一次。」

所以還是有可能，只是很渺茫。而且凱西這段可怕的談話竟然已經說三千次以上了。這兩件事都讓理查很想哭。

「如果你是我們，你會怎麼做？」

「我不是你們，雖然我每天都繞著ALS打轉，但是我永遠不知道罹患ALS是什麼感覺。我不知道你們的財務狀況，也不知道你們的關係，所以真的無法回答。不過我倒是可以告訴你，如果你選擇氣切，我每六個月都會問你『到什麼時候對你才算夠了？』根據我們的經驗，靠呼吸器維生的病人通常會一再罹患肺炎，不會停止。眼睛的活動能力也許可以維持好幾年，但是就像我說的，最後他可能還是會完全閉鎖。」

「大部分人都選擇怎麼做？」

「選擇氣切的人大約百分之七。」

「為什麼這麼少？」

「這是一個非常困難、非常私人的決定。如果理查決定做手術，假設你就是他的照顧者，你的生活品質一定會越來越糟糕。不管你多麼善良或堅強，最後一定會落得所謂『同情心疲乏』，基本上就是**PTSD**（創傷後壓力症候群）。」

凱西等著，大概以為卡麗娜會再提問，但是卡麗娜沉默不語，於是凱西把注意力轉回到理查身上。

「在麻州，如果決定做氣切，後來又改變心意，可以選擇在醫院中止呼吸器，或是回家進行安寧照顧。葛瑞絲幾歲了？」

「她二十歲。」卡麗娜說。

「上大學了，對吧？」

「對。」

理查眨眼睛。

「如果你想看她畢業或結婚，如果你想再留久一點，有些人會選擇做氣切，完成最後一個心願，然後到時再選擇拔掉呼吸器。」

葛瑞絲兩年後就畢業，他想看到她畢業，想看她結婚，想看看他的孫子，想活下去。

凱西在他的病床邊緣坐下，所以更靠近理查的視線高度，並且把手覆蓋在他的手上面，她的雙眼是浸泡很久的紅茶顏色，疲憊又善良，她的手是有福氣的溫暖、有人味。

「你怕死嗎？」

他眨眼。

「很抱歉講話這麼直接。你害怕死亡時受苦嗎？」

他眨眼。

「你還怕什麼？」

放手。消失。不存在。還有另一種害怕，潛伏在他的意識幽暗處，但是他辨識不出來。

「我會把一些資料和一個字母板留給你和卡麗娜，我知道這些東西你們還用不到，而且用起來很慢又叫人氣餒，不過可以讓你們有個方法可以表達，把必須問、必須說的話表達出來。」

「我們必須多快做出決定？」

「我沒有要你們今天就做決定，好好考慮，想想有什麼問題，我明天會再來。他不能這樣插管很久，最晚不要超過一個禮拜，不能等太久。」

凱西接著說明字母板的使用方法，理查沒注意聽，他更加注意呼吸器持續發出的規律聲音、進出他體內的空氣的一推一拉、他被呼吸的身體發出的打擊樂。吸，吐，吸，吐。時鐘滴答滴答。凱西結束教學。

「好，我明天再來。所以我們對所有的選擇都已經百分之百明瞭了。你的選擇是拔管，然後極有可能死亡；或者做氣切手術，然後請卡麗娜二十四小時全天候照顧你。你現在已經明白你的選擇是這些，也知道每個選擇的後果是什麼，對嗎？」

理查眨眼，沒有看卡麗娜，他想她也很清楚了。

不是犧牲他的人生，就是犧牲她的人生。

第三十一章

站在醫院咖啡店長長的隊伍最後，卡麗娜等著付第二杯咖啡的錢。她不趕時間。排在前面的男子穿著藍色的醫院工作服，手上的托盤放了優格、早餐穀麥片、水果、柳橙汁。她肚子餓，但是一想到食物就讓緊張的胃一陣翻攪，喝太多咖啡對她也不好，但是她需要買個東西才有理由繼續待在咖啡店，而咖啡似乎是最簡單的選擇。昨天晚上走出理查的加護病房後，她到現在都還鼓不起勇氣再走進去。她還沒拿起那個字母板，不知道他的想法是什麼，不知道他打算怎麼做。她還沒問，她知道她必須開口問。先喝一杯咖啡再說。

如果這是一部電影，她會用雙手遮住眼睛，屏住呼吸，心裡默默懇求這個排隊等著付咖啡錢的女子不要上樓到加護病房；如果這是一本書，她會闔上，不繼續翻下一頁。她不想知道他的決定。

她真是膽小鬼。以前的她不是這樣的，她以前天不怕地不怕，十八歲就離家，離開自己的家、自己的國家，再也不曾回頭。那個女人到哪裡去了？她真希望能重拾隻身在國外大學以優異成績畢業、在紐約彈鋼琴搭配最優秀爵士樂手的勇氣，也許，喝完咖啡、搭電梯到加護病房、拿起字母板、搞清楚接下來該怎麼做，就是重拾那股精神的第一步。

要是他想動手術呢？

她不能二十四小時全年無休做他的看護，但是沒有別人了。他的父母已經過世，哥哥們有工作，還有妻小要撫養，私人看護又貴得無法無天；再說理查的錢也用完了，已經丟入他的照顧、輪椅、移位機、葛瑞絲的大學學費。他不會要求葛瑞絲照顧他，卡麗娜不會允許他這麼做。

他不再是她的丈夫，她沒必要照顧他，他不是她該承擔的負荷。她想起他的外遇，想起他睡過的女人們。那些女人現在都到哪裡去了？不在醫院咖啡館，不在加護病房，不在她家書房陪他度過餘生。

她想起那十年欺瞞他的日子，假裝想生更多小孩、每個月故作失望、給他貌似有理的醫學理由來辯解她的偽不孕、佯裝去看醫生。第一杯咖啡讓她胃酸，感覺好像快吐。

他想要更多小孩，尤其想要兒子。連續好多年，每個月他都以為他們在努力受孕，其實她在葛瑞絲三歲時裝了子宮內避孕器（ＩＵＤ），一直沒告訴他。她不敢說出真相，怕他不再要她，怕他跟她離婚，怕到時不知該何去何從。臉上無光又孤單一人，一個單親媽媽帶著一個學齡前兒童，在異國被離婚、無業。

葛瑞絲十三歲那一年，卡麗娜去找婦產科醫師換避孕器，卻拿不出來，避孕器已經嵌入子宮壁，需要動手術才拿得出來。被手術嚇壞的她，只好一五一十向理查坦承。長達十年的欺瞞。

每每想起那一天，他臉上的反應、他從震驚到悲痛到憤怒的表情，仍然縈繞她腦海。那股憤怒定了格，烙印成他的面容，很可能也停駐他的內心。兩人花了一年的時間分居，又花了兩年時間才正式離婚，但是這段婚姻早在她和盤托出那天就畫下句點。

他不可能原諒她。她不怪他。不論他犯了什麼罪，這個罪孽完全是她一手造成。也許，接下來十年必須照顧以呼吸器維生的他，是她罪有應得，是她為這個不可原諒罪愆的懺悔，也許必須如此才能赦免她的罪過。

要是他說想動手術，她能拒絕照顧他嗎？那麼做等於是判他死刑。要是他想活下去，她憑什麼說他該去死呢？她應該閉上嘴巴乖乖做他希望的事、做任何能讓他活下去的事嗎？內心一股久遠但熟悉的怒火突然狂燒。二十年前他接下新英格蘭音樂學院的教職，擅自決定把他們從紐約搬到波士頓，無視她的快樂、她的自由、她的事業，他奪走了她想要的人生，過了這麼多年後，她好不容易再度思考爵士樂生涯的可能，他卻仍然有辦法阻止她。

她不想終身監禁於看護他的角色，不想變成用鏈條拴在他癱瘓身軀的囚犯。他會怎麼做？他們其中勢必有一人會被判死刑。

「就這樣嗎？」

「蛤？」卡麗娜抬頭看，搞不清楚狀況。

「只有咖啡嗎？」收銀員問。

「哦，對。不好意思。」

卡麗娜付了錢，找到一個兩人桌的空位。她雙手環握紙杯，鼻子湊近杯口，深吸一口香味，沒有喝。她查看手機，希望來封簡訊或電子郵件讓她有得忙，但是什麼都沒有。

她試著想像理查腦袋裡的想法，賭一賭他的決定。他的身體雖然已經毫無用處，基本上已經死亡，但是他的腦袋、智力、個性仍然完好無缺。如果是她會怎麼做？她喝了一小口不想喝的咖啡，還沒嚥下就已經知道答案：她不會動手術。她不想靠呼吸器維生，她不希望有人為了讓她活下去而放棄自己的人生，她不想那樣子苟延殘喘、閉鎖在軀體裡、每件事都必須完全仰賴他人。

但是葛瑞絲……她還不想離開她。葛瑞絲大學畢業後會做什麼？會嫁給誰？人生會變成什麼樣子？會變成什麼樣子的人？卡麗娜想知道，想留在人世親眼看到。

如果照顧不是永遠呢？如果他選擇動手術只是為了看到葛瑞絲兩年後畢業，或者他只需要人再照顧一年，直到照護機構有床位？如果這樣她就可以嗎？以前為了葛瑞絲，為了維持表象，為了她的宗教信仰，也為了安穩生活，她選擇不離婚，困在這段破碎的關係，堅忍了至少十年，所以再來一、兩年沒關係？但是如果還要更久呢？如果他不計任何代價也要繼續活下去呢？

她閉上雙眼禱告，想知道該怎麼做。她睜開雙眼凝視咖啡，凝視對面桌子正在看手機的醫生，凝視正在替下一個客人結帳的收銀員，沒有任何人、沒有任何事可以給她答案。

就連凱西也無法告訴他們該怎麼做。**氣切手術是可怕的選擇，我絕對不會做。我建議拔管，回家在安寧照顧之下窒息而死，這是唯一的方法。**卡麗娜真希望這個選擇是像這樣黑白分明，然而她和理查已經被丟入灰色汪洋大海的海底深淵，看不到地平線，看不到高掛灰色天空的北極星，只看到眼前這幾個艱難選擇。

她坐到咖啡變冷，仍然滿滿一杯。快要十一點了，該面對現實了。她把杯子扔進垃圾桶，搭電梯到加護病房，深深吸了一口氣，然後踏入理查的病房。

他的床頭豎起，所以他是坐著。他清醒著，用圓圓、機警的眼睛看著她，身子比昨天看起來又小了一點，他消瘦的身形在醫院被褥下消失之快，有如變魔術，呼吸管和人工呼吸器跟他小小的體積相比巨大許多。呼吸器喀嚓喀嚓又呼呼作響，理查的胸部每三秒鐘就有力地起伏。她看了一眼床邊桌上的字母板，很快就把視線移回理查胸前，假裝沒注意到。

她試著端出微笑，「凱西來過了嗎？」

他什麼都沒做，就只是張大眼睛盯著她，她納悶著，不知道他沒反應是代表「沒有」、沒聽到她的話，還是不理睬她。

「你還在等凱西嗎？」

他眨眼。

「好。」

她可以等凱西來再了解他是否已經做出決定，不必自己開口問，可以讓凱西問。卡麗娜心裡這樣盤算著。她坐進他床邊的訪客椅子上，打算滑手機裝忙，等凱西出現。卡麗娜心不在焉低頭滑著臉書的動態消息，她坐在理查的右邊，理查的頭無法轉動，但是她可以感覺他的視線在她身上，她的眼睛往上一看，他的雙眼盯著她的眼睛，滿是急切，乞求溝通。

「我們等凱西來，好嗎？」

他盯著她，沒眨眼睛。

「在她來之前，你有話想跟我說？」

他眨眼。

可惡。

「你已經知道要怎麼做了？」

他眨眼。

她感覺胃裡空空的，心臟好像快要從喉嚨跳出來。心不甘情不願的，慢慢地，她拿起字母板，轉向門口，想用念力召喚凱西出現，但門口沒有人，她轉回面對理查，手裡拿著字母板。

「第一個字母在第一排嗎？」

她等著，沒有回應。

「第二排？」

他眨眼。

「是E嗎？」

「F？」

「G？」

「H？」

他眨眼。

「H。」

「第二個字母在第一排嗎？……第二？……第三？……第四？」

他眨眼。

「第四排？」

他眨眼。

「是O嗎？」

他眨眼。

「好，H—O。第三個字母在第一排？……第二？……第三？」

他眨眼。

「M？」

他眨眼。

「ＨＯＭＥ？」

他眨眼，淚水從右眼滑落。她從外套口袋抽出一張面紙，擦乾他的臉。

「你想回家？」

他眨眼。

但是他的意思是要做手術裝呼吸器回家，還是拔管回家？

「你想動手術嗎？」她聽到自己開口問。

他盯著她，眼睛睜得很大，淚水從雙眼湧出，他沒有眨眼擠掉淚水。

「你要他們把管子拔掉，然後回家？」

他淚溼的眼睛眨了一下。

「天啊，理查，你知道這是什麼意思，是嗎？」

他眨眼，她心頭一塊石頭落了地，同時也震驚悲痛，突然哭了起來，放聲大哭，一面用那張單薄的面紙輪流擦拭他和自己的臉。

「理查，對不起，」她伸進口袋要再拿面紙，一張都沒有，「對不起。要我打電話給葛瑞絲嗎？」

他眨眼。

「好，她會過來。還有誰？你哥哥？」

他的眼睛動也不動。

「比爾？」

他眨眼。

「崔佛？」

他沒有眨眼。

「好。我、葛瑞絲、比爾。還有誰嗎？」

他淚光閃閃的雙眼直視她的眼睛，她用那張已溼的面紙擦擦鼻子，然後用力吸了吸。

「你害怕嗎？」

他眨眼。

「我也怕。」

她坐在他的床沿，握住他瘦骨嶙峋、沒有生命的手，拉出襯衫袖子輕輕抹去他眼睛和雙頰的淚水，然後再擦掉自己的。

「謝謝。」她輕聲說。

他眨眼。

第三十二章

葛瑞絲還沒脫掉外套，遠遠站在床尾那一頭，行李放在身旁。她大約一個小時前抵達，直接從機場過來，一臉疲憊，眼神堅毅，表情木然，不是他熟悉的面容，好遙遠的感覺，這不是她平常的臉孔。他想叫她更靠近一點，想叫她微笑，就算他開得了口，這種請求在此時此刻仍然顯得很荒謬，但是他想看到她那張他最愛的面容：眼睛發亮有神、紅潤的顴骨高高掛在從容微笑兩端之上，快樂滿足。他猜想自己的面容，鬍子沒刮，一根管子插進嘴裡，用膠帶貼在臉頰上，也不是葛瑞絲熟悉的臉孔。

葛瑞絲剛到的時候，卡麗娜問了她幾個課業和男友的問題，但是話說完了。房間裡每個人都很安靜。卡麗娜坐在他身旁的椅子上，手臂緊緊環抱胸前，好像很冷似的，她看起來疲倦、嚴肅，似乎處於戒備狀態。凱西站在人工呼吸器旁邊，在讀手機上的東西。比爾坐在床尾，用溫暖有力的雙手摩擦理查的雙腳和小腿。天佑比爾。

這種等待的感覺有如濃霧，不祥、超現實。此刻感覺很重要、很緊急，卻又什麼都沒發生，是一種很荒謬的平淡。

一個修長女子走了進來，頭上頂著男孩髮型，耳朵戴著幾個銀色飾釘耳環。

「嗨，是理查嗎？」

「嗨，金妮，」凱西說，「是的，這是理查．艾文斯，還有他的前妻卡麗娜、女兒葛瑞絲以及很優秀的居家護理人員比爾。這是負責安寧照顧的金妮。」

她一一擁抱每個人，而不是握手。她站在理查身邊，一隻手放在他肩上，眼睛是棕色，沒有化妝，純淨、冷靜、自信，帶著自然微笑，跟此時此景絲毫沒有違和之處。她的姿態沒有歡樂、沒有憐憫、沒有故作的矯飾，而且不需言語就傳達出：**我會在這裡陪你。**理查真希望能開口謝謝她。

「我去跟醫生說你到了。」凱西說，走出房間。

「醫生來之前，有幾件事要說一下。我們今天的目標是讓你舒服地回家。醫生會拔除氣管內管，然後把你接上 BiPAP，如果你的呼吸肌肉完全死了，BiPAP 也沒辦法維持你的呼吸，不過這必須等接上BiPAP才會知道。萬一這種情況真的發生，我會透過靜脈注射給你施打嗎啡和鎮靜劑，藥物會馬上生效。我會一直待在這裡，確定你覺得平靜。你不會難過掙扎，不會感覺快要窒息。大家也都會在這裡陪你。這樣可以嗎？」

人工呼吸器把空氣通到理查肺裡，然後再抽出來。她剛剛所說的，沒有一件是可以的。他眨眼。卡麗娜把他的手握在她手裡；比爾擠壓他的腳；金妮（理查一分鐘前才認識的人）的手一直放在他肩上，他對她的在場和觸摸很感激、安心，這不是她第一次做這種事。

凱西．戴薇洛回來，後面跟著康諾斯醫師（Dr. Connors），他一襲扣了鈕扣的實驗室白袍露出一小截藍色領帶，一支筆和手機塞在前口袋，聽診器掛在脖子上，在理查送到加護病房時還刮得乾乾淨淨的臉龐，現在已經冒出鬍渣，過去這三天他一直進進出出，來回檢查理查好幾次。

「還好嗎？」康諾斯醫師問。

理查的氣管感覺有瘀傷、很乾、受到殘忍虐待，龜裂的嘴唇很痛。他拋不開想清清喉嚨的強烈欲望，努力無視頭頂那強烈到似乎要鑽進腦袋的發癢。還有，要是有什麼差錯，他今天就會死。

「還要等誰來嗎？」凱西問。

每個人都望向理查，他沒有眨眼。

「沒有。」卡麗娜說。

「有，」金妮說，「我請了一位音樂治療師。」

「一位什麼？」卡麗娜問。

「來這裡彈吉他的人，彈些可以讓理查平靜的放鬆音樂。」

理查驚慌地抬起眉毛，內心希望卡麗娜有看到。

「天啊，不要，」卡麗娜說，「不要。請取消。」

「確定嗎？」金妮問。

「百分之百。他討厭那個。」

理查眨了好幾次眼睛。

「我會用我的 iPhone 手機播放音樂，」卡麗娜望向理查，「莫札特？」

他想了想。不，繼續猜。

「巴哈？」

他眼睛盯著，眨也不眨。

「舒曼？」

他眨眼。

「好。」

她沒問哪首曲子，他相信她知道。他看著她在手機上搜尋，接著音樂就流瀉出來。

她當然知道，是舒曼的《C大調幻想曲》作品十七，舒曼最傑出的經典作品，也是理查最愛彈的曲子。聽到第一樂章最初幾個小節，他就開始納悶。

「沒錯，是你彈的，在卡內基音樂廳。」卡麗娜說。

他的嘴巴不能動，但是眼睛掛著微笑，他眨眼。

眾人聆聽著音樂，眼前嚴肅的事情暫時停了下來。這首《幻想曲》的第一樂章濃厚夢幻，是充滿激情的傷感，是舒曼在傳達他對摯愛克拉拉（Clara）的渴望，兩人被克拉拉的父親拆散兩地。一面聆聽，理查的眼睛凝視著卡麗娜雙眼，心裡知道她一定明白這首曲子背後的寓意，他內心極度渴望她能知道他對她是多麼感激、多麼抱歉。就算他的喉嚨沒有插管，就算他不是太疲倦也不是害怕使用字母板，就算為時未晚而且還能講話，他仍舊不確定自己能不能找到有力貼切的言語來療癒他對她的傷害。

他的雙眼一直停留在她一個人的眼睛，祈求音符能代他說話，同時他也懷抱於她的凝視之中，淚水從他臉龐滾落，卡麗娜握緊他的手，點點頭。

第二樂章突然改變情緒，變成莊嚴的進行曲，有力、外放、華麗、快速，彈奏難度極高。理查的職業生涯一幕幕在意識中流轉，柯蒂斯、新英格蘭音樂學院、威名遠播的音樂廳和交響曲、世界知名的指揮、管弦樂團、音樂節、個人獨奏、觀眾、起立鼓掌、媒體和讚譽。這是一個美麗的人生，這一切一切就這麼快逝去了。

康諾斯醫師檢查理查的生命徵象，然後說明他接下來要做什麼。

「你準備好了嗎？」

理查望向葛瑞絲，比爾注意到，伸出手臂要她更靠近一點，進來他們的圈子裡，她擠到媽媽身邊。

「爸，我在這裡，」葛瑞絲看起來非常恐懼，「我愛你。」

理查眨眼，以示他也愛她，內心祈禱這不是最後一次聽到她說這幾個字。

康諾斯醫師俯身將理查臉上的膠帶撕掉。

「好，數到三，一、二、三！」

康諾斯醫師握著管子這頭用力一拉，管子從理查身體滑了出來，長度出乎意料的長，整個過程跟插管時一樣，對肉體既殘暴又粗率。管子拿出來了，眾人盯著理查，等著，沒有人在呼吸，包括理查。

現在他彈到第三樂章，旋律肅穆，是和解。BiPAP面罩覆上他的臉，仍然沒有空氣。人工呼吸器靜悄悄，屋內安靜無聲，只有理查彈奏舒曼的鋼琴聲。他的頭開始刺痛，眼前的房間越來越小，他把注意力放在葛瑞絲和卡麗娜和比爾和音樂，突然，震動的音符跟房裡眾人之間的界線沒了，他不想離開他們，他想繼續聽、繼續振動、繼續呼吸、繼續存在。

他想再多聽一些音符，再一個樂章，再久一點點，他不想死在加護病房。

他的肺大聲對橫膈膜和腹部肌肉喊叫，搜尋著、懇求著，舒曼《幻想曲》最後的音符落下，緩慢、輕柔、懷抱希望、向上帝輕聲祈禱。房裡每個人和理查的肺都在一片靜止中等待答案。

第三十三章

他們回家已經三天了。在理查的同意下，兩天前金妮給他拔掉 BiPAP。他現在的呼吸非常非常淺，但是還在。雖然呼吸短淺，但他似乎並不躁動，也不掙扎。金妮在固定時間給他嗎啡緩解不適，給安定文（Ativan，譯註：安眠鎮定藥物）緩解焦慮。他服用了鎮靜劑，意識時有時無，多數時間在睡覺。卡麗娜知道這麼想不對，但還是忍不住猜想他能撐多久。

安全返抵家門後，她和比爾把理查的病床搬到客廳，讓他可以待在自己的鋼琴旁邊。葛瑞絲拿自己的被子枕頭在沙發紮營，都到晚餐時間了，仍然穿著睡衣，在筆電上打學校報告。她這幾天都睡沙發，不分晝夜照顧父親，等待最終的結束。他們都在等待。

屋子裡安靜得很詭異，他們沒開電視。卡麗娜取消了整個禮拜的鋼琴課，她已經三天沒跨出家門一步。他們都存在於時間之外，繭居於客廳，不問世間事，耳朵鎖定理查斷斷續續、微弱的呼吸聲。

卡麗娜並不是非在家不可，現在已經沒有什麼事必須做，足不出戶的她得了幽居煩躁症，很想早上和苡莉絲出去走走，但是她不能冒險離開家門。那一刻來臨的時候，理查可能連意識都沒有，不過她覺得應該待在家裡。她虧欠他太多，也許他們兩個都虧欠。

金妮每天來兩個小時，來監看情況，來觀測理查並給他施打藥物，她幾分鐘前剛走。比爾晚上會來，來照料理查的身體並跟卡麗娜作伴，他應該再過兩個小時會到。

她看了看時間，通常這時她該餵理查，但是她卻只往理查胃管注射了一管水，然後就蓋上 MIC-KEY 扣子。兩天前金妮在這裡的時候，理查正好清醒，她問他想不想停止注射營養劑，他眨了眼睛；她問他想不想停止 BiPAP，他眨了眼睛。

他得了肺炎，已經不再治療。他一百二十磅的癱瘓身軀已經注滿嗎啡和安定文，已經兩天沒有進食，可是有一部分的他仍然在堅持。

「我要去洗個澡。」葛瑞絲說。

「好，小乖。」

卡麗娜坐進理查床邊的高背椅，仔細端詳他的睡臉。他的雙頰凹陷，隱沒於布滿斑點的鬍鬚之下，六天前被緊急送往醫院之後就沒有人幫他刮過鬍子；他的嘴唇龜裂結痂；他的頭髮和眼睫毛又黑又漂亮。

他呼一口氣。她等了又等，心裡疑惑，傾身靠近。他吸一口氣。他怎麼還有力氣繼續呼吸呢？

她將手覆蓋他的手。他的手骨瘦如柴又冰冷，對她的觸摸毫無反應，皮膚有斑點，是積血而成。這個疾病實在太醜惡，沒有人應該承受這種苦。

「對不起，理查，對不起，」她開始哭泣，「對不起。」

她的道歉起初只是出於對他罹患ALS的不平和驚恐，但是隨著她不斷哭泣、一再喃喃重複，這聲道歉的意義也隨之轉變。她把身子移到高背椅前沿，低頭靠近他的耳朵。

「對不起，理查。對不起，我剝奪了你想要的家庭。對不起，我欺騙了你。我應該要有勇氣告訴你真相的，我應該放手讓你去跟別人過你想要的生活。對不起，我不再是你愛上的那個女人。是我把你推開，我知道是我造成的，對不起。」

看著他的臉龐，她一面思忖，在兩人過往的幽暗長廊尋找更多塵封、未說出口的言語。她找不到。臉上的淚水止息，她從邊桌上的盒子抽出一張面紙，擦拭眼睛，擤鼻子。她深深吸一口氣，再嘆了口氣，不經意發出低沉又痛苦的聲音，是嚎叫。她再次吸了口氣，感覺變輕了二十年。

「我們已經盡力了，對不對？」

她等著，聽他呼吸。她再次把手覆蓋於他的手，掃視他的臉龐，尋找任何有反應的跡象。她無從得知他是睡著或服用高劑量安定文而昏睡，還是陷入昏迷。他沒有張開眼睛。她甚至搜尋他臉部肌肉不由自主伴隨的抽搐，這是她能解讀的跡象。他一動也不動，他無法握一握她的手，她無從得知他有沒有聽到她說話。

「要是我以前能做得好一點就好了。」

「還好嗎？」葛瑞絲問。

卡麗娜轉過頭，葛瑞絲正站在樓梯下，身上穿著紫褐色的芝加哥大學運動衫、黑色內搭褲、拖鞋，溼漉漉的頭髮挽成馬尾，卡麗娜無法從她的姿態或表情判斷她有沒有聽到媽媽的懺悔或哭泣。

「老樣子。你餓了嗎？」

「不餓。」

彷彿要跟爸爸團結一致似的，葛瑞絲從昨天到現在都沒吃東西。她坐回沙發上。白晝很快就轉為黑夜，黑暗入侵客廳，葛瑞絲的臉龐被腿上的筆電螢幕照亮，像手電筒一樣。卡麗娜站起來，打算去開燈，但是一起身卻反而往鋼琴走去。

她坐下，把手指放在琴鍵上，想都不想就開始彈蕭邦《降 E 大調夜曲》作品九之二。這首曲子的旋律很輕柔，相對簡單，彈起來舒服自得，就像家鄉菜。她很喜歡這首曲子的節奏、光滑透亮的顫音、裝飾音所帶給她的自由。這首旋律喚起她對母親所做的 **pierogi**（波蘭餃子）的感官記憶，喚起柯蒂斯宿舍窗外的小雨，喚起她在紐約與理查共舞的華爾滋。曲子慢慢堆疊，最高點是一個激情的擁抱，接著變成一滴一滴滑落的細細流水、高處灑落的五彩碎紙，是返家歸途，平安、停駐。

最後一個輕柔的音符落下，琴聲在室內飄蕩，漸漸散去，一段甜蜜的回憶。她轉過頭，很驚訝看到葛瑞絲已從沙發起身坐進高背椅，淚溼的雙眼光澤如鏡，卡麗娜起初以為葛瑞絲是被蕭邦的《夜曲》所感動，但隨即仔細聆聽。

她專注聽著，等著，屏住呼吸，繃緊神經想聽到一個吸氣聲，但是屋子裡仍然靜悄悄。她的等待超過了臨界點，久到讓她知道，讓她確定。

他走了。

尾聲

卡麗娜站在書房裡，雙手抱著一個空的硬紙箱。理查過世八天了，她一直避免踏進這個房間。

比爾拿了箱子來打包理查的衣物，她打算拿去捐給「善意」（Goodwill）慈善機構。她站著沒有移動，環視眼前的病床、輪椅、移位機、抽痰機、助咳機、**BiPAP**、尿瓶、移位碟，這些設備過去幾個月是她每天的日常，如今已成為即將被拋棄的歷史遺物，她會把這些和其他不要的東西捐給看護中心。

她把箱子放在地上，但是不知道該從哪裡開始。少了理查，這個房間感覺很奇怪。她以為等她清理完之後會回復到從前的書房，但是她已經無法想像。雖然他住在這個房間只有短短四個月，這裡卻似乎不再是她的書房。罹患ALS的理查還在這個房間。她看看他空蕩蕩的床、輪椅、書桌椅子，到處都能感受到他的痕跡，這個房間仍然充滿理查和ＡＬＳ的強烈印記。淚水湧上眼眶，她搓搓手臂上的雞皮疙瘩。也許，他決定陰魂不散繼續糾纏她。

她在他的書桌前坐下，旋轉椅子。也許葛瑞絲會想要他的電腦，她昨天回學校了，看起來似乎還好，幸好有課業和朋友和忙碌的課程表可以讓她重整生活，繼續向前走。

這棟屋子再度安靜下來，不再有BiPAP嗡嗡作響，不再有面罩歪斜時的警報聲，不再有咳嗽聲、作嘔聲、哽噎聲。那些聲音都結束遠去。理查走了。

接下來她要做什麼？熟悉的空虛感襲來，像是胃裡有不好消化、反胃的東西在翻攪，彷彿吃了腐壞的食物。她該重新開始教鋼琴嗎？或者應該把整個房子打包，搬到紐約去？她的心撲通撲通狂跳，對如此大膽的想法感到緊張不安。她把椅子轉來轉去，下不了決定。

也許眼前只要打包理查的衣物就夠了。她嘆了口氣，沒有起身離開椅子，反而拿起手機檢查郵件。一打開信箱，第一封映入眼簾的信是來自喬治醫師，她打開信。

親愛的卡麗娜：

我對於理查的事感到非常遺憾。我很高興能認識他，哪怕只是很短暫。我知道你說過，他最後決定不存自己的聲音，選擇使用電腦合成聲音。是這樣的，在準備把借你們的錄音機內容消掉，給下一位病人使用之前，我做了檢查，發現裡面有一則你會想聽聽看的遺言，我附在這封信裡。

祝好

喬治醫師

她猶豫了一下，然後點開附件裡的MP3檔案。

「嗨，卡—麗—娜，喬—醫—師—把—稱—「遺—言」，我—喜—歡—他—說—法。我—一—直—思—考—留—在—世—界—的—遺—產—是—什—，是—我—鋼—琴—生—涯—？還—是—葛—瑞—絲？想—來—想—去—有—更—恰—當—的。

也—許—是—這—個，是—我—必—須—對—你—說—的—話。

卡—麗—娜，對—不—起，對—不—起，我—對—你—不—忠。對—不—起，都—是—因—為—我，你—才—不—再—彈—爵—士。我—是—差—勁—的—丈—

夫，你—值—得—有—一—個—更—好—的—丈—夫。

如—果—我—有—什—麼—想—留—的，那—就—是—這—個。你—這—麼—有—天—分，還—很—年—輕，還—很—健—康，還—擁—有—一—切—必—要—的—條—件。

去—紐—約—吧，去—彈—爵—士，去—過—你—的—人—生，去—開—心—過—活。」

她在椅子上呆坐不動，很驚訝再次聽到理查的聲音，震驚於他的留言，這是她一直想要、需要的話語。她再播放一次。胃裡不舒服的感覺消失了，心臟怦怦跳著，腦袋清醒，內心激動。她又播放了一次。他的話語鬆開了她緊握二十年的指責和怨恨，鬆開了她不計任何代價也要堅持自己沒錯的執念。這個代價實在太大了。

聽著聽著，她對未來的計畫逐漸成形，聽起來非常完美的決心浮上腦海，這是她這輩子一直想彈的曲子。她要開始來整理這個房間，接著她需要更多箱子，但是在這之前，她再次播放他的遺言，很感激能聽到他的聲音，原諒他，在這個房間、在他的話語裡感受他的存在，同時心裡明白她也獲得原諒了，自由了。

作者的呼籲

親愛的讀者：

感謝你閱讀《當最後一個音符輕柔落下》。閱讀這本書之前，你可能已經讀過《最後十四堂星期二的課》（*Tuesdays with Morrie*）、看過電影《愛的萬物論》（*The Theory of Everything*），或是往自己頭上倒過一桶冰水。你很可能已經聽聞過ALS，希望看完書之後你更能深入了解跟這個疾病共處的感覺。

我也希望你能加入我，一起把這份同理心化為行動。捐款給ALS的治療和研究，等於參與協助研發療法，同時提供適當的照護給現在極度需要的人。

請花點時間上網到 www.LisaGenova.com，點選 Readers in Action: ALS，捐款給ALS ONE——這是一個了不起的組織，決心促成ALS療法問世，同時致力於提供更好的照護。若欲知更多有關 ALS ONE 的訊息，請上網到 www.ALSONE.org。

謝謝你撥冗參與，也謝謝你把同情化為行動。讓我們看看本書讀者的慷慨和力量有多麼強大！

願愛相隨～

莉莎・潔諾娃（Lisa Genova）

作者的話

二〇一七年五月，大約我完成這本書最後定稿的同時，FDA（美國食品與藥物管理局）核准了一種治療ＡＬＳ的新藥。二〇一七年八月，本書即將付梓之際，Radicava已可經由醫師處方提供給病患，透過靜脈注射，二十八天為一個週期，每次注射的費用是一千美元，目前還不知道保險是否有給付。根據日本進行的臨床試驗，Radicava可以減緩逐漸退化的身體症狀百分之三十三。

謝辭

這本書緣起於Richard Glatzer，他和另一半Wash Westmoreland共同編導了電影《我想念我自己》（*Still Alice*，譯註：本書作者的前作）。Richard罹患延髓麻痺型的ALS，也就是說，他的症狀是從頭頸的肌肉萎縮開始。我從未聽過Richard的聲音，他靠著一根手指在iPad打字，很厲害地共同執導了《我想念我自己》。

Richard，我永遠感謝你，謝謝你為電影《我想念我自己》所付出的努力，謝謝你讓我知道與ALS共處是什麼感覺，謝謝你告訴我們優雅和勇氣是什麼模樣，謝謝你不放棄追逐夢想。Richard逝世於二〇一五年三月十日，就在茱莉安·摩爾（Julianne Moore）以《我想念我自己》的角色贏得奧斯卡最佳女演員之後不久。

我認識Kevin Gosnell、他的太太Kathy、兒子Jake和Joey（還有後來出生的Scott），是在Kevin確診ALS之後不久。認識他不到幾分鐘後，我就明白三件事：

一、在ALS奪走他之前，他會改變世界。

二、他也會改變我。

三、我很喜歡這個男人和他的家人。

令人崩潰的確診之後，Kevin 隨即用最無私的方式給自己可怕的處境定了調。他心裡想的是：「如何拿我即將經歷的痛苦去幫助別人？」然後，他集結了醫學、科學、照護方面最優秀的人才，成立了 ALS ONE，這是一個了不起的合作，決心要找出ALS的治療與治癒方法，同時提供最好的照護給現在飽受ALS折磨的人。誠摯邀請各位讀者到 ALSONE.org 網站了解 Kevin 的遺產，並且盡一份力量參與。Kevin 逝世於二〇一六年八月八日。

Kevin，謝謝你邀請我進入你的家庭，謝謝你跟我分享你的人生和家庭，我對ALS的了解大多來自於你，不只如此，你還是我所認識最優秀的人類之一——你的慷慨和優雅、你充滿愛的領導風格、你毫不動搖的使命感和超越個人的貢獻、你留給兒子的生命經驗（現在我也傳給我的子女）、你給家人和所有走進你生命的人的大愛。每次在你家，我總感覺是你家庭的一分子。我愛你，想念你，希望我沒讓你失望。

我是在麻州總醫院認識 Chris Connors，當時他剛確診罹患ALS六天，面臨如此處境之下，他的鎮靜、大笑令我印象深刻，敬佩之情立刻油然升起，接著便詢問能否跟他保持聯絡。接下來幾個月，我們藉由電子郵件往返。他所寫的「ALS日記」很私密、脆弱、叫人心碎，卻又令人捧腹，他大部分電子郵件都是我邊笑邊哭讀完。

Chris，謝謝你跟我分享你的幽默、你對 Emily 和兒子們的愛、你的恐懼、你的勇氣，還有面對ALS所造成的種種失去的心情。能夠認識你、愛你，我感到幸運至極。Chris 逝世於二〇一六年十二月九日。各位讀者不妨上網搜尋他的訃聞。

我認識 Chris Engstrom 是在他父母位於鱈魚角（Cape Cod）的家。他跟我同年齡，英俊、骨瘦如柴，斷斷續續的聲音很難聽懂。他是耶魯畢業的藝術家，喜歡森林健行，然而雙腳卻再也無法走路、雙手再也無法握畫筆。套在他癱瘓腳上的登山鞋令我心碎，不過他能抬起眉毛表達「是」，也還能溝通——一開始是在手臂上綁一個滑板，由別人把他的手放在電腦滑鼠上，後來則全靠眼睛，使用 Tobii 眼球控制器。他的笑容很美麗，眼睛閃閃發亮——我很肯定他是在跟我調情。

Chris 跟我結為好友。謝謝你，Chris，謝謝你跟我分享你的恐懼和挫折和憤怒，還有你的希望和信念和愛。你的藝術作品和詩作令我讚嘆，我至今仍對你的文筆嫉妒不已！謝謝你閱讀這本書前幾章，給我深入且犀利的意見，讓我一個字都不敢懈怠。我愛你，想念你。Chris Engstrom 逝世於二〇一七年五月七日。

另外，我還要感謝 Bobby Forster、Steve Saling、Sue Wells、Janet Suydam、David Garber、Arthur Cohen、Chip Fanelli、Lawrence Jamison Hudson，謝謝你們的慷慨無私和信任，謝謝分享你們的經驗和觀點，幫助我了解ALS，也謝謝你們分享這個故事以外的智慧。

更感謝 Kathy Gosnell、Rebecca Brown George、Casey Forster、Ginny Gifford、Joyce Siberling、Jamie Heywood、Ben Heywood、Sue Latimer，謝謝大方分享你們的ALS經驗。你們對丈夫、兄弟、朋友的愛和支持，既了不起也鼓舞人心。

謝謝 Dr. Merit Cudkowicz、Dr. James Berry、Darlene Sawicki、專科護理師，謝謝你們允許我跟隨你們進入麻州總醫院ALS門診，並且回答我提出的每個問題，幫助我了解ALS的臨床情況。可想而知，你們這樣的團隊非常需要築起一道情緒圍牆。ALS無藥可醫，你們親眼目睹了太多心碎、失去、死亡，你們每個人都令我讚嘆，感謝你們日復一日給予每一個病患的體貼、尊嚴和慈愛，遠遠超過純粹的醫療照護。你們都是英雄。

還有 Ron Hoffman。Ron 是 Compassionate Care ALS的創辦人兼執行長，這個組織專門提供迫切需要的指引、設備和安慰給備受打擊的病患家庭，協助他們走過這段陌生、複雜、困難的旅程。他是天使，也是英雄，能跟他以朋友相稱，我榮幸之至。他同時也是《*Sacred Bullet*》的作者，每個人都應該讀一讀這本重要著作。Ron，謝謝你邀請我走進你的世界，謝謝你不辭辛苦地奔波、出門應診，謝謝你讓我知道你所做的美好工作，教我這麼多有關ALS、生與死的事情。對每個有幸認識你的人來說，包括我，你是上天賜予的禮物。如果想更加了解 Compassionate Care ALS，請上網到 www.ccals.org。

謝謝 Compassionate Care ALS 的 Erin MacDonald Lajeunesse、Kristine Copley、Julie Brown Yau，以及 ALS TDI 的 Rob Goldstein，你們分享了照顧ＡＬＳ病患的情形，並且介紹我認識罹患ＡＬＳ的人。謝謝 John Costello 告訴我ＡＬＳ病患可以用哪些有創意、有意思的工具來溝通，謝謝你協助ＡＬＳ病患跟外界溝通、保存他們的聲音。謝謝 Kathy Bliss 幫助我了解安寧照顧和緩和療護的重要性。

謝謝 Abigail Field 和 Monica Rizzio 精彩的鋼琴課。非常感謝 Abigail Field、David Kuehn、Dianne Goolkasian Rahbee、Jesse Lynch、Simon Tedeschi，幫助我深入了解古典鋼琴、爵士鋼琴，以及演奏鋼琴家的生活。

謝謝 Anabel Pandiella、John Genova、Louise Schneider、Joe Deitch 帶我去欣賞鋼琴演奏會；謝謝 Gosia Mentzer 和 Anna O' Grady 回答我許多關於波蘭的疑問；謝謝 Jen Bergstrom、Alison Callahan、Vicky Bijur 深入有見地的編輯工作，以及對這個故事的支持。

感謝試閱這本書的讀者群：Anne Carey、Laurel Daly、Mary MacGregor、Kim Howland、Kate Racette、Danny Wallace。謝謝你們在我寫作的同時試閱這本書，跟著我一起踏上這段ＡＬＳ旅程，謝謝你們堅定的支持和愛護。

非常感謝 Sarah Swain、James Brown、Joe Deitch、Merit Cuddkowicz、Ron Hoffman、Kathy Gosnell，謝謝你們閱讀手稿，提供寶貴的意見。

國家圖書館出版品預行編目 (CIP) 資料

當最後一個音符輕柔落下 / 莉莎 ・ 潔諾娃
(Lisa Genova) 著 ; 林錦慧譯 .
-- 初版 . -- 臺北市 : 遠流 , 2019.05
面 ; 公分

譯自 : Every Note Played

ISBN 978-957-32-8545-8 (平裝)

874.57 108005286

綠蠹魚館 YLH30

當最後一個音符輕柔落下

EVERY NOTE PLAYED

作　　者／Lisa Genova 莉莎・潔諾娃
譯　　者／林錦慧
副總編輯／陳莉苓
校　　閱／袁中美 & 丁宥榆
封面設計／黃淑雅
排　　版／平衡點設計
行　　銷／陳苑如

發行人／王榮文
出版發行／遠流出版事業股份有限公司
100 臺北市南昌路二段 81 號 6 樓
郵撥／ 0189456-1
電話／ 2392-6899　傳真／ 2392-6658
著作權顧問／蕭雄淋律師

2019 年 5 月 1 日 初版一刷
售價新台幣 320 元 (缺頁或破損的書，請寄回更換)

ylib 遠流博識網
http://www.ylib.com
e-mail:ylib@ylib.com

Every Note Played